Unter dem Pseudonym May Brooke Aweley wagte die neugierige Berlinerin den Sprung von schicksalhaften Geschichten in die Welt der Thriller. Seit ihrer Jugend ist sie dem Ruf ihrer Passion zum Schreiben gefolgt. Ihre Bücher stürmten in kürzester Zeit die E-Book-Bestsellerlisten.

May B. Aweley pendelt zwischen ihrer Wahlheimat Berlin und einer idyllischen Kleinstadt in Niedersachsen, wo sie sich mit ihrer Familie von den Inspirationen der Großstadt zum Schreiben zurückziehen kann.

Weitere Puppenbraut der Autorin:

Existenzlos
Der Angstheiler
Lauf, Sophie
Erlöse uns
Erinnerung aus Glas
Trau. Ihr. Nicht

Titel in der Regel auch als E-Book erhältlich.

Für Amy und Larry Andrews wird der furchtbarste Albtraum aller Eltern wahr. Ihre kleine Tochter verschwindet spurlos in einem Park von New York City.

Das Worst-Case-Szenario des NYPD geht davon aus, dass das Kind von einem Psychopathen entführt wurde, der schon seit fast drei Jahren vom FBI gejagt wird.

Die Sache hat nur einen Haken. Der Täter taucht nach seinen Morden für ein Jahr spurlos unter. Die Jagd auf die Bestie beginnt!

May B. Aweley

Puppenbraut

Thriller

Impressum

Bibliografische Information der Deutschen Nationalbibliothek:
Die Deutsche Nationalbibliothek verzeichnet diese Publikation in der Deutschen Nationalbibliografie; detaillierte bibliografische Daten sind im Internet über http://dnb.dnb.de abrufbar.
Alle Texte und die hier abgebildeten Fotos unterliegen dem Urheberrecht. Die Autorin behält sich alle Rechte vor. Öffentliche Weiterverbreitung von Texten, Fotos und Dateien außer in von der Autorin veranlassten oder genehmigten Fällen ist hiermit ausdrücklich untersagt. Dies gilt insbesondere auch für Veröffentlichungen im World Wide Web, auf CD-ROM, in Print- oder Rundfunkmedien und in Form nicht autorisierter Postings im Usernet.

Weitere Informationen: http://www.facebook.com/MayBrookeAweley

© 2013 May B. Aweley

Lektorat & Korrektorat: Elke Krüßmann, Sabine Steck & Aaron K. Archer
Covergestaltung: Sabine Zindler, Aaron K. Archer

Bilderrechte © xavicaufa by fotolia

Herstellung und Verlag: BoD – Books on Demand, Norderstedt

ISBN: 9783743118881

Für meine Kinder.

Ohne Euch wäre das Buch nie entstanden.

PROLOG

Montag. Heute wird sie dein.

Heranzoomen. Klick. Das Bild war gemacht. Das Gefühl der Erregung stieg in ihm auf. Zoey war so anders als all die, die er bisher mitgenommen hatte. Innerlich gierte er nach ihr. Das durfte sie aber nicht sehen! Von all den anderen war es nur bei ihr Liebe auf den ersten Blick gewesen. Zufrieden packte er seinen Fotoapparat in die Tasche. Später konnte er den Anblick noch einmal auskosten.

Die, die er schon früher begehrt hatte, konnten sich nicht im Geringsten mit ihr vergleichen. Sie sah so wunderschön aus in der strahlenden Sonne. Mit ihrem leuchtend blauen, knielangen Jeans-Kleid. Mit dem T-Shirt, das sich an ihren Körper schmiegte. Er spürte erneut einen Schub starken Verlangens, das in ihm aufstieg und ihm voller lüsterner Erwartung die Luft abschnürte. ‚Doch ich darf es ihr nicht zeigen! Noch nicht!', ermahnte er sich aufs Neue. Sie sollte die Chance bekommen, das Gleiche für ihn zu empfinden. Er war DER Mann, der genau SIE ausgesucht hatte. Er war ihre große Liebe! Das würde sie früh genug erfahren!

Er beobachtete ganz genau, wie sie ihn von weitem schüchtern ansah. Sie wollte ganz sicher mit ihm flirten. Dazu neigte sie ihren wunderschönen Kopf etwas vor, um ihm den Halsansatz zu zeigen. Wie eine todgeweihte Gazelle, die ihrem Jäger ihren Nacken mutig anbot. Dann hob sie ihr engelsgleiches Gesicht in eine aufrechte Position, um ihn mit dieser Geste gänzlich zu verwirren. Sie spielte doch mit ihm! Er genoss es sogar. Eines Tages würde sie ihm gehören, dann wäre Schluss mit diesen Spielchen!

Plötzlich tat sie so, als wäre sie in ein Gespräch mit ihrer Freundin vertieft. Aber er wusste, dass sie sich seiner Anwesenheit bewusst war. Bald würde er ihre Haut berühren, ihren Duft riechen. Ihren Mund küssen. Bald!

Als Allererstes würde er ihre Haare berühren – als Zeichen dafür, dass er ihre niedliche Schüchternheit akzeptierte. Schon wieder musste er sich verstecken, um ihre Schönheit wahrzunehmen! Seine bisherigen Versuche waren erfolgreich gewesen, denn sie freute sich sicher bereits darauf, ihn bald zu sehen. Sie wollte es ihn wissen lassen. Mit allen Zeichen, die ihr Körper ununterbrochen ausstrahlte. Er fühlte sich sehr geschmeichelt. ‚Nicht mehr lange, meine Prinzessin! Dann bist du mein!', dachte er und pfiff selbstzufrieden durch die Zähne.

Der Platz unter dem großen Baum des Boerum Parks in Brooklyn sollte ihr gemeinsames Versteck werden, abgeschieden von der New Yorker Welt. Kein Mensch da draußen hatte Verständnis für ihre gemeinsame Liebe!

Der verdeckte Standort mit einem großen Baumstamm in der Mitte, der wie eine von Natur geformte Bank aussah, lud förmlich die Liebenden zum Sitzen ein. Und doch war er den meisten Menschen soweit versperrt, dass er nur für ihn und seine Auserwählte dort zu existieren schien. Der Mann schloss kurz die Augen, um sich vorzustellen, wie er sie bald beim ersten Treffen im gemeinsamen Liebesnest überraschen würde. Er erschauderte bei diesem Gedanken. "Meine Zoey!", wiederholte er diese Worte wie ein lebensspendendes Mantra.

Als er seine Augen wieder einen Spalt breit öffnete, fing er sie erneut mit seinem Blick ein. Wie ein Jäger, der genüsslich seine Beute beobachtete, jederzeit zum Sprung bereit. Sie stand einfach nur da, wie er erwartet hatte. Wie eine Göttin, so sanft und anmutig. Wie wunderschön sich die Sonne in ihrem blonden Haar spiegelte! Hätte er bloß an lebendige Engel geglaubt, so hätte er gedacht, er würde einen davon ungefähr dreihundert Meter von sich entfernt aus seinem Versteck betrachten. Es war so erleichternd, die Wahrheit zu kennen, dass sie seelenverwandt waren. Sie spürten sofort ihre gemeinsame Anwesenheit. Zoey hatte das Spielchen schon so oft mit ihm gespielt. Dabei tat sie so, als würde sie ihn nicht bemerken, um ihn vor Erregung verrückt zu machen. Wenn er es ihr gegenüber, natürlich nur in seiner Fantasie, erwähnte, lächelte sie immer verlegen, wohl wissend, dass er recht hatte. Aber dieser harmlose Zeitvertreib machte ihm nichts aus, denn er wusste, was schon bereits unausweichlich war: Bald würden sie eines von diesen sich liebenden Pärchen sein, die im Park spazierten. Die Zeichen waren deutlich! Dann würde es ihnen egal sein, was die anderen davon hielten. Für immer vereint!

Er streckte seine Hände aus und formte aus Daumen und Zeigefinger beider Hände ein Rechteck. Dann zielte er in die Richtung, wo sie mit ihrer Freundin in ein Gespräch vertieft stand. ‚So wird ein Foto von uns sein', dachte er und lächelte. Nur dass dann nicht diese dumme Pute dabei sein würde, sondern er als ihr Mann. Vielleicht sogar eng umschlungen, wie sich das für ein frisch verliebtes Paar gehörte.

Plötzlich erschauderte er. Die beiden hörten auf zu kichern. Zoeys Freundin schaute angespannt in seine Richtung. ‚Verdammt! Meine Finger waren vermutlich zu sehen!', dachte er und fuhr zusammen. Sein Schatz sollte noch nicht wissen, dass er bereits eine ganze Stunde vor dem ausgemachten Treffen im Versteck wartete. Sie sollte ihn in freudiger Erwartung nur erahnen. Und erst recht sollte die andere Kleine nichts von dem Treffen erfahren. Er spähte vorsichtig hinter seinem Baum hervor.

Offenbar hatte etwas anderes die Aufmerksamkeit der beiden auf sich gelenkt, denn nach einem kurzen Augenblick kicherten sie wieder fröhlich weiter, als wäre nichts passiert. Er holte tief Luft und schaute den beiden zu, erregt darüber, dass Zoey ganz offensichtlich ihr Spielchen mit ihm fortsetzte. ‚Ich liebe dich bereits jetzt, Zoey', dachte er. ‚Und du mich auch! Doch das weißt du noch nicht! Aber ich werde es dir noch beibringen!', vervollständigte er seine Gedanken. Zehn Minuten würde er noch warten müssen, bis sie endlich diese blöde Kuh losgeworden war. Dann würde er sie überraschen!

*****

Zoey dachte gerade darüber nach, was ihre Freundin vorher zu ihr gesagt hatte. War es möglich, dass Bryan sie mochte? DER Bryan? Das konnte doch unmöglich wahr sein! Er hatte sie doch immer so getriezt? Aber die Jungs in der Schule fanden ihn toll. Was Bryan sagte, wurde gemacht. Ohne Widerrede. Und er sollte sie, Zoey Andrews, mögen? Das war unfassbar!

Als sie an der großen, alten Eiche vorbeikam, an jenem Platz, an dem sich manchmal Pärchen im Boerum Park trafen, um in die Abgeschiedenheit einzutauchen, spürte sie, wie sie jemand hinter einem Busch an der Hand packte und nach hinten zog. Beinah hätte sie geschrien, als sie das leise „Pssst!" erkannte. Sie lächelte erleichtert.

„Hallo, Zoey!", vernahm sie. Das war eine Überraschung! Ihr Freund war tatsächlich hier?

„Hallo!", entgegnete sie etwas zu aufgeregt und errötete sofort. Sie konnte leider nicht anders, ein Grund, weshalb sie fortwährend in der Schule von den Jungs aufgezogen wurde.

„Ich weiß jetzt, wie wir es machen!", sagte er flüsternd. Die Erregung stieg plötzlich unkontrolliert in ihm hoch. Heute war sein Moment! Die Jagd war im Gange! Die Beute willig vor ihm! Er musste nur handeln!

„Und wie?" Zoey konnte sich beim besten Willen nicht vorstellen, wie er es anstellen wollte. Wie konnte man ihre Eltern wieder zusammenbringen? Sie hatte schon so viel versucht. Aber nichts half. Das war ihr ein Rätsel. Aber ihr Freund hatte es ihr versprochen. Und immer, wenn er ihr etwas versprach, hielt er ein, was er sagte.

„Das ist mein Plan!" Er grinste schelmisch. „Ich habe deine Eltern in ein Restaurant eingeladen. Sie treffen sich dort. Wir werden das Ganze von draußen beobachten. Diesmal klappt es garantiert, glaub es mir einfach! Natürlich nur, wenn du unsere Ideen nicht schon vorher verplappert hast?"

Zoey schaute ihn verdutzt an. Wie konnte er so etwas denken? Sie war doch kein Baby mehr! „Nein, natürlich nicht!", entgegnete sie energisch. Die Hoffnung, ihre Eltern wieder lächelnd Hand in Hand zu sehen, ließ ihre Gedanken an Bryan aus der Schule verfliegen.

„Wie machen wir es?", fragte sie neckisch und schob eine ihrer zahlreichen Haarsträhnen vom Gesicht zur Seite. Ein Stromschlag der Erregung durchfuhr ihn erneut. Die kleine Maus saß in der Falle!

„Nun, heute hat deine Mutter doch Geburtstag, nicht wahr? Das ist perfekt! Deine Eltern werden ganz bestimmt nichts ahnen, wenn sie die Einladung sehen. Ich habe es diesmal ganz geheimnisvoll gemacht! Ich habe jedem von ihnen eine geschickt!", log er. „Spätestens zu Weihnachten sitzt eine große, wieder vereinte Familie unterm Tannenbaum! Ganz sicher!" Welche Rolle er allerdings für sich vorsah, hatte er gekonnt verschwiegen. Zoey jubelte vor Freude, wie es nur ein kleines Kind tun konnte. Dabei fühlte sie sich schon so erwachsen und reif!

Zoey würde ihm diese kleine Notlüge bestimmt verzeihen, wenn sie begriff, dass nur er sie aufrichtig lieben konnte! Besser als ihre Eltern! Besser als irgendwer auf der Welt! „Auf dem Parkplatz steht mein Auto. Wir treffen uns gleich dort! ABER ...", er senkte seine Stimme zu einem sanften Flüstern, „... das Geheimnis wollen wir nicht vor anderen lüften, bis wir deine Eltern zusammengebracht haben, einverstanden?" Er machte eine Redepause, damit das Mädchen seinen letzten Satz auch richtig verstand. „Daher darf uns wirklich NIEMAND gemeinsam sehen!"

„Einverstanden!", entgegnete Zoey mit dem süßen Lächeln der Unschuld, das nur in einem Kind schlummern konnte.

Wenn es nach ihr ging, musste er es nicht extra betonen. Bei ihren gemeinsamen Plänen, die sie schmiedeten, um ihre Eltern wieder zusammenzubringen, war Zoey mit ihm schon mal unterwegs gewesen. Nach der Schule. Daher wusste er auch ganz genau, dass sie seinen Wagen einwandfrei erkennen würde. Er musste nur dafür sorgen, dass sie auch wirklich keiner sehen würde. Kinder waren immer so nachlässig!

Kapitel 1

Mittwoch. Zweiter Tag nach der Entführung.

Doreen Bertani schaute aus dem Fenster ihres gemeinsamen Einfamilienhauses in der Narrows Avenue in Brooklyn, New York. Cassy, ihre wunderschöne, kleine Tochter schaukelte friedlich im gepflegten Garten. Neben dem Gerüst, das die halbe Fläche einnahm, lag ihre Barbiepuppe, mit der das kleine Mädchen gerade sprach. Genau das waren die Augenblicke, bei denen sie sich ein Geschwisterchen für ihre Kleine wünschte. Es war ein Moment, in dem sie sich niemals von ihrer Arbeit unterbrochen zu sein wünschte.

Das Telefon klingelte unerbittlich. Ihren melancholischen Gedanken nachhängend, meldete Doreen sich etwas verärgert über den Störer mit ihrem vollen Namen. Das hieß für alle, die sie kannten, dass sie nicht gerade erfreut über den Anruf war. Wirklich gar nicht!

„Hey ... Ich bin's nur! Was ist bei euch los?" Doreen entspannte sich wieder, als sie die Stimme erkannte.

„Ach, du bist es, Raffaella. Nichts ist bei uns los! Gerade habe ich Cassy aus dem Fenster zugeschaut, wie sie mit ihrer Barbie spielt. In solchen Momenten denke ich nur, wie viel Glück wir beide haben! Sie wird langsam groß."

„Da hast du wohl recht ..." Raffaellas Stimme klang weich. ‚Ziemlich sexy', ging es Doreen durch den Kopf. Sie lächelte. Es folgte ein winziger Augenblick der erfüllenden Stille, den sie beide genossen. Doch das eigentliche Anliegen beförderte sie auf den Boden der Tatsachen zurück. Wie mit einem Schlag in die sprichwörtliche Magengrube. „Doreen, erinnerst du dich noch an die Geschichte mit der Kleinen? Gestern in den Nachrichten?"

Doreen musste nicht lange nachdenken. Es hatte sie sehr berührt. Üble Sache. „Das Mädchen, warte mal, wie hieß sie noch? Zoey? Die Kleine, etwas älter als Cassy?"

„Ja. Genau die meine ich! Ihr richtiger Name ist Zoey Andrews. Die Mutter hatte wohl gestern einen Nervenzusammenbruch! Ich soll sie in meiner Praxis behandeln."

„Oh, Gott! Wie furchtbar!" Doreen spürte, wie ihr speiübel wurde. Ob sie es wollte oder nicht, vor ihrem geistigen Auge sah sie Cassy und bildete sich ein, sie könnte nachvollziehen, was die arme Mutter empfinden würde. Oder war es nur eine Illusion?

„Die Mutter …", Raffaella räusperte sich, als hätte sie Doreens Gedanken geahnt. Offenbar war auch ihr das Thema unangenehm, „… Amy Andrews, die Mutter des Mädchens, ist jetzt offiziell meine neue Patientin. Ich soll sie therapeutisch begleiten." In der kurzen Pause entfalteten die Worte ihre volle Wirkung. „Doreen?" Die Psychologin senkte schwermütig ihre Stimme. „Die Frau möchte mit dir sprechen! Sie will in die Medien!"

„Sie will was?" Doreen spürte, wie sich ihre Kehle zuschnürte und ihr nur wenig Atemluft ließ. Gewiss liebte sie ihre journalistische Arbeit sehr und war immer auf der Suche nach allem, was nur halbwegs nach einer großartigen Story roch. Diesmal versprach es sogar eine der besten Reportagen zu werden, die sie sich jemals hätte erträumen lassen. Ihr Herz hüpfte vor Freude. Doch ein Artikel über ein kleines, entführtes Kind war nicht ihr Kaliber! Es ‚publik zu machen' bedeutete in diesem Fall, dass sie sich vielleicht am Ende die Schuld für einen schlechten Ausgang der Geschichte geben würde.

„Amy Andrews ist bereit, alles für ihre Tochter zu tun! Sie braucht dich! Ich kenne keine Journalistin, die besser als du geeignet wäre, diese Story aufzuarbeiten!" Raffaella startete erneut einen Versuch, Doreen zu überreden, und senkte ihre Stimme zu einem Flüstern: „Doreen, sie will mit allen ihr zur Verfügung stehenden Mitteln kämpfen! Würden wir das nicht auch? Wenn es Cassy wäre? Schatz, ich bitte dich, hör dir das Ganze erst einmal an! Ich bin mir sicher, wir können ihr irgendwie helfen. Diese Frau hat so viel durchgemacht in den letzten Stunden! Bitte, lass es uns versuchen!" Spätestens in diesem Augenblick stand fest, dass Raffaella sich in diesem Fall persönlich engagierte. Ein Kardinalfehler, den sie in diesem Maße bei Raffaella noch nie erlebt hatte.

Sie schluckte. Als wollte sie die Zeit verstreichen lassen, schaute sie erneut aus dem Fenster auf die kleine Cassy und ihre Puppe. Nichts half. Ihre Ehefrau erwartete unerbittlich eine Antwort. Resigniert willigte sie schließlich ein. „In Ordnung, ich höre mir das nur mal an. Und dann entscheide ICH!" Tief im Inneren wusste sie, dass die Entscheidung somit gefallen war. „Wann soll der Termin sein?"

„Sofort! Komm bitte, so schnell du kannst, in die Praxis. Ich habe Ivy bereits angerufen. Sie wird gleich bei euch sein. Es muss alles schnell gehen. Zoeys Eltern sind bereits gekommen. Ich liebe dich!"

„Ich liebe dich auch! Bis gleich!" Doreens Stimme wurde von einem aufdringlich schrill klingenden Ton an der Tür unterbrochen. Ein braun gebranntes und wie immer gut gelauntes Mädchen stand direkt davor. Sie war das absolute Idol von Cassy.

„Hallo, Ivy! Schön, dass du so spontan kommen konntest!" Doreen drehte sich in Richtung des Fensters und rief: „Cassy, Schatz. Ivy ist da! Ich fahre schnell zu Raffaella in die Praxis und brauche noch einen dicken Kuss von meinem Engel!"

„Ivvyyyy!", ließ sich die aufgeregte Stimme ihrer Tochter vernehmen. Ihre Trippelschritte hallten zunächst auf der Terrasse, dann im Wohnzimmer bis schließlich in den Flur. Cassy warf sich ihrer Babysitterin um den Hals. Schon fast verhalten, mit deutlich weniger Energie, umarmte sie ihre Mutter zum Abschied.

‚Na super! Wenn Ivy da ist, dann bin ich für gewöhnlich abgeschrieben', dachte Doreen Bertani, einen winzigen Stich im Herzen spürend. Gleich darauf wurde sie sich der Aufmerksamkeit bewusst, die Ivy ihrer kleinen Tochter schenkte. Doreen fühlte sich bei absurden Gedanken ertappt. Doch das störte die Mädchen nicht im Geringsten. Ihr liebevolles „Bis später, meine Damen!" erreichte das Innere der bereits zugeschlagenen Tür des Kinderzimmers nicht mehr.

*****

Als Doreen Bertani die Schwelle des Privatinstituts für Angewandte Kriminologie in der Madison Avenue, einer etwas vornehmeren Gegend New Yorks, passierte, fühlte sie eine steigende Anspannung. Die Nervosität verstärkte sich, als sie das sehr modern eingerichtete Büro von Raffaella Bertani betrat, wo sie bereits von drei Menschen erwartet wurde.

Trotz des durch seine dezenten Pastelltöne warm wirkenden Raumes konnte sie etwas Bedrückendes wahrnehmen. Mit jedem noch so kleinen Schritt fühlte sie einen stetig aufsteigenden Drang zur Flucht, ohne dass sie diesem Gefühl nachgeben konnte.

Raffaella erhob sich als Erste, um ihre Lebensgefährtin zu begrüßen.

„Doreen Bertani. Amy und Larry Andrews, Zoeys Eltern", warf sie in den Raum, als würde diese Tatsache alles erklären. Nur die Art, wie sie ihren Nachnamen aussprach, mit einem leicht italienischen Akzent, verriet ihre wahre Herkunft. Ansonsten war ihr Englisch makellos.

„Guten Abend", sagte Doreen mit Bedacht, um Zeit zu gewinnen, sich der Stimmung anzupassen. Alles in ihr schrie plötzlich ganz laut danach, aus diesem ihr vertrauten Raum zu fliehen. Sie spürte langsam, wie ihre Kehle sich zuzuschnüren begann, um ihr die Luft abzutrennen. Sie schluckte lautlos.

„Hier", sagte die anwesende Frau und gab Doreen ein Bild in die Hand. „Das war vor ungefähr acht Jahren! Meine Tochter mag viel größer geworden sein, doch für mich bleibt sie immer so wie auf diesem Bild! Mein Baby! Wo ist sie bloß?" Das Schluchzen bewirkte, dass die Frage abgebrochen klang, was wohl jede mitleidende Mutter bis ins Mark traf. Doreen schaute widerwillig auf die ihr gereichte Fotografie. Das, was sie sah, würde sich bis in alle Ewigkeiten in ihrem Kopf einbrennen, das wusste sie, ohne dass sie es irgendwie hätte verhindern können. Dieses Bild raubte ihr schlagartig den letzten, notwendigen Abstand zu dem Leid der versammelten Personen.

Sie sah ein kleines Mädchen von etwa vier Jahren darauf, das vor einem riesigen Aquarium stand. Vermutlich war die Kleine mit ihren Eltern im Zoo, die auf dem Foto nicht abgebildet waren. Zoey Andrews schaute aber nicht auf die Fische, die einfach umherschwammen. Sie hatte ihre kleine Hand auf die Glasscheibe in Höhe ihrer Augen gelegt und betrachtete ihre Finger ganz intensiv. Das Mädchen war so in ihrer Welt versunken, dass es beim Betrachter gemischte Gefühle auslöste. Es wurde nicht wirklich klar, ob man dabei Zeuge eines lediglich anatomischen Interesses wurde, oder ob man der Szene eine philosophische Bedeutung beimessen sollte.

Doreen wurde auch schlagartig klar, weshalb die Mutter genau dieses Bild gewählt hatte. Es zeigte ihr kleines Baby so verletzlich, wie sie es selbst sah. Andererseits wirkte die Kleine auf Doreen doch irgendwie erwachsen - so isoliert von einem Raum voller Lebewesen und konzentriert auf das eigene „Ich". Begierig schnappte sie nach Luft, doch ihre Kehle schnürte sich immer nur noch mehr zusammen. Vorsichtshalber griff sie in ihre Jackentasche. Mit einem Sprühstoß ihres Inhalators direkt in die Mundhöhle verschaffte sich Doreen schnell ein befreiendes Gefühl.

„Wie kann ich Ihnen helfen?", fragte sie, als die Erlösung ihre Lunge erreichte. ‚Diese Attacken nehmen in letzter Zeit rapide zu. Ich sollte kürzertreten!', ging es ihr durch den Kopf.

„Helfen Sie mir dabei, meine Tochter zu finden!", krächzte die Frau und verfiel erneut ins Schluchzen. Sie sah dabei fürchterlich aus. Ihre wunderschön gemachten, künstlichen Fingernägel und ihre teure Kleidung standen im grotesken Gegensatz zu dem von Sorgen gezeichneten Gesicht. Zweifelsohne war Amy Andrews vor dem Vorfall eine begehrenswerte Frau, die stets ihr makelloses Äußeres im Blick behielt. Nur so lange, bis das Leben ihr das verwehrte, was für sie existenziell war.

„Wir wollen an die Öffentlichkeit", übernahm Amys Begleiter das Wort. ‚Zoeys Vater, Larry Andrews', erinnerte sich Doreen Bertani. Ihr Gedächtnis, das ihr immer einen großen Vorteil bei ihrer Arbeit bot, war unaufgefordert parat. Die Namen speicherte sie automatisch ab.

„Ich kann das nicht!" Doreens Stimme klang schwächer, als sie es beabsichtigte. Zweifel überkamen sie. Ein neues Gefühl, das sie in ihrer journalistischen Arbeit noch nicht kannte. „Bitte nehmen Sie das Bild wieder zurück!" Sie reichte das Stück bedruckter Pappe weiter, als wäre es unangenehm heiß. Der Mann winkte ab. Beide verweigerten es, als würden sie sie damit um Gnade anbetteln. Um diesen armen Menschen einen Gefallen zu tun, versteckte Doreen das Bild in ihrer Tasche, fest entschlossen, es zu Hause wegzuschmeißen. Zu erdrückend war ihr die Situation.

„Wir brauchen Ihre Hilfe!", kreischte Amy Andrews plötzlich und wurde von der sachlichen Stimme ihres Noch-Ehemannes unterbrochen, der das Wort übernahm: „Wir wissen, was Sie in einem Ihrer Fälle getan haben! Nur dank Ihnen wurde damals der Fall von Menschenhandel überhaupt aufgeklärt. Das haben wir in den Nachrichten gesehen. Sie sind unsere letzte Rettung!" Er spielte auf den Fall an, der Doreen vor Jahren über Nacht von einer Berufsanfängerin zur gefragten Journalistin katapultiert hatte. Mehr als das Können spielte damals allerdings der Zufall eine Rolle. Diese Tatsache hatte sie irgendwann aufgehört aufzuklären. Die Menschen wollten eine Heldin haben, und sie bekamen eine. Mit einem fest bezahlten Job. Zu dieser Zeit lernte sie auch ihre neue Liebe, die damalige psychologische Sachverständige Raffaella Bertani kennen.

„Bitte, helfen Sie uns!", flehte der Vater erneut.

„Ich kann Ihnen nicht helfen! Auch wenn ich wollte. Ich bin kein Cop, sondern Journalistin. Was könnte ich mehr tun als das, was das NYPD noch nicht unternommen hat?"

„Greifen Sie dieses Monster in der Öffentlichkeit an! Vielleicht will er einfach nur Geld von uns? Wir werden ihm alles geben! Nur Zoey soll er wieder nach Hause bringen!", ergriff Amy Andrews erneut das Wort.

„Das ist aber ein Fall für die Cops! Nicht für die Zeitung, Ms Andrews. Man muss dabei behutsam vorgehen! Ich fürchte, ich habe nicht genug Erfahrung!", versuchte sie Widerstand zu leisten.

„Heute ... Als ich nach vielleicht einer Stunde Schlaf in der Nacht aufstand, wollte ich zu meiner Tochter ins Kinderzimmer gehen, um sie zu wecken ... Zur Schule ... Als ich hereinkam, wurde es mir mit einem Schlag bewusst ... Das Zimmer war leer ... Das Bett gemacht ..." Schluchzend beschrieb die Mutter den Anwesenden die Ausmaße dieser unmenschlichen Tragödie.

„Die Cops sagen, sie würden etwas tun ... Ich soll nach Hause, auf mein Kind warten ... Doch in meinem Haus ist es so unvorstellbar still ... Unerträglich! Ich höre mein Herz laut pochen. Mein Kopf gaukelt mir ständig Schritte vor, und ich hoffe jedes Mal, dass es Zoey ist, die gleich durch die Tür kommt ... Dann erreicht mich wieder die Realität ... Dass es reine Einbildung war. Sie können es sich nicht vorstellen. Mit jeder Minute stirbt mein Herz erneut!" Amy Andrews vergrub ihr Gesicht in den Händen, unfähig, weiterzusprechen. Larry legte seinen Arm mit einer so zärtlichen Geste um seine Noch-Ehefrau, als wollte er ihren Kummer auf seine Schultern laden. Sie erwiderte seine Umarmung jedoch nicht. Zu tief saß die Sorge um ihren kostbarsten Schatz. Doreen erschauerte plötzlich. Den Kampf mit sich selbst hatte sie soeben verloren. Die Arbeit packte sie wieder mit vertrauter Intensität. „Ich werde sehen, was ich für Sie tun kann. Doch versprechen kann ich Ihnen nichts!"

Kapitel 2

„Seit gestern Nachmittag wird Zoey Andrews als vermisst gemeldet. Zoey ist elf Jahre alt, schlank, hat lange blonde Haare und blaue Augen. Zum Zeitpunkt ihres Verschwindens trug sie ein blaues, knielanges Jeanskleid, darunter ein weißes T-Shirt und blaue Sandalen." Zoey starrte ihr auf einem offenbar aktuellen Bild lächelnd entgegen. Doch egal, wie traurig das neue Foto Doreen stimmte, das jetzt den Zuschauern der Nachrichten erschien, es verfehlte gänzlich die Wirkung des alten, auf dem Zoey im Aquarium gewesen war.

Sie dachte an ihre kleine, gemeinsame Tochter, die bereits in ihrem Prinzessinnenbettchen schlief, und fühlte sich mit einem Schlag unwohl. Der Nachrichtensprecher fuhr unerbittlich fort: „Hinweise zum Verbleib der gesuchten Person richten Sie bitte ..." Raffaella schaltete wortlos den Fernseher ab.

„Raffaella, meinst du, der Vater wäre fähig, so etwas zu tun?", war die erste Frage, die Doreen ihr seit dem gemeinsamen Gespräch mit den Eltern stellte. Bisher kamen sie kaum dazu, zumal sie in Cassys Anwesenheit nicht über Zoeys Verschwinden sprechen wollten.

„Ich glaube nicht. Ich weiß zwar, dass in den meisten Fällen, die auf meinem Schreibtisch liegen, jemand aus der Familie der Täter ist, doch in diesem Fall schließe ich die Eltern eher aus."

Raffaella streckte sich. Die lange Arbeitszeit am Schreibtisch machte sich zunehmend bemerkbar. Doreen beobachtete sie aus dem Augenwinkel. Sie sah so unheimlich stilvoll aus – mit ihren großen, braunen Augen und ihrem makellosen, dunklen Teint. Tolle Attribute, die ihr etwas Weiches, etwas Vertrautes verliehen. Es wirkte fast so, als sollten die weichen Rehaugen im Kontrast zu ihrer mühsam geglätteten Kurzhaarfrisur stehen. ‚Für einen Außenstehenden sieht sie wie eine vertrauenswürdige Geschäftsfrau aus', dachte Doreen und fühlte sich trotz dieser beinah konträren Bezeichnung wohl. Lässig beugte sie sich vor, um die noblen Weingläser, die bereits auf dem Tisch standen, mit dem vom Winzer empfohlenen Château Clos Moulin Pontet zu befüllen.

Der Rotwein war bereits wohltemperiert, sollte sich noch in den Gläsern für einen vollendeten Geschmack entfalten.

„Ich weiß nicht, wie ich den Eltern helfen kann. Sie wollen an die Öffentlichkeit, weil sie verzweifelt sind. Doch genau das könnte der Fehler sein. Was ist, wenn der Täter in Panik gerät?"

„Ich habe befreundete Leute beim NYPD angerufen. Inoffiziell gibt es hier möglicherweise eine Verbindung zu zwei weiteren Fällen." Raffaellas Stimme wirkte angespannt. „Es wäre auch möglich, dass sich das FBI einschalten wird, wenn sich diese Befürchtung bestätigt. Jetzt die internen Informationen – nur für deine Ohren bestimmt ... In beiden Angelegenheiten geht es um Mädchen, sieben und elf Jahre. Die Morde passierten jeweils genau sieben Tage nach der Entführung. In beiden Fällen sickerte nichts an die Öffentlichkeit durch, bis es zu spät war.."

„Denkst du wirklich, zwischen den Morden existiert ein Zusammenhang?"

„Nun, die Mädchen haben laut meiner Informanten eine Sache gemeinsam: Eltern, die keine Zeit für sie haben." Raffaella schaute nachdenklich drein. In diesem Augenblick verband die Mütter ein einziger Gedanke, der Cassy betraf: ‚Haben wir genügend Zeit für unser Kind?'

„Aber das werden doch viele der vermissten Kinder gemeinsam haben. Wieso sollte Zoey das Schicksal mit den anderen Fällen teilen?"

„Zoey ist zerrissen zwischen zwei Eltern. Die Situation ist für Scheidungskinder nie leicht. In ihrem Fall gibt es zum Einen die fürsorgliche, doch sehr auf ihr Äußeres fixierte Mutter. Offenbar versuchte sie vor der Entführung, nach ihrer missglückten Beziehung mit Larry, mehr Abwechslung in ihr Leben zu bringen. Dadurch fokussierte sie sich kurzzeitig auf ihre eigene Person, weshalb Zoey sehr viele Freiheiten bekam. Ich könnte mir vorstellen, dass diese Frau in der Ehe einige Probleme geschluckt hat. Bis es mal zu viel wurde. Jetzt war sie dabei, sich selbst zu definieren."

„Was denkst du über den Vater, Larry Andrews?"

„Genau. Zum Anderen gibt es Larry. Der Mann scheint sehr beherrscht zu sein. Er hat eine Fassade aufgebaut, die schwer einzureißen ist. Aus seinem Verhalten kann ich nur wenige Rückschlüsse ziehen. Wenn er es zulässt, werde ich in einer Therapie versuchen, diese Fassade zu durchbrechen! Die Eltern leiden beide sehr unter dem Verlust ihrer Tochter. Irgendwie kann ich mir nicht vorstellen, dass die beiden etwas mit der Entführung zu tun haben könnten. Mein Bauchgefühl hat mir bisher gute Dienste erwiesen."

„Stammen nicht zu fast 80% die Täter aus dem Umkreis des Opfers?" Doreen richtete sich wieder auf. „Könnte in dem Fall doch auch sein, oder?" Irgendwie gefiel ihr die Version besser als die von einem kidnappenden, frei herumlaufenden Killer in Brooklyn.

„Du kannst besser noch mal recherchieren, doch dahinter steckt mehr, sagt mein Informant. Die höheren Kreise ziehen zu Recht die Verbindung zu den anderen Fällen. Sehr viele Einzelheiten wurden auch vor dem NYPD geheim gehalten. Da wäre zum Beispiel auch der Zeitpunkt. Beide Fälle haben exakt ein Jahr Abstand zueinander."

„Zufall!" Doreen mochte ihre Rolle des 'Advocatus Diaboli' bei ihren Gesprächen mit Raffaella, die die Arbeit betrafen. „Wie viele Taten werden zur gleichen Zeit in den Staaten verübt? Unzählige!"

„Solche mit einer Kindesentführung musst du dann in Betracht ziehen. Vielleicht hast du recht. Vielleicht aber auch nicht! Ich glaube nicht daran, dass der Täter nach dem zweiten Opfer freiwillig aufgehört hat! Aber gut, vielleicht ist ihm etwas zugestoßen ..." Raffaella nahm die nächste Frage vorweg. „Die Entführungsfälle passierten oft Müttern, die sich an einem Punkt befanden, an dem sie ihre Beziehung neu zu definieren begannen. Gleiches Muster also."

Doreen schaute jetzt verdutzt. „Ich bin beeindruckt, du hast unheimlich gute Informationen über den Fall. Mir dreht sich schon der Magen um, wenn ich nur daran denke. Was muss das für ein Monster sein? Gott im Himmel, Cassy ist in drei Jahren auch elf! Warum sollte man mit diesem Fall an die Öffentlichkeit? Wenn rauskommt, dass der Tipp für die Eltern, sich an mich zu wenden, von dir kam, dann sind wir beide geliefert. Bei Zoeys Entführung ist es anders als damals bei dem Menschenhandel! Hier geht es um ein kleines, lebendiges Kind mit einem Namen. Nicht um namenlose Opfer, die ich nie gesehen hatte, bevor sie befreit wurden. Herrgott noch mal, ich kann das nicht!" Doreen fühlte, wie bei der bloßen Verbindung ihres gemeinsamen Kindes mit Zoeys Verschwinden Angst in ihr aufstieg.

Damals verschaffte ihr der Fall über die zugegebenermaßen gut recherchierten Hintergründe einen Berufseinstieg als seriöse Journalistin. Den Tätern bescherte es einen langen Aufenthalt in der Gefängniszelle. Also eine klassische 'Win-win-Situation': Ruhm gegen eine bessere Welt.

Doch im Fall des verschwundenen Mädchens gestaltete sich die Lage heikel. Wollte sie mit einem gut recherchierten Artikel an ihre Quellen herantreten und den Fall publik machen, würde sie dieses Kind vielleicht retten, oder vielleicht sein Leben für immer auslöschen. Die Verteilung der Chancen kannte sie nicht.

Wer war das Opfer, auf dessen Schicksal sie Einfluss nehmen sollte? Ein kleines Mädchen, als Baby von einer liebenden Mutter gewickelt. Gestreichelt, behütet und mit Wärme geborgen. Eine kleine Prinzessin, der die Eltern ‚Gutenachtgeschichten' vorlasen, damit die Monster keine Chancen hatten, in ihre Träume einzudringen.

Noch ein Kind, das warmen Kakao mochte, vielleicht im Zimmer mit Puppen spielte, oder heimlich mit ihrer Taschenlampe Bücher unter ihrer Bettdecke las, bis es zu spät wurde. ‚Zoey ... Cassy ... Cassy ... Zoey ...', ging es ihr durch den Kopf, und sie konnte diese Assoziation nicht abschütteln.

„Mittlerweile ist es mir gleichgültig, ob es rauskommt, von wem der Tipp kam!" So kannte Doreen ihre Lebensgefährtin nicht. Im gemeinsamen Leben der beiden kam schon mal ihr italienisches Temperament durch, doch niemals bei ihrer Arbeit! Entglitt ihnen der Fall langsam? Raffaella ließ keinen Zweifel aufkommen. „Hier geht es womöglich um einen Täter, der die Öffentlichkeit scheut. Die anderen Mädchen waren damals wie vom Erdboden verschluckt. Mal wieder mein Bauchgefühl. Wir können Cassy nicht rund um die Uhr beschützen! Vielleicht können wir aber den Tod eines weiteren Kindes verhindern? Besser als abzuwarten, oder? Und es klingt nach einer karrierefördernden Geschichte!" Der verzweifelte Nachsatz klang selbst für Raffaella wenig überzeugend.

Statt sofort zu antworten, band Doreen ihre langen, blonden Haare zu einem Dutt zusammen, als wollte sie damit etwas Zeit gewinnen. Das Geheimnis ihres bisherigen Erfolges war, dass sie sich oft in Kreisen bewegte, wo ihr noch jugendliches Aussehen über ihre Professionalität hinwegtäuschte. Doch in diesem Fall ging es womöglich um einen Menschen, der einer 42jährigen Journalistin nichts abgewinnen konnte. Diesmal lag der Kern ihrer Arbeit im professionellen Vorgehen! Mit einem Mal bekam sie das Gefühl, dass sie genau über diese Tatsache nachdenken sollte.

„Was weißt du noch mehr, Raffaella?"

„Einige Details zu den Morden. Mir wurde erzählt, dass der Täter bei den beiden vergangenen Taten die Mädchen sehr sorgfältig behandelt hat. Die Opfer wurden nicht vergewaltigt, doch sie trugen, als sie gefunden wurden, aufreizende Kleidung. Allerdings alles ‚von der Stange', daher brachte die Suche nach dem Einkaufsladen nicht viel. Die Eltern der getöteten Mädchen waren vorher kurzfristig geschieden oder lebten getrennt. Der Täter legte die Leichen mit sehr viel Liebe hin und deckte sie mit dem Kopf nach unten zu – als ob er die Mädchen vor der Welt beschützen wollte. Eher wie ein Vater oder vielmehr ein Liebhaber. Er hat eine Fähigkeit zur Beziehung, aber unterentwickelt wie ein Kind, vermute ich. Ihm müssen schlimme Dinge in der Vergangenheit angetan worden sein, was seine Sexualität betrifft, weshalb er die Kinder so zur Schau stellt. Dennoch ist er sehr aufmerksam, was ihn zu dieser Sorgfalt bei der Tat bewegt. Die Cops haben wenig Verwertbares gefunden. Er fühlt sich in seiner eigenen Logik verantwortlich für die Opfer. Was interessant ist, da er Mädchen bevorzugt, was ich mit einer starken Fixierung auf eine weibliche Person verbinden würde. Es ist nicht selbstverständlich. Es gibt auch Pädophile, die das gleiche Geschlecht bevorzugen. Da gibt es aber noch etwas, das nicht an die Öffentlichkeit gelangt ist!"

„Was?" Doreen hörte ihr Journalistenherz pochen. Trotz des fortgeschrittenen Abends brauchte sie alle Fakten, die es ihr erlauben würden, sich an die Arbeit zu machen. Reflexartig hob sie in angespannter Erwartung das Glas Rotwein und trank es mit einem Schluck aus, ohne dessen edlen Charakter zu bemerken.

„In der Akte der toten Mädchen wird ein wichtiges Detail vorenthalten, worauf mein Informant noch keinen Einblick hatte. Es wird mit dem Fall zu tun haben, doch scheinbar soll es nicht einmal intern bekannt werden. Dieses Detail soll wohl Distanz zu einem Nachahmungstäter schaffen. Die ultimative Tatunterschrift. Aber ich arbeite daran, es herauszufinden!"

Raffaella setzte sich plötzlich näher zu ihr. Als ob sie die zermürbenden Gedanken wegwischen wollte, küsste sie Doreen unerwartet. Leidenschaftlich, wie nur sie es konnte. Offenbar begann der Wein bei beiden seine Wirkung zu entfalten. Ihre kleinen, filigranen Finger streiften Doreens Arm, bevor sie sich einen Weg über ihren Nacken in Richtung des wohlgeformten Hinterns bahnten. Doreen erwiderte diese Berührung, indem sie mit einer Hand sanft Raffaellas Hose aufknöpfte. Ihre andere versank vollständig in die sich wieder aufrichtenden Naturlocken ihrer italienischen Schönheit.

„Als ich dich heute in der Praxis gesehen habe, dachte ich daran, wie schön es sein wird, dich heute zu liebkosen, an Stellen zu küssen, wo kein anderer dich auch nur ansehen darf", flüsterte Raffaella ihr verführerisch ins Ohr. Die erregenden Gedanken an verheißungsvollen Sex taten ihr Werk. Manchmal musste man alle seine Gedanken ins Nirwana wegschieben, wenn sie die Sinne so mit Angst erfüllten wie umgeschütteter Kaffee, der sich auf einem weißen Tuch verteilte. Auf die Dauer dieser Nacht gaben sie sich, erfüllt von Erregung, dem wild aufsteigenden, sorglosen Gefühl innigster Liebe hin.

Kapitel 3

Donnerstag. Dritter Tag nach der Entführung.

Doreen Bertani erwachte schweißgebadet aus ihrem Albtraum und setzte sich aufrecht hin. Das passierte ihr immer, wenn sie einen neuen Fall übernahm. Selbst in den Träumen konnte sie sich nicht von ihrer Arbeit lösen. Sie sah mit gewisser Beruhigung, dass Raffaella noch auf der anderen Seite des Bettes schlief und ging in die Küche.

Die Uhr besagte, dass sie noch eine Stunde hatte, ihre Gedanken zu ordnen, bevor ihre Mädels, Cassy und Raffaella, aufwachen würden. ‚Zeit genug, meine Vorgehensweise zu überdenken', dachte sie, während sie frischen Kaffee aufsetzte. Erneut las sie Raffaellas Notizen und Beobachtungen zu Zoeys Fall, die sie als Patientenakte mit nach Hause gebracht hatte. In ihrem Kopf entstand langsam ein Konstrukt, wie sie es anpacken könnte. Während sie ihre eigenen Zettel ordnete, spürte sie einen warmen Hauch am Nacken. Eine leise Frauenstimme flüsterte verführerisch in ihr Ohr:

„Guten Morgen, meine Amazone... Hast du auch so gut geschlafen?"

Doreen musste grinsen. „Erwischt! Der Fall hat mich tatsächlich gepackt! Ich habe wirklich nicht besonders gut geschlafen!"

Raffaellas Augen leuchteten wie zwei wunderschöne Bernsteine. „Soll ich die neuesten Entwicklungen abrufen? Vielleicht haben wir schon mehr Informationen..."

„Wenn du das tätest, dann wäre ich bereit, das Frühstück vorzubereiten." Doreen lachte auf. Dann aber verfinsterte sich ihr Blick. „Raffaella, da ist noch etwas!"

Raffaella unterbrach ihren Gang zum Arbeitszimmer prompt und schaute ihre Lebensgefährtin fragend an. „Ich möchte ...", Doreen setzte in einem Atemzug fort, „... dass Ivy für einige Zeit wieder bei uns einzieht! Cassy liebt sie, und Ivy ist der beste Babysitter der

Welt. Sie wird Cassy auf Schritt und Tritt begleiten, bis ich mich wieder besser um unser Kind kümmern kann. Und Ivy kommt der Extraverdienst entgegen, zumal gerade die Semesterferien angefangen haben. Schatz, ich habe Angst um Cassy."

Raffaella spürte, dass Widerstand zwecklos war. Kontrolle half nichts, wenn der vom FBI gesuchte Täter bereits ein Opfer ausgesucht hatte. Im Gegenteil. Das spornte ihn womöglich noch an! Er war ein Jäger, da war sie sich sicher! Untätig wollten sie dennoch nicht zuschauen!

„In Ordnung, ich rufe Ivy an!", warf Raffaella in den Raum und setzte sich an den Computer.

Doreen machte sich auf den Weg, Cassy zu wecken, während das leise Summen des hochfahrenden Computers durch das erneute Brummen der Kaffeemaschine verdrängt wurde. Im lilafarbenen Feenreich ihrer Tochter, in ihrem Zimmer, musste sie voller Panik an die verschwundene Zoey denken. Bestimmt schaute Amy Andrews ihre Tochter stets genauso an, wie Doreen es tat, wenn sie ihre kleine Prinzessin im Schlaf betrachtete. Ruhend, einem kleinen Engel gleich. Kinder wirkten wie Balsam für jede Entbehrung, die Eltern zu ihrem Wohl auf sich nahmen. Ein paar Minuten genoss sie es, ihrer kleinen Tochter zuzusehen, bevor sie sie sanft für die Schule weckte.

*****

„Raffaella! Mommy sagte gerade, dass Ivy bei uns einziehen wird! Yuuuuppie!" Der Jubelruf war nicht zu überhören. Als Doreen mit Cassy die Küche betrat, saß Raffaella wie versteinert am Tisch. Ihre Miene schien sehr ernst.

„Keine Veränderung in der Sache mit Zoey...", warf sie in die Runde und änderte im gleichen Augenblick das Thema. Sie wandte sich ihrer Tochter zu und fragte mit gespielt guter Laune: „Wer soll meinen Engel zur Schule bringen? Heute hast du freie Wahl."

Kapitel 4

‚Keine Veränderung', hallte es in Doreens Kopf nach, als sie beschloss, sich in Zoeys Schule umzusehen. Sie wusste aus den Akten, dass die Kleine in der Shelby School in der Smith Street war, die sie jetzt ansteuern musste. Der Tag war noch jung, daher war ihr Erscheinen in der Schule zwischen den wuselnden Kindern sicher nicht besonders auffällig. Für weitere Gespräche mit Zoeys Eltern und Freunden war noch Zeit. Aus Erfahrung wusste sie auch, dass die Qualität ihrer Interviews besser wurde, wenn sie sich zuerst einen Eindruck von der Umgebung verschaffen konnte. Vor einem Gebäude, das Cassys Privatschule ähnelte, hielt sie an. Als sie die Tür ihres Wagens öffnete, fielen ein paar der ersten Blätter herein, die langsam den Herbst ankündigten. Trotz des wunderschönen Spätsommertages konnte sie plötzlich den Wandel der Jahreszeiten in der Luft wahrnehmen.

Im Eingang der Grundschule sprang ihr eine große Vitrine mit den selbst gebastelten Werken der Kinder ins Auge. ‚Warum sehen sich die Grundschulen immer so ähnlich?', dachte sie überrascht. Der Geruch, der große Empfangsbereich, die schwere Eingangstür und diese Ausstellung erinnerten sie an eine längst vergangene Zeit. Wie von einem Magneten angezogen ging sie in die Richtung, wo sie auch einen Teil, ein Werk oder ein Bild von dem verschwundenen Mädchen zu finden erwartete.

Um Doreen herum wirbelten Kinder und verliehen ihr damit eine gewisse Anonymität und gleichzeitig eine Selbstverständlichkeit. Hier war sie ein Elternteil, keine Journalistin. Unterbewusst suchte sie bereits von weitem nach dem bekannten Namen und ignorierte den Lärm.

Eine plötzliche Erkenntnis traf sie wie ein heftiger Stromschlag. Das Glas der Vitrine zog sie deshalb so an, weil es sie an das Foto von Zoey vom Aquarium erinnerte. Das kleine, zauberhafte Mädchen mit der an der Scheibe angelehnten Hand, das jetzt verängstigt auf sie wartete.

„Wunderschön, diese Werke, nicht wahr?" Eine weiche männliche Stimme riss sie aus ihren Gedanken. Sie drehte sich um und sah einen attraktiven Mann, etwas jünger und wesentlich größer als sie.

„Ja, die sind wirklich schön...", versuchte sie ihre plötzliche Verwirrung zu kaschieren. Doreen mochte Situationen nicht, die sie nicht kontrollieren konnte, und diese war eine davon. Im gleichen Moment ‚erdete' sie sich und setzte ihre journalistische Maske auf.

„Ist eins davon von Ihrem Kind?", fragte der Mann freundlich. Plötzlich lächelte er ganz verlegen. „Entschuldigen Sie meine Neugier, doch ich bin der Aushilfs-Hausmeister. Meine Aufgabe ist es, Fragen zu stellen, wenn ich Unbekannte bei uns treffe, seit der Vorfall mit dem Mädchen aus unserer Schule passiert ist. Eine üble Geschichte!" Eine unangenehme Pause entstand. „Übrigens, ich heiße Travis Carter. Wo bleiben denn immer meine Manieren?"

„Ich heiße Doreen Bertani." Sie entschied sich, bei ihrem Namen nicht zu lügen. „Ich wollte gerade meine Tochter in dieser Schule anmelden. Wir sind vor kurzem nach Brooklyn umgezogen." Sie lächelte verführerisch. „Auf der Suche zum Sekretariat sah ich die Werke der Kinder und war wirklich fasziniert. Welchen Vorfall meinen Sie?"

„Es ging gerade durch die Medien. Wir schauen selten Fernsehen, doch meine Verlobte erzählte gestern, dass ein kleines Mädchen entführt wurde. Chloé, glaube ich ... Oder so ähnlich ... Wirklich übel! Welcher Mensch entführt kleine Kinder?"

„Das ist ja wirklich schrecklich!" Diesmal brauchte Doreen noch nicht mal zu schwindeln. „Ist es in dieser Schule passiert?"

„Nein, Gott sei Dank nicht! Es war wohl auf dem Spielplatz im Boerum Park, doch genauer weiß es keiner!" Travis Carter dachte kurz nach. „Ich wünsche mir auch Kinder mit meiner Verlobten, doch wenn ich an unschuldige, kleine Kinder denke, dann fühle ich mich gleich anders. Wie beschützt man ein Kind?"

‚Das frage ich mich auch!', dachte Doreen und beschloss, das Interview zu beenden. Auf diese Art des Polemisierens des

Problems hatte sie weder Lust noch Zeit. „Wollen wir hoffen, dass weitere Kinder in der Zukunft beschützt bleiben!" Auf Doreens Plan stand ab sofort der Besuch auf dem Spielplatz, bevor sie Zoeys Eltern aufsuchen würde. „Können Sie mir sagen, wo ich das Sekretariat finde?"

„Aber selbstverständlich, liebend gern!" Das Gesicht des Hausmeisters erhellte sich endlich. „Sie müssen diese Treppe hinauf. Auf der rechten Seite finden Sie es schon. Es war mir ein Vergnügen, mit Ihnen zu plaudern."

„Ganz meinerseits. Und haben Sie vielen Dank für Ihre Hilfe." Doreen überlegte sich, die Treppen hinaufzugehen und sich noch ein wenig umzuschauen, obwohl sie ziemlich sicher war, dass sie an dieser Stelle, was die Entführung betraf, in einer Sackgasse steckte.

*****

Der Spielplatz im Boerum Park in Brooklyn, den Doreen Bertani gerade angesteuert hatte, war wirklich wunderschön. Es gab einen abgeschiedenen Bereich mit einer Sandkiste für kleine Kinder und ihre Mamas, die sich auf den umschließend angeordneten Bänken zum Plauschen trafen. Fröhlich tauschten sie die heißesten Informationen, von Trinkflaschen und mit Keksen oder Apfelschnitzen beladenen Plastikdosen umgeben. Zwischendurch gab es kurze Anweisungen an die Kleinen, was sie zu tun oder zu lassen hatten. Im vorhandenen Geräuschpegel wurden sie von den Kindern allerdings gekonnt überhört. Etwas weiter von der Sandkiste entfernt gab es eine wunderschöne, große Seilbahn, die Cassy hier sicherlich als Allererstes in Beschlag nehmen würde.

Neben den unterschiedlichen Klettergerüsten, die kunstvoll in die Landschaft der angrenzenden Bäume eingearbeitet worden waren und dem Platz eine natürliche Note verliehen, gab es wenige, kleine Örtchen, die sicherlich das eigentliche Paradies für die Kinder bedeuteten.

Jenseits des wuseligen Geschehens konnte man, zwischen den Bäumen versteckt, die schönsten Geheimnisse austauschen, ohne dass die zahlreichen Erwachsenen auch nur Notiz von den Kindern nahmen. ‚Ein nahezu perfektes Versteck für Drogenabhängige oder welche, die eben gern Kinder entführen', dachte Doreen erbittert über diese Erkenntnis, dass man die Kleinen schon so früh brutal der Kindheit berauben konnte.

Es hatte keinen Sinn, diesen Platz nach irgendwelchen Spuren von Zoey Andrews abzusuchen, da selbst die kleinsten davon vermutlich schon von den Cops gesichert waren. Zum Teil war sogar noch das *furchteinflößende* Polizei-Absperrband sichtbar. Doreen wollte auch nicht besonders auffallen, indem sie um den Tatort schlich.

Vielmehr beschäftigte sie ein Kiosk in der unmittelbaren Nähe des Spielplatzes. Meistens fiel solchen Leuten etwas auf, weil sie unmittelbar am Geschehen waren. Sie beschloss, in der Sache ganz vorsichtig vorzugehen. Der Verkäufer hatte sicherlich schon genug von den Befragungen der Cops. Mit diesem Gedanken machte sie sich auf den Weg.

„Guten Tag!" Die Begrüßung klang abgebrochen in dem winzigen Raum, den sie soeben betreten hatte. Der Besitzer schien sich in einem Nebenraum aufzuhalten. Sie nutzte die Gelegenheit, sich im Kiosk etwas genauer umzusehen.

Als Erstes fiel ihr ein kleiner Stehtisch auf. ‚Gar nicht so blöd', dachte sie. ‚Die Mamas können schnell einen Kaffee trinken, während ihre Kinder draußen spielen.' Die vollständig abgedunkelte Verglasung des Ladens bot einen hervorragenden Blick nach draußen. Der Beobachter, die liebe Mutti oder Zoeys Entführer konnten sich bestens versteckt fühlen. ‚Hast du von hier aus Zoey beobachtet?', fragte sich Doreen. Die Idee schien ihr nicht gerade unplausibel.

„Tach! Wie kann ich helfen?", hörte sie jemanden trocken sagen. Sie wandte sich sofort dem Mann zu.

Er war mittleren Alters, groß und blond. Eine sehr merkwürdige Erscheinung. Eine Person, deren Gesicht man sofort vergaß, nachdem man den Laden verlassen hatte. Keine markanten Merkmale, nichts dergleichen. Hinter dem Mann standen Regale, die mit Magazinen überfüllt waren, was im krassen Kontrast zu seinem sehr spartanischen Äußeren stand.

„Sie haben sehr viele Modezeitschriften." Doreen beschloss, direkt vorzugehen.

„Ist ja auch ein Kiosk!", antwortete er schroff. Dann etwas freundlicher: „Ich mag eben Modemagazine."

„Ich auch." Doreen lächelte, um die Atmosphäre zu entspannen. „Jede Menge schöne Frauen, die Sachen tragen, mit denen man sich nicht auf die Straße trauen würde. Hätten Sie einen Kaffee für mich? Ich muss noch kurz auf meine Nichte warten", log sie.

„Mit Milch und Zucker?"

„Nur mit Milch, bitte." Da eine kleine, unangenehme Pause folgte, versuchte sie diese zu überbrücken. „Tollen Laden haben Sie! Ich wollte schon immer etwas mit Zeitschriften und Büchern zu tun haben. Und die Idee erst, so nah am Spielplatz, wo die Eltern schon aus purer Langeweile zur Zeitschrift greifen... Einfach genial!"

„Danke! Ich habe tatsächlich ein wenig nach einem guten Platz für meinen Laden gesucht", antwortete er sichtlich geschmeichelt. ‚Das wäre dann Dexter Gardener, der Besitzer.' Doreen lächelte. Die Angewohnheit, auf jedes noch so kleine Detail zu achten, sei es auch nur das kleinste Schildchen an der Eingangstür, zahlte sich wieder mal aus. Sie stellte sich an den Stehtisch, wo der heiße Kaffee in einem Pappbecher bereits auf sie wartete, und den Raum mit einem vertrauten Duft erfüllte.

„Ich wollte für meine Nichte ein kleines Mitbringsel mitnehmen, doch ich kenne mich nicht so aus. Was mögen Mädchen, die um zehn Jahre alt sind, wirklich gern?", fragte sie unbefangen.

„Meistens Pferde!" Die Antwort kam wie aus der Pistole geschossen. Dexter mäßigte sich sogleich. „Und alle Mädchen fahren bei mir auf diese Stickeralben ab." Er nahm eins von den Heften in die Hand und zeigte es Doreen. Auf dem Cover war ein Bild von einem wunderschönen, schwarzen Mustang. Sie war sich sicher, dass ihre Tochter das Heft lieben würde.

„Sind Sie sich sicher, dass Kinder so etwas mögen? Meine Nichte ist eher schüchtern und zurückgezogen. Ich weiß noch nicht mal, ob sie gerne liest." Diese Beschreibung passte recht grob auf Zoey.

„Glauben Sie mir! Wenn Sie der Kleinen dieses Heft und ein Tütchen von dem Gummizeugs schenken, dann wird sie Sie lieben!" Auf der Zeitungsablage war eine Schale mit abgepackten Gummibärchen, die wie Pferde geformt waren. „Die muss ich immer extra bestellen, denn die Kleinen fahren darauf ab!" Sein Grinsen enthüllte von Zigaretten und Kaffee vergilbte Zähne. Doreen schüttelte sich innerlich bei dem Anblick.

„Sagen Sie", sie wechselte schnell das Thema, „vorhin sah ich auf dem Spielplatz ein Absperrband. Ist hier etwas passiert?"

Die Augen von Dexter Gardener verdunkelten sich plötzlich. Er wandte sich von Doreen ab und ging zurück hinter seinen Ladentisch. „Irgendein Kind wurde entführt, oder so. Hab's in den Nachrichten gesehen. Wie hieß es noch? Zoey oder so. Keine Ahnung…"

„Aber das ist doch schrecklich! Hier auf dem Spielplatz? Wo meine Nichte spielt?", log sie.

„Keine Ahnung, schauen Sie doch im Fernsehen oder im Internet nach! Ich habe die Kleine nicht gesehen! Hier kommen und gehen so viele Kinder. Das Gesicht von der, die vermisst wird, habe ich hier noch nie gesehen! Jetzt muss ich aber arbeiten! Entschuldigung." Im gleichen Moment, als er sich gerade wieder in sein Hinterzimmer verziehen wollte, betrat ein kleines Mädchen den Laden. Unwillkürlich musste Doreen wieder an Zoey denken.

„'Tschuldigung", sagte die Kleine schüchtern. „Kann ich Pferdis haben?" Doreen erinnerte sich an die ‚speziellen' Gummibärchen.

„Eins zwanzig", sagte der Verkäufer barsch. Das Mädchen begann, das Geld zu zählen. Scheinbar hatte sie nicht genug dabei, denn plötzlich schaute sie sehr unglücklich drein. Doreen trank den letzten Schluck ihres mittlerweile kalten Kaffees und beschloss, der Kleinen zu helfen. Aus dem Kiosk-Besitzer würde sie ohnehin kein

Wort mehr herausbekommen. Er schien etwas verbergen zu wollen.

„Ich möchte den Kaffee, das Heft und zwei Gummi-Tütchen... ähm ...", sie lächelte über den Eigennamen der offenbar geliebten Süßigkeit, „... Pferdis zahlen. Mal schauen, ob sie im Fall meiner Nichte recht behalten. Das ist für dich, Kleines!" Sie lächelte das Kind an, das sichtbar erleichtert über ihr Glück war.

Doreen beobachtete, wie das Kind mit einem „Danke!" aus dem Laden herausstürmte, sich ein Stückchen weiter auf eine Bank setzte und die Tüte gierig aufriss, als würde die Welt um sie herum nicht existieren.

Nachdem auch Doreen mit einem freundlichen „Auf Wiedersehen!" den Kiosk verlassen hatte, setzte sie sich daneben, mit etwas Abstand zu dem Kind. Beide waren sie soweit zwischen zwei Bäumen versteckt, dass ihr Anblick sich den Blicken des Kiosk-Besitzers entzog. Und dennoch konnten sie den Spielplatz weitgehend beobachten. Ein ‚Pferdi' nach dem anderen schaufelte die Kleine in sich hinein, während sie eine mit Kindern besetzte Schaukel beobachtete. Von Doreen nahm sie keine Notiz mehr.

„Schmecken dir die Pferdis?" Das Kind erschrak. Langsam begreifend schaute sie die ihr fremde Frau mit großen Augen an und kaute noch ein wenig herum, bevor sie nickte. „Der Mann im Laden ist aber gar nicht so nett!", fuhr Doreen fort.

„Nöööö", sagte die Kleine, „der ist nett! Manchmal, wenn wir mit Mommy nach Hause gehen, sitzt er hier und verteilt Pferdis an die Mädchen. Und manchmal auch Sticker." ‚Ach, daher das Wissen, was Kinder so mögen', dachte sie bitter.

„WO WARST DU, Fran? Ich habe dich schon überall gesucht!" Eine wutschnaubende, übergewichtige Frau näherte sich der Sitzbank. „Habe ich dir nicht tausend Mal gesagt, du sollst IMMER Bescheid sagen, wenn du weggehst?"

Die Mutter bemerkte plötzlich Doreen und mäßigte ihren Ton. „Kinder! Kaum lässt man sie für eine Sekunde aus den Augen, schon sind sie weg!" Ohne eine Äußerung der Fremden abzuwarten, nahm sie seufzend das Kind an die Hand und entfernte sich hastig. Während das Mädchen mit schnellen Trippelschritten seiner Mutter nachzulaufen versuchte, wurde sie an der Hand gezogen, als wäre sie eine schwerfällige Puppe.

Eigentlich war es ein trauriges Bild, wenn man außer Acht ließ, dass die kleine Fran eines Tages vielleicht eines der älteren Kinder des Boerum Parks sein würde, das keinen Hausschlüssel um den Hals trug. Bei Weitem nicht alle Eltern hatten Zeit und Muße, sich über den Verbleib ihrer Kinder zu informieren. Und das, obwohl in diesem Park ein Kind entführt worden war.

Im gleichen Augenblick klingelte das Mobiltelefon.

„Hallo, Raffaella!" Doreen erkannte die Nummer sofort.

„Hallo, Schatz! Wo bist du?"

„Auf dem Spielplatz im Boerum Park. Bist du im Büro?"

„Jep! Gerade rief mich mein NYPD-Informant an. Es gibt Neuigkeiten in dem Fall, doch alles ist noch streng geheim. Selbst Amy und Larry Andrews wurden noch nicht benachrichtigt. Die haben wohl einen Verdächtigen!"

„Haben sie Zoey gefunden?"

„Das offenbar noch nicht. Näheres hat sie mir nicht verraten." Doreen staunte, dass es sich bei dem Informanten um eine Frau handelte. Darüber hatte sie mit Doreen nie gesprochen. Für einen winzigen Augenblick verspürte sie einen Stich. Noch ehe sie ihre leicht aufsteigende Eifersucht aufblühen lassen konnte, fuhr Raffaella fort: „Amy Andrews hat vorhin bei mir angerufen, weil sie wissen wollte, ob du Zeit hättest, bei ihr vorbeizuschauen. Vielleicht kriegst du neue Ideen für den Artikel, wenn du Zoeys Zimmer siehst? Wann hättest du Zeit?"

„Jetzt. Ich könnte direkt zu ihr fahren."

„Dann mach das mal! Ich sage ihr Bescheid. Du musst dich auch nicht beeilen, weil Ivy Cassy von der Schule abholen wird. Ich habe ihr gesagt, dass sie sich – natürlich nur ausnahmsweise mal – eine große Pizza bestellen dürfen, um dir etwas Luft für deine

Recherchen zu lassen. Ivy hat schon ihre Sachen bei uns deponiert." Raffaella klang erleichtert.

„Na, das ist doch super! Gibt es noch irgendwelche Neuigkeiten von den vergangenen Fällen, falls es überhaupt einen Zusammenhang geben sollte?"

„Ich habe gerade die verantwortliche Staatsanwältin zum Essen eingeladen. Manche von denen schulden mir noch einen Gefallen. Ich versuche es diesmal mit meinem Charme." Auch wenn das nicht ihre Art war, musste Doreen jetzt doch ihre aufkeimende Eifersucht herunterschlucken.

„Mach das! Ich liebe dich!", sagte sie stattdessen.

„Und ich dich erst!" Raffaellas wundervolle Stimme hallte in Doreens Ohren noch lange nach, nachdem sie aufgelegt hatten. Sie fühlte sich wohl.

Kapitel 5

„Wissen Sie mehr über meine Tochter?", hakte Amy Andrews sofort nach, nachdem sie die Tür aufgemacht hatte. Sie sah noch elender aus, als Doreen sie in Erinnerung hatte. Ihre Haare waren nicht gekämmt, sondern zu einem Zopf zusammengebunden. Sie trug einen Jogginganzug und war ungeschminkt.

Unter ehemals leuchtenden Augen lauerten schwarze Ränder, ein Ergebnis des Kummers, der vergossenen Tränen und der schlaflosen Nächte. Fast verloren wirkte die Frau, die noch vor wenigen Tagen sicherlich schick und selbstbewusst aufgetreten war. Selbst von ihren sonst gestylten Fingernägeln blätterte langsam die Farbe ab, was Doreen eher beiläufig bemerkte.

„Nein, leider nicht!" Doreen bedauerte von Herzen, der besorgten Mutter diese lapidare Antwort geben zu müssen und trat ein. Sie mochte solche tiefer gehenden Gespräche im Flur nicht.

„Können Sie sich jetzt endlich an dieses ... ähm ... Monster wenden?" Dieser Schatten von einer Frau brach wieder in Tränen aus. „Ich will doch nur meine Zoey wiederhaben!"

„Leider geht das noch nicht. Für einen Artikel muss ich noch etwas recherchieren. Aber ich werde alles tun, was in meiner Macht steht! Es ist eine äußerst sensible Angelegenheit, wenn man Zoey nicht schaden will", entgegnete Doreen so mitfühlend, wie sie nur konnte.

„Was soll ich nur tun? Was soll ich nur tun?" Jammernd lehnte sich die fremde Frau an Doreen. Was Doreen für gewöhnlich als unangenehm empfand, erschien ihr plötzlich so selbstverständlich. Sie umarmte sie und fühlte unendliches Mitleid mit ihr.

„Hören Sie, Amy? Ich bin dabei, so vorsichtig wie möglich Informationen zu sammeln!" Amy schien nicht besonders aufnahmefähig zu sein, was angesichts der Tragödie auch verständlich war. „Wenn alles klappt, können wir uns morgen an die Öffentlichkeit wenden. Irgendjemand muss doch wissen, wo sie ist. Ein Nachbar, ein Freund ... Irgendjemand ..." Das klang selbst für Doreen wenig überzeugend. „Glauben Sie mir, die Statistiken sagen, dass die Hälfte der Vermissten innerhalb der ersten Woche gefunden wird! Vielleicht ist Zoey einfach nur in einen Zug gestiegen oder etwas Ähnliches! Spätestens nach einem Monat sind mehr als achtzig Prozent der Kinder wieder daheim. Wir werden sie finden, das verspreche ich Ihnen! Ich werde sie finden!"

Amy Andrews löste sich aus der sie beide jetzt beklemmenden Umarmung und schaute nachdenklich. Egal, wie gut Doreen es meinte. Für diese Situation gab es offenbar keinen ‚richtigen' Trost.

„Amy, ich brauche dringend Ihre Hilfe! Ich habe einige Fragen zu Zoey. Können Sie mir diese beantworten?"

„Was wollen Sie über sie wissen?", fragte Amy eher resigniert. Die Aussicht, noch länger zu warten, schien sie zu zermürben.

„War die Kleine öfter auf dem Spielplatz im Boerum Park?" Doreen stellte die Frage so behutsam, wie es nur ging.

„Sie traf sich oft mit ihrer Freundin, Anne. Sie tratschten dort gern. Annes Mutter schenkte ihrer Tochter zum Geburtstag ein Smartphone, daher rief ich die beiden immer an, wenn die Mädchen nach Hause kommen sollten." Amy schwieg für einen kurzen Augenblick. „Hätte ich Zoey bloß auch ein Handy geschenkt. Vielleicht wäre das dann nicht passiert!", begann sie von Neuem zu weinen. Doch aus ihren Augen kamen mittlerweile keine Tränen mehr.

Doreen ging plötzlich das Märchen von Hans-Christian Andersen durch den Kopf. ‚Die Geschichte von einer Mutter' hieß es. Es wurde früher gern vorgelesen, als sie noch ein kleines Kind war. Darin weinte sich die Mutter ihre Augen für ihr Neugeborenes aus, um es aus den Fängen des Todes zu befreien, bis sie blind wurde. *„Der Tod aber ging mit ihrem Kinde in das unbekannte Land"*, war der letzte Satz dieser grausamen Erzählung, den sie auswendig kannte. Doreen fühlte sich entsetzlich bei dieser Assoziation.

„Haben Sie Kinder?", fragte Amy plötzlich, um die entstandene Stille zu durchbrechen.

„Ja, eine kleine Tochter."

„Beschützen Sie ihr Kind! Ich habe es nicht getan!" Amy schluchzte herzerweichend. Sie verdeckte das Gesicht mit ihren Händen.

„Sie können nichts dafür! Auch ich könnte nichts tun, um so etwas zu verhindern!" Sie mochte diese Verbindung zu Cassy nicht. „Doch um Zoey zu helfen, brauche ich noch mehr Informationen. Was ist Ihnen noch aufgefallen kurz vor ihrem Verschwinden? Und sei es noch so unbedeutend!"

„Sie wirkte manchmal etwas abwesend ...Vielleicht bilde ich es mir aber nur ein ..." Amy wischte sich die Tränen weg. „Und sie verriet mir, dass sie ein tolles Geschenk für mich zum Geburtstag hätte. Der war genau vor drei Tagen. Also an dem Tag, als meine Tochter verschwand." Erneutes Schluchzen.

„Wissen Sie vielleicht, was das für ein Geschenk sein sollte?"

„Das wollten schon die Cops wissen. Ich habe wirklich keine Ahnung!"

„Ist Ihnen sonst noch etwas aufgefallen? Vielleicht eine Veränderung an Ihrer Tochter? Oder das, was sie spielte, was sie anders tat als sonst, schrieb, trank oder aß?"

„In letzter Zeit aß sie nicht besonders viel. Ich fragte mich, ob das damit zusammenhing, dass ich mich in letzter Zeit öfter mit ein paar Bekannten traf? Sie glaubte immer noch daran, dass sie, Larry und ich eine gemeinsame Zukunft hätten."

„War das denn so abwegig?", hakte Doreen nach. Das war eine der Gemeinsamkeiten, die die Fälle miteinander verband.

„Ich weiß es nicht. Die Antwort auf diese Frage habe ich nicht gefunden. Jetzt spielt es auch keine Rolle mehr für mich!" Amy hielt inne, als hätte sie überlegt. „Und dann ... dann fand ich den Grund, weshalb sie das Essen verweigerte, dachte ich. Sie stopfte sich voll mit so komischem Süßkram. Als ich sie fragte, woher sie es hätte, sagte sie, es wäre ihr geschenkt worden. Nachdem ich es ihr verbot, kehrte ihr Appetit wieder. Naja, Kinder essen immer gern diesen Mist. Jetzt würde ich ihr alles davon geben, wenn sie nur nach Hause kommen würde."

„Was für Süßkram war das?" Doreen fragte so beiläufig, wie es ihr möglich war, ohne ihre steigende Nervosität zu verraten. Während Amy überlegte, war bei Doreen der Geduldsfaden gerissen.

„Sah es vielleicht so aus?" Sie zeigte Amy die vom Kiosk mitgebrachte Tüte.

„Könnte schon sein ... Es kommt mir auf jeden Fall bekannt vor. Warum ... ähm ... fragen Sie?"

„Ach, nichts Besonderes. Ich suche nur nach Verhaltensweisen, die Ihre Tochter charakterisierten. Der Beschreibung wegen. Als Journalistin weiß ich nie, welche Informationen am Ende relevant werden. Könnte ich vielleicht auch ihr Zimmer sehen?"

„Ja, folgen Sie mir." Amy brachte sie in ein Zimmer, das wohl mit den schönsten Pferdepostern, die Doreen je gesehen hatte, tapeziert war. „Zoey liebt Pferde!"

‚Hier würde sich auch Cassy wohlfühlen', dachte Doreen mit einem schaurigen Gefühl. Offenbar hatte der Kioskbesitzer eine sehr gute Beobachtungsgabe. Fraglich war lediglich, ob er die Kinder als Kundschaft sah oder aus irgendwelchen Gründen ködern wollte. „Kann ich mich im Zimmer umschauen?"

„Tun Sie das ruhig!" Die Mutter verließ das stille Zimmer ihrer Tochter schweren Herzens.

*****

Noch bevor sich Doreen ein Bild machen konnte, klingelte ihr Telefon. Zerstreut nahm sie an.

„Sie haben jetzt auch offiziell einen Verdächtigen!" Raffaella brüllte ungewohnt laut in den Hörer. In diesem Augenblick ließ sich beim besten Willen nichts an die stilvolle, beherrschte Psychologin denken. „Mehr weiß ich noch nicht. Wir müssen immer noch abwarten ..." klang, als würde die nächste Zeit zur Tortur werden.

„Haben sie sie gefunden?" Doreen ließ sich durch die Aufregung anstecken. Die Informationen sollten die Cops den Eltern mitteilen.

„Ich glaube, noch nicht ... So genau weiß ich es aber nicht ... Dazu soll es bald eine Pressekonferenz geben ... Aber den Namen eines Zeugen habe ich herausbekommen. Notier ihn dir." Doreen kritzelte den ihr unbekannten Namen in ihren Notizblock: *Oliver Bradley*.

„Raffaella, Zoeys Zimmer ist so beeindruckend!" Sie musste die eigene Trauer jemandem mitteilen. „Sie ist fast so wie unsere Tochter: Sie hat Freundinnen, mag Spielplätze, hat kleine Geheimnisse, ein lilafarbenes Zimmer mit einem wunderschönen Prinzessinnenbett und lauter Pferdepostern. Und über ihrem Bett hängt sogar eine Art Baldachin. Das, das so ähnlich aussah ... Naja, du weißt, das uns Cassy letztens im Katalog gezeigt hat. Es scheint ja der Hit unter den Kleinen zu sein. Der große Unterschied ist, dass es in diesem Zimmer so furchtbar, furchtbar still ist. Es scheint so, als würde jede einzelne Sache lautlos nach ihrer Besitzerin schreien. Das Gefühl muss für die Mutter besonders abends unerträglich sein ..."

Raffaella seufzte. Es war tatsächlich eine beklemmende Situation für alle Beteiligten. Doch der Countdown lief, was ihnen beiden bewusst war. Manchmal gab es keine Zeit für sentimentale Momente. Taten mussten folgen. Sie sammelte sich: „Frag mal Amy, ob sie dir ermöglichen könnte, in ihrem Computer deine Mails abzurufen. Ich habe dir etwas über diesen Oliver Bradley geschickt. Du kannst vielleicht herausfinden, was er so gesehen hat?"

„Mache ich. Bis dann ...", antwortete Doreen übertrieben unnatürlich und legte auf, da Amy gerade das Zimmer betreten hatte. „Könnte ich kurz Ihren Computer benutzen?"

„Wieso nicht? Gern. Können Sie sich über meinen Account anmelden? Ich kriege nichts mehr hin vor lauter Gedanken um Zoey. Mein Passwort ist ..." Doreen tippte die Buchstaben-Zahlen-Kombination ein.

Als sich vor ihren Augen eine Seite öffnete, die die persönlichsten Informationen über Amy anbot, hätte Doreen fast die Augen verdreht. Wie unverantwortlich teilten manche Menschen ihre tiefsten Geheimnisse mit der gesamten virtuellen Welt, in der Hoffnung, den richtigen Partner zu finden! Unfassbar.

Sie fand Unmengen von Bildern von Zoey, einige Portale und elektronische Briefkästen öffneten sich automatisch, weil sie bereits aktiv waren. Für einen Hacker wäre es kein Problem, diese Informationen anzuzapfen und nach Belieben auszuschöpfen. Bilder, Daten, Vorlieben, wichtige Tage. Alles lag frei für ein feindliches WWW-Universum, das Amy noch vor kurzem das Gefühl der Sicherheit vermittelt hatte. Und jetzt? Drei Tage nach dem Verschwinden ihrer Tochter wurde diese Welt unbedeutend.

‚Wie lange musste diese Frau vor dem Computer bei der Suche nach dem passenden Date verbracht haben? Wie oft war sie enttäuscht worden?', dachte Doreen, während sie in den ihr nun zugänglich gemachten persönlichen Mitteilungen stöberte. Vielleicht verbarg sich genau hier ein Hinweis auf den Täter? Nichts erschien mehr unmöglich!

„Alles Gute zum Geburtstag! Ich werde dich überraschen ... Ich kann es nicht erwarten, dich und deine Tochter, Zoey, kennenzulernen. Süß, die Kleine auf den Fotos ... Dein Alex", stach ihr förmlich ins Auge.

„*Alex0787*" tauchte als Einziger in den Mails fünf Tage vor der Entführung von Zoey auf. Das schien auch die letzte unbeantwortete Nachricht gewesen zu sein. ‚Wieso meldete er sich dann nicht mehr?', dachte Doreen. Vergeblich suchte sie unter den verbliebenen Nachrichten nach dem auffälligen Kürzel.

Stattdessen fand sie etliche Anfragen von Freunden und Bekannten zum Verbleib von Zoey Andrews. Alex war der Einzige von all den zahlreichen Männern, die Amy zu einem Dating kontaktierte, der sich kurz vor der Entführung mit Geburtstagsglückwünschen meldete und danach schwieg. Sie leitete diese Nachricht vorsichtshalber an ihre eigene Adresse weiter und öffnete ihren privaten Mail-Account.

Kapitel 6

Schwermütig schloss Amy Andrews die Türen ihrer Wohnung hinter Doreen Bertani. Das Klacken von mehreren Schlössern verriet, dass diese Frau stark von Angst erfüllt war. Nichts lag ihr ferner, als einem Fremden Eintritt in ihr Heiligtum, ihre Wohnung, zu verschaffen. Doch sie ahnte nicht, dass ihr als treu geglaubter Verbündeter, ihr Computer, bereits eine virtuelle Tür in diese feindliche Welt offen hielt. Die äußerst reale Gefahr der nicht-realen Wirklichkeit schien sich ihrer Vorstellung zu entziehen.

Beim Hinuntersteigen, als Doreen Bertani wirklich sicher sein konnte, dass sie weder von Amy noch von der Nachbarschaft gehört werden könnte, wählte sie die bekannte Nummer des Privatinstituts für Angewandte Kriminologie. Sie erkannte sofort die verführerische, tiefe Stimme, die sie jederzeit so erregend fand. Sie entschied sich, kurz zu warten, bevor sie mit ihren Beobachtungen über Amy loslegte.

„Raffaella, was würdest du sagen? Was ist das für ein Mensch, den wir suchen?"

„Manchmal bezweifle ich, dass sich Zoey tatsächlich in den Fingern eines Psychopathen befindet, der schon zwei unschuldige Kinder auf dem Gewissen hat. Vielleicht will ich mir das auch gar nicht vorstellen? Sollte er es jedoch sein, dann ist es eher ein ... ähm ... Wie soll ich es sagen? Ähm ... Ein Liebhaber." Sie schluckte kurz, selbst überrascht über die plötzliche Erkenntnis.

„Das Morden an sich steht für ihn nicht unbedingt im Vordergrund. Aus den letzten beiden Fällen konnte ich schließen, dass er mit diesen Kindern eine Art Beziehung eingehen will. Das leite ich aus der Tatsache her, mit welcher Sorgfalt er die Kinderkörper der Opfer hinterlassen hat. Ich bezweifle, dass dieser Mann fähig ist, eine ‚erwachsene' Liebesbeziehung einzugehen. Und ich bin mir ziemlich sicher, dass es ein sehr sorgfältiger Mensch ist. Von dem ausgehend, was mir an Material zu diesen Fällen offiziell vorliegt, geht er mit hoher Präzision vor. Doch nur, wie gesagt, wenn diese anderen Fälle mit Zoeys Fall überhaupt zusammenhängen. Wie geht es Amy?"

„Den Umständen entsprechend, würde ich sagen. Aber gut, dass du ihren Namen ansprichst. Als ich in ihrem Computer nach deiner Mail suchte, öffneten sich lauter persönliche Dinge. Ihre Daten liegen dort wie auf einem Grabbeltisch im Supermarkt bereit. Du brauchst nur die Hand auszustrecken, um sofort zu wissen, wann sie oder ihr Kind Geburtstag haben. Oder wie sie aussehen. Von all den anderen persönlichen Dateien und Urlaubsfilmen einmal abgesehen. Ich fand heraus, dass sie sich in letzter Zeit mit einigen Männern getroffen hat. Das Übliche nach einer vor kurzem erfolgten Trennung eben. Doch mein Journalistenherz sagte, dass einer davon sehr seltsam ist. Ich kann mir nicht erklären, warum?"

„Soll ich meinen Freunden beim NYPD einen Tipp geben?"

„Nein, noch nicht", antwortete Doreen nachdenklich. „Sie hätten es selbst schon überprüft, wenn es für sie relevant wäre. Könntest du jedoch bei deinen ‚speziellen' Freunden die Überprüfung einer IP-Adresse anordnen? Ich habe die Firewall von Amy abgeschaltet, sodass einer von denen sich inoffiziell reinhacken kann. Wenn wir nichts finden, werde ich sie instruieren, wie man den Schutz wieder aktiviert."

„Mache ich!"

„Und … Raffaella! Noch eine Sache. Was würdest du denken? Angenommen, dass der Typ der Psychopath von den anderen beiden Fällen wäre. Und angenommen auch, ich würde aus purem Zufall mit ihm in Kontakt kommen. Wie tritt er auf?"

„Am besten, das passiert gar nicht!" Raffaellas Stimme nahm einen besorgten Ton an. Das waren die seltenen Momente, bei denen Doreen an die lauernde Gefahr ihres Jobs denken musste. „Ich hoffe, dass Zoey nicht entführt wurde, sondern ihren Kopf in irgendetwas Dummes reingesteckt hat." Diese Eigenlüge half Raffaella offenbar zur besseren Bewältigung der Situation. Beide kamen sie bereits an ihre Grenzen. Der Fall wurde zu persönlich. Es drohte sie aufzufressen, ohne dass sie sich davon hätten lösen können. Kaum waren drei Tage seit der Entführung vergangen, schon saßen sie hüfthoch mittendrin, wie im Moor, aus dem es kein Entkommen gab. Ihre einzige Hoffnung war, dass man Zoey wohlbehalten finden würde, denn im anderen Fall ...

„Wenn du mich dennoch nach diesem Psychopathen fragst", setzte Raffaella fort, „könnte ich mir vorstellen, dass der Mensch vielleicht sehr abweisend zu Kindern erscheint, um seine Neigungen zu verstecken. Übertriebene Freundlichkeit wäre zu auffällig. Ruhiges Vorgehen würde für einen Täter sprechen, der sehr kopfgesteuert handelt, sich daher seiner Handlungen bewusst ist. Irgendetwas sagt mir, dass wir es mit jemandem zu tun haben, der sich im Großen und Ganzen als Kinderfreund begreift. Sein Auftreten dürfte eher zuvorkommend sein. Vielleicht verrät er sich dadurch, dass er besonders viel über kindliche Vorlieben weiß?"

„So wie der gute, nette Typ im Allgemeinen, der sich für eine Beziehung ‚ganz zufällig' eine Frau mit Kindern in seinem Beuteschema-Alter sucht?" Doreen konnte sich die Ironie nicht verkneifen.

„An so etwas habe ich gedacht, Doreen. Er wird vermutlich keine Lebensgefährtin haben. Vermutlich. Oder eine langjährige Beziehung führen, in der es an Nähe mangelt. Leider lauter Vorurteile, was?"

„Sieht so aus, Raffaella. Also haben wir fast nichts? Na wunderbar!"

„Diese Unmengen von Puzzlestücken werden irgendwann schon ein ganzes Bild ergeben, Schatz. Wir müssen nur anfangen, sie zusammenzulegen. Sieh zu, was du bei diesem Oliver Bradley herausfindest. Schließlich wohnt er in der Nähe vom Spielplatz und hat Zoey beobachten können. Er gilt als der letzte Zeuge, der Zoey gesehen hat."

„Alles klar, bis später, Raffaella. Heute gibt es eine Massage mit ganz vielen Küssen."

„Ehrlich? Ich freue mich schon drauf!" Raffaellas freudige Erregung ließ sich auch durch das Telefon nicht verbergen.

„Nicht für dich, du Dummerchen, FÜR MICH!!" Doreen lachte herzlich. „Ich liebe dich!"

„Ich dich auch. Pass auf dich auf!" Dieser so fromme Wunsch ihrer geliebten Partnerin erfüllte sie immer wieder mit der Wärme eines Hauses, das mit Gekicher und heißen Kakaos schlürfenden Mädels an einem Winterabend erfüllt war. So fühlte sich Geborgenheit an.

Erneut nahm sie den Hörer in die Hand und wählte die Telefonnummer, die sie zuvor in ihr Notizbuch gekritzelt hatte.

„Guten Tag, mein Name ist Doreen Bertani. Ich bin Journalistin. Ich schreibe gerade einen Artikel über das verschwundene Mädchen, Zoey Andrews, und würde Ihnen gern einige Fragen stellen. Hätten Sie Zeit?" Sie horchte angestrengt in den Hörer. Die Stimme klang piepsig und aufgeregt. Dass die Menschen aufgeregt waren, passierte ihr leider ziemlich oft, wenn sie in ihrer Rolle als Journalistin auftrat.

„Na wunderbar! In einer Stunde hätte ich ebenfalls Zeit und würde mich sehr freuen. Bis dann."

Soeben hatte sie etwas Zeit für einen Salat und eine Tasse Kaffee in einem Schnellrestaurant gewonnen, das sie just in diesem Moment passierte.

*****

Das in der Mitte gelegene Haus in der Pacific Street, Brooklyn, dem Doreen sich gerade näherte, sah sehr gepflegt aus. Doppelhäuser mit hübsch angelegten Vorgärten und ordentlichen Einfahrten gehörten in diesem Teil von New York zum guten Ton. Just in dem Augenblick, als sie genau vor der gesuchten Eingangstür eingebogen war, sah Doreen, wie sich die Gardine leicht bewegte. Im unteren Bereich des Hauses kläffte ein Hund. Die Einfahrt war voll von Büschen blühender Rosen und Blumen, deren Namen sie noch nicht einmal kannte. Es sah hinreißend aus. ‚Offensichtlich verbringen die Hausbesitzer sehr viel Zeit an der frischen Luft', dachte sie.

Nach dem ersten Klingeln an der Tür verstärkte sich noch das unerträgliche Gebell des Hundes. Offenbar wollte man sie vor dem Eingang warten lassen. Sie war jetzt sicher, dass sich vorher die Gardine nicht von einem Luftzug bewegt hatte, denn alle Fenster schienen wie hermetisch abgeriegelt. Auch der Hund hätte sie nicht bewegt haben können, da er direkt an der Tür lautstark sein Bellen von sich gab.

Als sie ihre Alternativen im Kopf durchging, wie sie den Bewohnern doch noch begegnen könnte, hörte sie ein gedämpftes: „AUS! Daisy! AUS! AUS, sagte ich doch!" In diesem Moment verstummte der Lärm ein wenig, und die Tür öffnete sich.

Im Rahmen stand ein älterer Mann im korrekt gebügelten Hemd, einer ebenfalls korrekt gebügelten Hose, glatt gekämmt. Seine Füße steckten in typischen Rentner-Pantoffeln, die man in jedem Supermarkt an der Ecke zusammen mit einem Bund Möhren kaufen konnte. Die Ärmel hatte er hochgekrempelt. Zu seiner Rechten bemaß sie ein kleiner brauner Kurzhaardackel mit einem sehr giftigen Blick. Der Köter war im Notfall bereit, jeden Gegner zu Fall zu bringen, und hatte derweil sichtliche Probleme, seine Schnauze weiterhin geschlossen zu halten. Doch er folgte der Anweisung des Herrchens. Es war lediglich ein grollendes Geräusch der Unzufriedenheit über den Besuch zu vernehmen.

„Guten Tag, mein Name ist Doreen Bertani. Wir haben soeben telefoniert", stellte sie sich vor.

Der Fremde betrachtete sie mit einer Strenge, die für gewöhnlich der ‚älteren' Generation angedichtet wurde. Offenbar schien er derjenige zu sein, der sich um die Pflanzen im Freien bemühte, schloss Doreen aus seinem dunklen Teint und den vielen kleinen Kratzspuren auf seinen Armen. Oliver Bradley erschien ihr etwas drahtig und deutlich beweglicher, als dass er so lange Zeit zum Öffnen der Tür gebraucht hätte, wie er ihr vorzugaukeln versuchte. Er schaute zerstreut.

„Guten Tag!", antwortete er, vielleicht eine Spur zu laut. ‚Offenbar haben die anderen Häuser Ohren', dachte Doreen. „Sie sind doch die JOURNALISTIN, nicht wahr? Sie wollen ein INTERVIEW mit mir führen, nicht wahr?"

„Könnte ich bitte eintreten?" Doreen wollte sich nicht auf dieses ihr längst bekannte Spiel einlassen. Ihr Beruf hatte ihr immer schon eine besondere Position verschafft. Die Situation wurde langsam unangenehm. ‚Hoffentlich werde ich im Alter eine ausfüllende Beschäftigung haben, dass mich nicht jeder Besuch so durcheinander wirft', dachte sie. Die gegenteilige Vorstellung jagte ihre Nackenhaare in eine aufrechte Position. „Bitte, kommen Sie herein!" Die Stimme des Mannes bekam endlich einen beinahe normalen Tonfall.

„Mein Name ist Oliver Bradley." Der kleine Dackel gab bei Doreens Betreten der Hausschwelle einen warnenden Laut von sich und wurde mit einem scharfen „MACH PLATZ!" in sein Körbchen verbannt. Sie staunte über den Gehorsam des Tieres. Die in der Luft wahrzunehmende Konsequenz des Mannes stand seinem biederen Erscheinungsbild in krasser Weise entgegen.

Im Inneren des Hauses war es angenehm kühl. Auf dem Boden lagen Teppiche in mächtigem Bordeaux, der Flur war vollgestopft mit alten Möbeln und Sachen, die halbwegs aufgeräumt erschienen. Über dem ganzen düsteren Ensemble lag ein muffiger Geruch, der förmlich nach einem offenen Fenster schrie. Die Hausbesitzer legten offenbar keinen großen Wert auf eine korrekte Luftzirkulation. Doreen kämpfte mit sich gegen das aufsteigende Verlangen, ihren Inhalator herauszuholen. Ihre Lungen schienen sich wieder einzuengen. Das Gefühl der Platzangst beherrschte Doreens Gedanken. Unterbewusst verspürte sie das Verlangen, schnellstens aus diesem Vorraum zu flüchten. Daher war sie froh, als Oliver Bradley sie ins Wohnzimmer führte. Weit weg von diesem engen, vollgestopften Raum. Schlimmer konnte es nicht werden!

Das Wohnzimmer war deutlich geräumiger als der Flur, doch das war auch sein einziger Vorteil. In einer Ecke des Zimmers befand sich ein riesiger, alter Esstisch aus schwerem Kirschholz mit einem gehäkelten, weißen Läufer. In der Mitte des Tisches stand ein großer Strauß mit bunten Plastikblumen. Der moderne Laptop, der geöffnet auf dem Tisch in einer Ecke stand, bildete einen starken Kontrast zwischen ‚muffelnd alt' und ‚modern'.

An allen Wänden des Wohnzimmers befanden sich unheimlich viele Regale, die hoch zur Decke hinaufragten. Darauf stand die größte Sammlung von Porzellanpuppen, die sich Doreen jemals hätte vorstellen können. Diese gruseligen Gestalten mit den einem Kind ähnelnden Gesichtern waren mit größter Akribie gekleidet und auf dem ‚richtigen' Platz drapiert worden - einer unergründlichen Logik des Besitzers folgend. Doreen verspürte steigendes Unbehagen. Ähnliche Gefühle hatte sie schon einmal in der Jugend verspürt, als sie im Museum für Naturkunde in die Augen eines ausgestopften, unheimlich lebendig wirkenden Eichhörnchens geblickt hatte. Die sonst übliche Floskel „Schön haben Sie es hier!" kam ihr diesmal nicht über die Lippen.

„Möchten Sie etwas trinken?" Die Stimme von Oliver Bradley katapultierte sie sofort in die reale Welt zurück. Sie hatte einen Auftrag zu erfüllen! Daisy, deren Körbchen in der äußersten Ecke des Wohnzimmers stand, verfolgte sie aufmerksam mit ihrem Blick, als würde das Tier jede noch so kleine, falsche Bewegung der Lippen deuten können. Bei größeren Veränderungen grollte die Stimme, gerade noch einen Schritt weit davon entfernt, nervtötend loszukläffen.

„Ja, gern. Wasser, bitte." Eigentlich war es Doreen zuwider, irgendetwas in diesem Haus zu sich zu nehmen. Dennoch wusste sie aus Erfahrung, dass, wenn sie die Freundlichkeit ablehnte, sie es schwieriger haben würde, die Barriere zwischen ihr und dem fremden Mann abzubauen.

Oliver Bradley verließ das Wohnzimmer und bot Doreen somit die Chance, sich ohne Zeugen umschauen. Sie fühlte sich immer noch unwohl, obgleich das Ambiente den gruseligen Charakter verlor, je länger sie sich darin aufhielt. Ihren Blick fesselte plötzlich eine kleine Bewegung im Garten, die sie über das Fenster wahrnehmen konnte. Unauffällig strengte sie sich an, aus dem

Fenster zu spähen. Vielleicht war es eine Katze? Oder hatte sie sich nur getäuscht?

„Das ist bestimmt meine Ehefrau, Ellen." Doreen fuhr in sich zusammen, als hätte man sie bei einer Straftat erwischt. „Vor einiger Zeit ist sie schwer an Rheuma erkrankt. Heute geht es ohne Rollstuhl nicht mehr. Aber sie braucht den Garten! Manchmal denke ich sogar, sie benötigt ihn mehr als mich." Nach einer kurzen Pause wandte er sich wieder Doreen zu, als wollte er die kleine, persönliche Anmerkung wegwischen. „Sie wollten etwas von der Kleinen aus den Nachrichten wissen? Wie hieß die noch mal?" In der Anspielung konnte sie eine falsche Note heraushören. Der Mann versuchte gerade, sie für dumm zu verkaufen.

„Genau. Das Mädchen, das Zoey heißt. Sie wird gesucht, und Sie waren der einzige Mensch, der sie am Tag ihres Verschwindens gesehen hat. Ihre Eltern baten mich, einen Artikel über Zoey zu verfassen." Für gewöhnlich öffnete die reine Möglichkeit, in einem Zeitungsartikel erwähnt zu werden, die Münder der Menschen in freudiger Erwartung. Nicht anders auch in diesem Fall.

„Ach, das kleine, hübsche Ding? Sie ist mir aufgefallen, weil sie an diesem Tag so ein schönes, leuchtend blaues Kleid trug. Sah die Kleine nicht niedlich aus? Und das Kleid passte so gut zu ihren wunderschönen Augen! Ein Engel, sage ich Ihnen! Da fiel das andere Mädchen, mit der sie sich am Spielplatz unterhielt, gar nicht mehr auf. Meine Daisy", er guckte den Dackel an, und dieser erwiderte den Blick mit einem Schwanzwedeln, bevor der Blick wieder zu Doreen wanderte und das leise Grollen wieder einsetzte. Dieser Mann war ihr nicht nur unheimlich, sondern besaß auch die Gabe, sich an alles haarklein zu erinnern, was kleine Kinder betraf. „Ähm ... Meine Daisy mag den Spielplatz, wo die süßen Dinger spielen, daher gehen wir immer dort vorbei. Das habe ich aber den Cops auch schon erzählt!"

„Ist Ihnen an dem Tag des Verschwindens etwas Außergewöhnliches aufgefallen?"

„Nun, eigentlich nicht. Die Mädchen kicherten wie immer, futterten wie immer Süßigkeiten. Nichts Besonderes. Wie immer.

Dann verabschiedeten sie sich. Diese kleine, süße Zoey verschwand im Gebüsch. Später habe ich sie noch auf dem Parkplatz gesehen, doch mehr weiß ich nicht, weil Daisy wieder nach Hause wollte. Wir sind aber trotzdem noch etwas herumspaziert. Man soll das kleine Schätzchen nicht zu sehr verwöhnen!" Mit der letzten Bemerkung schien er den Dackel gemeint zu haben.

„War Zoey dort alleine?" Doreen ignorierte bewusst die recht anzüglichen Bemerkungen die Kinder betreffend.

„Ja sie war ganz allein, das gute Ding. Sie schaute sich ständig um, als hätte sie auf jemanden gewartet. Dann bin ich aber schon gegangen. Hätte ich gewusst, dass sie verschwinden würde, das kleine Engelchen, dann hätte ich sie auf ein Eis eingeladen. Es wäre bestimmt nichts passiert!" Diese Aussage sollte wohl reumütig klingen, doch sie hatte so einen lüsternen Beigeschmack, dass es Doreen schlecht wurde. Sie wurde das Gefühl nicht los, dass Oliver Bradley mehr wusste, als er zugeben wollte.

„Ist das Ihre Sammlung?" Sie deutete auf das makabre Gruselkabinett und log: „Als Kind wollte ich auch so viele Puppen haben."

„Nein, das gehörte meiner Mutter. Sie hat ihr ganzes Leben lang die niedlichen Schätzchen gesammelt. Heute darf ich sie haben. Und manchmal ziehe ich sie sogar an. Sehen Sie? Lana hat heute das neueste Kleid an. Das wurde dem Gewand der englischen Königin nachempfunden und kostete jede Menge Geld!"

„Wo kriegt man solche wunderschönen Kleider?", fragte Doreen beiläufig.

„Ach, alles im Internet! Wenn man weiß, wie, dann kriegt man dort, was immer man auch möchte! Kommt mein Name in Ihrem Artikel vor?"

Doreen brauchte einige Sekunden, um zu begreifen, dass er das Thema auf den für ihn entscheidenden Punkt gelenkt hatte. „Sie meinen, in meinem Artikel über Zoey? Wollen Sie, dass ich Sie namentlich erwähne?"

„Wenn Sie nichts dagegen haben. Die Nachbarn werden neidisch sein!" Er lächelte hämisch und offenbarte ein paar vergilbte Zähne. „Haben Sie noch Fragen?"

„Ach, nichts, was den Artikel betrifft", sagte Doreen und meinte genau das Gegenteil. „Nun, mir gefallen die Häuser in Ihrer Straße sehr. Wissen Sie, ich wollte schon immer einen so hübschen Vorgarten wie Sie haben. So gepflegt. Doch eigentlich brauche ich den Platz vorm Haus für meinen Wagen. Da wird wohl nichts daraus, fürchte ich?"

„Ach was! Haben Sie Mut! Ich parke meinen Kombi doch auch weiter weg auf der Straße. Man muss zwar etwas laufen, was manchmal blöd ist wegen des Rollstuhls, doch nichts geht gegen einen gepflegten Vorgarten. Alle Nachbarn beneiden mich!" Es folgte eine kurze Pause, die Doreen zum Aufbruch nach Hause nützte. Cassy wartete sicherlich schon auf ihre Mommy. Mehr Informationen würde sie von diesem Mann ohnehin nicht erhalten.

Schnellen Schrittes und in Begleitung des wütend kläffenden Hundes eilte sie aus diesem Haus, wo alles, selbst die Zeit, verstaubt zu sein schien. Hinaus in die freie Natur, an die frische Luft, die ihre Lungen mit Erleichterung füllte. Sie traute sich nicht einmal, in den auf der Straße parkenden Kombi zu schauen, da sie mindestens zwei aufmerksame Augenpaare der Nachbarn begleiteten, bis sie hinter den weiteren Häuserreihen verschwunden war. Die Nummernschilder, die sie sich im Vorbeigehen in ihrem journalistischen Gedächtnis eingeprägt hatte, notierte sie vorsichtshalber in ihrem Notizbuch, als sie bereits in ihrem Wagen saß.

Kapitel 7

Zoey lag auf einem Bett in dem dunklen Zimmer und lauschte angestrengt. Ob er noch da war? ‚Im Hintergrund läuft der Fernseher, also war er vermutlich auch im Zimmer', ging es ihr durch den Kopf. Sie durfte nicht nochmal so schreien. Der erste Schlag ins Gesicht war ihr bereits eine Lehre. Es tat immer noch weh! ‚Meine Mommy wird bestimmt böse auf mich sein', dachte sie und weinte ganz leise.

„Wie wir berichten können, haben wir im Falle des verschwundenen, zehnjährigen Mädchens, Zoey Andrews, einen Tatverdächtigen vorläufig in Gewahrsam nehmen können. Der vierzigjährige Dwane H., der Besitzer eines kleinen, nahegelegenen Buchladens, konnte bereits heute früh festgenommen werden. Von dem Mädchen, Zoey Andrews, fehlt zur jetzigen Zeit immer noch jede Spur. Der bis dahin ‚freundliche Buchhändler', wie er von Kindern tituliert wurde, ist schon früher im Zusammenhang mit einem Belästigungsfall an einer Minderjährigen in den Fokus der Polizei gerückt, doch aus Mangel an Beweisen wieder freigelassen worden. Des Weiteren fand die Polizei genetisches Material am Tatort, was als ein Beweis für die Anwesenheit des Tatverdächtigen …" Plötzliche Stille. Der Fernseher wurde abgeschaltet. Gleich darauf hörte sie die bekannten Schritte.

„Hallo, meine wunderschöne Zoey! Ich habe für dich Abendbrot vorbereitet. Sogar Nutella ist heute dabei." Die inzwischen fast vertraute Stimme klang bedrohlich, trotz des amüsierten Untertons. Er öffnete die Zimmertür, bevor er den Lichtschalter betätigte. „Sie haben endlich einen Tatverdächtigen, die Trottel! Wunderbar! Dann lassen sie uns beide endlich in Ruhe!"

Ihre Tränen kullerten, ohne dass sie es wollte. „Ich will zu meiner Mommy." Es wurde schlagartig grell. Zoey rieb sich die Augen.

„Ach Schatz, deine Mutter ist jetzt mit deinem Vater beschäftigt. Sie hat für dich überhaupt keine Zeit! Braucht sie auch nicht, denn du bist jetzt bei mir! Wenn sie dich wiedersehen möchte, dann bringe ich dich natürlich zu ihr! Sie braucht mich nur anzurufen! Sie weiß doch, wo wir sind! Doch bisher tat sie es nicht! Warum? Weil sie beschäftigt ist!" Er packte sie am Arm, so fest, bis es ihr wehtat. Zoey konnte seinen komischen Geruch wahrnehmen. ‚So wie Daddy, wenn er sich frisch rasiert hat. Nur anders!', dachte sie mit kindlicher Logik, während sie sich schnell die Tränen wegwischte. Wenn sie an ihre Eltern dachte, dann musste sie ganz oft weinen, doch er mochte das nicht. Zoey hatte Angst, dass er sie schlug.

Doch diesmal lächelte er nur. „Zeig dein hübsches Gesicht her, mein Schatz!" Er betrachtete sie, wie ihre Mutter, wenn sie sich mal wehgetan hatte. „Oje ... Das sieht nicht schön aus. Das tut mir leid. Du darfst aber nicht so laut schreien. Dann werde ich immer so furchtbar böse! Ich kann aber nichts dafür!" Alles in dem Kind schrie lautlos vor Angst: ‚Ich will zu meiner Mommy!' Vergebens! Niemand konnte das kleine Mädchen hören. Am wenigsten diejenige, nach der sein Herz rief.

Als er gestern nachlässig die Tür zu diesem Raum offen gelassen hatte, war sie heimlich in das andere Zimmer geschlichen. Sie wollte weg, doch die Eingangstür war versperrt. Alle Fenster hatten Gitter. In dem Zimmer, wo er ‚seine Braut' sonst immer eingesperrt hatte, gab es nicht einmal ein Fenster. Die meiste Zeit lag Zoey auf einer alten Pritsche und hatte nur zwei Porzellanpuppen zum Spielen. Sonst gar nichts, außer einem Nachttopf.

Aber auch das andere Zimmer war ungewöhnlich leer. Es gab dort nur einen Tisch mit zwei Stühlen, eine Couch und einen Fernseher, den er manchmal nach oben mitnahm, wenn er etwas länger weg war. ‚Manchmal abends und immer morgens', vermutete Zoey. Dann konnte sie endlich frei weinen, weil sie immerzu ständig an ihre Eltern denken musste. Noch immer hatte sie kein Geschenk für Mamas Geburtstag! Darüber würde ihre Mutter bestimmt furchtbar sauer sein. Auch, dass sie gestern nicht nach Hause gekommen war. Oder war das vorgestern? Sie konnte sich nicht erinnern. Aber vielleicht hatte er recht? Vielleicht hatte ihre

Mutter wirklich keine Zeit mehr für sie, jetzt, wo Daddy nach Hause gekommen war. Vielleicht hatte sie dem Mann wirklich gesagt, er solle auf sie achtgeben?

„Hier, eine Salbe für dich, von der Arbeit mitgebracht! Und auch ein paar Gummibärchen. Du magst sie doch so sehr!" Freundlich schaute er Zoey an. „Na los! Nimm dir doch welche! Und ich schmiere dir die Salbe ins Gesicht! Beim nächsten Mal musst du mehr aufpassen, dass du mich nicht so wütend machst, in Ordnung? Ich will dir nicht wehtun! Ich liebe dich doch so sehr!" Erneut liefen ihr Tränen über die Wangen, die sie nicht mehr aufhalten konnte. Sie wischte sie sofort weg, während er fortfuhr: „Wir sind füreinander bestimmt, mein Schatz. Das wird auch deine Mutter einsehen müssen! Ihre Tochter wird bald erwachsen!" Seine Stimme klang feierlich. Das kleine Mädchen nahm die Gummibärchen in die Hand und schaufelte sie gierig in den Mund. Ihre Mutter schimpfte zwar immer, wenn sie das tat, doch sie hatte entsetzlichen Hunger!

Kapitel 8
Freitag. Vierter Tag nach der Entführung.

Doreen Bertani wachte abrupt aus einem Albtraum auf. ‚Fünf Uhr', dachte sie entsetzt und drehte sich im Bett um. Doch egal, wie sie sich drehte oder wendete, sie fand partout keinen Schlaf mehr. Sie schaute Raffaella an, die neben ihr im Bett lag. ‚Wow. Sie ist so wunderschön!', dachte sie und ertappte sich bei dem Gedanken, dass sie immerzu diese Angst hatte, eines Tages nicht neben ihr aufzuwachen. Um ihre Melancholie zu vertreiben, machte sie sich auf den Weg in die Küche, wo sie einen Kaffee aufsetzte.

Im Moment schien die Welt für sie stehen zu bleiben, was den Artikel über Zoey betraf. Sie fragte sich, ob es nicht sinnvoller wäre, eine Story erst dann zu schreiben, wenn dieses Kind wohlbehütet zu Hause angekommen war. In diesem Fall konnte sie sicherlich auf die offizielle Hilfe von Raffaella zurückgreifen, die sich mit der Betreuung kindlicher Opfer besonders gut auskannte. Schließlich hatte das zu ihrem Fachgebiet gehört, bevor sie ihr Spezialgebiet gewechselt hatte.

Doreen ordnete gerade ihre Informationen und recherchierte ein wenig, als sie das Telefon klingeln hörte. ‚Sechs Uhr ... Wahrscheinlich Raffaellas Arbeit', stellte sie verwundert fest, als das Telefon abrupt verstummte. Offensichtlich war im Schlafzimmer abgenommen worden. Es war zwar manchmal nervig, dass das Telefon wie ein Dauer-Abhörrohr auf Raffaellas Nachttisch lag, doch gewisse Vorteile ließen sich nicht leugnen. Zumal Raffaella oftmals nachts aus beruflichen Gründen angerufen wurde.

Zunächst horchte sie, ob Schritte folgten, falls das Gespräch doch noch für sie gedacht war. Als einige Minuten lang nichts geschah, widmete sie sich erneut ihrem Artikel.

„Sie werden ihn laufen lassen!" Raffaellas Stimme klang trocken und warf sie augenblicklich aus ihrem Denkprozess. Doreen war so in ihre Arbeit vertieft, dass sie das Reinkommen ihrer Lebensgefährtin nicht wahrgenommen hatte. An ihren Augen konnte man leicht ablesen, dass sie den gerade ausgesprochenen Satz mit einigen für sie einen Sinn ergebenden Informationen zu füllen versuchte. Doreen starrte sie verwirrt an.

„Sie werden den Verdächtigen, Dwane Harper, wie er eigentlich heißt, wieder laufen lassen!", wiederholte Raffaella mit Nachdruck, nachdem sie die Türen zur Küche geschlossen hatte. Soweit es ging, versuchten sie beide, Cassy vor der Arbeit zu schützen. Obwohl sie sich sicher waren, dass sowohl Cassy als auch Ivy sich um diese Zeit noch in ihren Betten von einer Seite zur anderen drehten. Aber Vorsicht war eben die Mutter der Porzellankiste.

„Wieso lassen sie den laufen?" Doreen schien endlich zu begreifen „Gab es da nicht Beweise? Haben sie nicht gestern in der Pressekonferenz noch getönt, dass sie am Tatort genetisches Material fanden?"

„Habe gerade mit meiner Informantin vom NYPD telefoniert. Es gab schon gestern einige Zweifel an der Schuld dieses Mannes, daher hat man sich damit schwer getan, eine Meldung an die Mutter und die Öffentlichkeit herauszugeben. Zoey ist offenbar tatsächlich das nächste Opfer des ‚Dolly-Lovers', wie die Cops ihn titulieren. Es werden jetzt größere Geschütze aufgefahren. Das FBI hat bereits die Leitung in diesem Fall übernommen." Raffaellas Stimme bebte vor starker Erregung. Ab jetzt bestand Gewissheit, dass Zoey tatsächlich von einem irren Killer gefangen gehalten wurde. Doreen durchfuhr blanke Angst.

„Und woher diese Sicherheit, Raffaella?" Doch die Antwort auf diese Frage wollte sie tief in ihrem Herzen nicht wirklich wissen. Die Neugier der Journalistin in ihr gewann.

„Gestern, gegen Abend, bekam Amy Andrews einen Brief von dem Entführer. Er schrieb, dass Zoey erwachsen sei. Der Täter wünschte Amy noch einen schönen Geburtstag nachträglich und fragte, ob zwischen ihr und dem Vater von Zoey, Bryan Andrews, alles wieder in Ordnung sei. Denn der Entführer möchte sie irgendwann mit seiner Braut besuchen!"

Plötzlich herrschte Totenstille. Beide Frauen versuchten, die mittlerweile außer Kontrolle geratene Verbundenheit zu dem ‚Fall Zoey' mit der derzeitigen Entwicklung der Ereignisse in Einklang zu bringen. Doreen unterbrach als Erste.

„Was für eine Braut? Und das macht auch nicht den gesuchten Killer aus. Diesen ‚Dolly-Lover' oder wie die Cops ihn nennen? Vielleicht ist das ein makabrer Trittbrettfahrer? Oder wirklich ‚nur' ein Entführer?"

„In dem Brief befand sich", Raffaellas Stimme senkte sich zu einem Flüstern, „ein ausgerissenes Stück aus der Kleidung des zweiten Opfers, der Elfjährigen. Das ist jedoch streng geheim. Mein Informant hat es mir gerade bestätigt. Ab sofort bekomme ich Unterstützung. Dwane Harper, den sie verdächtigt haben, hatte weder die Kleidungsstücke zu Hause, noch konnte er aus der Untersuchungshaft einen Brief an die Mutter schicken. Und anordnen konnte er das vermutlich ebenfalls nicht. Er wurde unerwartet festgenommen. Auch die DNA-Untersuchung fiel negativ aus. Die Cops haben offenbar geblufft!"

„Dann stehen wir alle am Anfang!", stellte Doreen entsetzt fest.

„Nein, nicht ganz. Der Täter hat mit dem Namen *Alex* unterschrieben!"

„Wie bitte? Wie dieser Alex, der Amy Andrews laut seiner Mail zum Geburtstag überraschen wollte? Könnte das ein Zufall sein?" Doreen wurde übel. Dieser Hinweis musste dringend nochmal den Cops gesteckt werden.

„Vielleicht gibt es tatsächlich einen Zusammenhang. Zumindest sagte mir das meine Informantin, als ich sie auf die von dir weitergeleitete Mail aufmerksam machte. Vermutlich wird gerade ihr Computer konfisziert."

„Und wie geht es Amy? Weiß sie, wie es um ihre Tochter steht?", fragte Doreen besorgt.

„Wahrscheinlich nur einen sehr kleinen Teil davon. Ich habe sie vorhin angerufen und wurde nach einer Autorisierung direkt ins Krankenhaus weitergeleitet. Gestern erlitt sie einen heftigen

Nervenzusammenbruch und wird gerade dort behandelt. Sie verweigert die Nahrungsaufnahme, also werde ich vermutlich bald angerufen, um sie vor Ort zu betreuen. Ein Glück, dass wir jemand für Cassy haben!"

Just in diesem Moment ließen sich fröhliche Stimmen aus dem Inneren des Hauses wahrnehmen. Offenbar schaffte Ivy es auch diesmal, ihre Tochter zum Aufzustehen zu bewegen.

„Wenn Cassy endlich in die Schule gegangen ist, sprechen wir weiter!", zischte Raffaella durch die Zähne und öffnete die Küchentür, um unangenehme Fragen der beiden kichernden Damen zu vermeiden. Nach einer obligatorischen morgendlichen Umarmung machte sich die fröhlich plaudernde Frauenrunde an ein ausgiebiges Frühstück. Von der anfänglichen Betrübnis des heutigen Morgens war keine Spur mehr zu erahnen.

*****

„Was mache ich jetzt mit dem Artikel?", fragte Doreen sich besorgt, als sie das Knallen der Autotür draußen hörte. Jetzt würde sie ganz viel Ruhe zum Schreiben bekommen. Für gewöhnlich traf sich Ivy mit ihren Studienfreunden, nachdem sie Cassy in der Schule abgeliefert hatte. Solange Cassy in der Schule war, pflegte sie auch wegzubleiben, damit sie ihre kostbare Zeit nicht zu Hause vertrödelte. Das Recht der Jugend! Raffaella wurde inzwischen, wie erwartet, zum Krankenhaus gebeten, um Amy beizustehen.

„Ich vermute, dein Artikel wird wichtiger denn je sein, wenn öffentlich wird, dass der Verdächtige, Dwane Harper, nicht der gesuchte Täter ist, Doreen. Allerdings wird es nicht unbedeutend sein, was du dort hineinschreibst, Schatz. Du bist um diese Aufgabe wahrhaftig nicht zu beneiden!", warf Raffaella ein, während sie eilig den Rock ihres grau melierten Kostüms überstreifte.

‚In diesem Ensemble sieht sie immer so klasse aus', ging es Doreen durch den Kopf. „Und gerade davor habe ich, ehrlich gesagt, Angst, Raffaella. Was ist, wenn ich dieses ... ", sie suchte nach passenden Worten, „... dieses miese Schwein verärgere? Vielleicht schade ich Zoey! Andererseits wäre es vielleicht sinnvoller, wenn ich mir den ersten Artikel unter die Finger reiße. Ich weiß, mit deiner Hilfe werde ich sicherlich besser zu dem wahren Täter durchdringen als all die sensationsgierigen Reporter, die in dem Fall nur eine gute Story sehen."

„Da hast du vermutlich recht. Lass uns nachdenken! Wie solltest du dem begegnen?" Raffaella zupfte an ihrem Hemd. Sehr bewusst verlangsamte sie jetzt ihre Bewegungen, um sich der Fragestellung widmen zu können. „Der Typ behandelt seine Opfer mit sehr viel Sorgfalt, wie wir schon wissen. Er sammelt Trophäen: Teile von Kleidungsstücken, welche er den Eltern des nächsten entführten Mädchens schickt. Damit schafft er eine gewisse Kontinuität zwischen den Fällen. Und/oder er möchte uns damit sagen, dass er beim Opfer davor nicht fündig geworden ist. Er ist gerissen genug, nicht gefasst zu werden, denn in der Vergangenheit gab es keine weiteren Hinweise oder Zeugen, obwohl die Mädchen von öffentlichen Plätzen verschwunden sind."

Geleitet von einem neuen Gedanken, unterbrach Raffaella für einen Augenblick ihre Arbeitsvorbereitung. „Der Täter entführte die Mädchen unbemerkt aus ihrem Umfeld. Er muss den Kindern also entweder Gewalt angedroht haben oder sie schenkten ihm zuvor großes Vertrauen. Die Cops nennen ihn ‚Dolly-Lover', was in Verbindung mit den anderen Hinweisen darauf schließen lassen würde, dass er, wie ich bereits vermutet habe, emotional nicht erwachsen geworden ist. Er will die Eltern ‚mit seiner Braut' besuchen, was wiederum bedeuten würde, dass er die konventionellen Vorstellungen von Beziehungen vertritt. Irgendwo hat er sich sicherlich ein ‚Nest' gebaut, wo er Zoey, ‚seine Braut', gefangen hält. Er versucht, auf seine Weise die Mutter zu beruhigen, weil er vermutlich wenig Interesse für öffentlichen Rummel hegt. Das scheint alles eine sichere Nummer zu sein, doch wie wäre es, wenn man dem Täter all das nähme?"

„Wie meinst du das?", fragte Doreen, obwohl sie langsam begriff, worauf Raffaella hinauswollte.

„Man könnte ihn zwingen, zu begreifen, dass Zoey noch ein kleines Kind ist und ganz, ganz viel Aufsehen um diese Tatsache machen!" Raffaella glitt jetzt elegant in ihre Pumps. „Ich werde nochmal darüber nachdenken. Wenn es die Situation zulässt, spreche ich auch gern mit Amy, wenn du das möchtest. Jetzt muss ich aber dringend los!" Nach einem flüchtigen Kuss schnappte die Eingangstür zu. In Sekundenschnelle herrschte im Bertanihaus eine so unheimliche Stille, dass Doreen am ganzen Körper Gänsehaut verspürte. Eiligen Schrittes machte sie sich an die Arbeit.

Kapitel 9

Mit höchster Zufriedenheit über ihre Arbeit wählte Doreen die Nummer der Redaktion. Traurigerweise verbrachte sie in letzter Zeit mehr Zeit am Telefon als mit ihrer Tochter. ‚Wenn diese Geschichte vorbei ist, gehen alle Bertani-Frauen in den Zoo, ohne Ausnahme!', beschloss sie, ehe sich die ihr bekannte Stimme am Hörer meldete.

„Andrea", Doreen versuchte, ihre Aufregung zu verbergen, „der Artikel ist unheimlich wichtig, und du weißt, dass du mir manchmal einfach nur vertrauen musst!" Meist konnte sie ihre Stimme so modulieren, dass sie fest entschlossen klang, wenn sie die Redaktionschefin zu überzeugen versuchte. „Außerdem ist es besser, wenn wir und nicht die Konkurrenz das in die Hände nehmen, findest du nicht?" Andrea mochte zwar in vielerlei Hinsicht stur und uneinsichtig sein, doch diesem Argument konnte auch sie sich nicht verschließen. Ein Schnelles „Ist schon passiert!" seitens Doreen besiegelte das Gespräch mit einem Triumph.

Die Entscheidung, einen Artikel zu schreiben, entpuppte sich für Doreen plötzlich als ungenügend, um sich selbstzufrieden auf die Schulter zu klopfen. Gerade schienen alle an einem toten Punkt zu stehen, ohne ausreichende Hinweise. Sie schaute auf einen Stapel Papiere, die sie endlich durchlesen könnte, doch Zoeys Bild ging ihr nicht aus dem Kopf. Irgendwo dort draußen wartete ein kleines Mädchen weinend auf seine Mutter, die ihr nicht helfen konnte, weil sie eingewiesen worden war. Egal, wie stark sie sich abzulenken versuchte, dieser Gedanke ließ sie nicht mehr los.

Plötzlich fiel ihr ein, wie die Nachbarskinder letztens nach ihrer verschwundenen Katze gesucht hatten. ‚Blöder Vergleich!', dachte sie entsetzt über diese Eingebung. Die Kleinen hatten damals für soviel Wirbel gesorgt, dass sich den Leuten das Kätzchen wie ein Brandmal im Gedächtnis festgesetzt hatte.

Sie fanden es schließlich nach Futter suchend und vor Freude schnurrend in einer der Nachbarmülltonnen wieder. Seitdem fiel jedem Erwachsenen beim Anblick der freilaufenden Katze diese

Geschichte ein. Genau diesen Effekt wollte sie mit ihrem Artikel erzeugen. Irgendetwas sagte ihr aber, dass sie für diese Wirkung viel zu wenig getan hatte. Schließlich wurden tagtäglich Kinder gesucht! Ein weiteres war schon quasi ‚Routine'.

„Das ist es!", schrie Doreen prompt auf. Sie lief zu ihrer Tasche, kramte das Bild von Zoey heraus, das sie von Amy Andrews bekommen hatte. Das Bild war so wunderschön, so unschuldig. Das Kind und die Fische. Eine freie Welt hinter der Glasscheibe. Zoey hinter der Glasscheibe. Zoey gefangen. Ein kleines Kind! ‚Also genau das Bild, das der Täter von dem Mädchen nicht haben wollte!' Doreen erinnerte sich an Raffaellas Worte. Sie musste nur für ein wenig Aufsehen im direkten Umfeld sorgen.

Doreen spürte förmlich, wie der Kloß in ihrem Hals anschwoll und war glücklich, ihren winzigen Inhalator in ihrer Tasche zu finden. Zwei provisorisch gesetzte Sprühstöße verschafften ihr Erlösung. Im Allgemeinen konnte sie nicht meckern. Das allergische Asthma, das ständig in Verbindung mit großer Anspannung auftrat, schien sich mit den Jahren zurückzubilden. Von einer anfänglichen Frequenz von drei Mal täglich brauchte sie, dank der Kortisonsalbe, die sie regelmäßig benutzte, mittlerweile höchstens einen Sprühstoß pro Tag. Noch etwas, dann würde sie vielleicht vollständig darauf verzichten können. Diese Hoffnung bedeutete für sie so etwas wie eine Wiedergeburt.

Ganz aufgeregt schaltete Doreen ihren kleinen Laptop ein und überprüfte alle Mails. Sie nahm sich viel Zeit, eine Suchanzeige über Zoey zu erstellen, auf dem sie das Bild der Kleinen und einen passenden Text platzierte. Damit würde sie, ganz nach Vorgabe von Raffaella, für sehr viel Aufsehen sorgen. Die Cops würden bestimmt auch nichts dagegen haben, dass sie auf diese Weise nach dem vermissten Kind suchte. ‚In Ausnahmesituation steht es den Leuten frei, wie sie agieren!', redete Doreen sich ein. Das würde definitiv für Publicity sorgen in der Umgebung des Täters. Gleichzeitig nutzte sie die Möglichkeit, Zoey als kleines Kind darzustellen, was den Täter zumindest verwirren sollte. Alles, was ‚Dolly-Lover' sicherlich nicht wollte. Bei der Recherche weiterhin für Wirbel zu sorgen war besser, als irgendeiner anderen Story nachzujagen, für die Doreen momentan kein Herz hatte. ‚Wenn eine Aktion starten, dann aber richtig!', rechtfertigte sie stur ihr eigenes Vorgehen, um letzte Zweifel zu zerstreuen, und druckte 100 Zettel aus. Ein Teil davon sollte im Boerum Park verteilt werden, der Rest in der Nähe der Schule. ‚Doch wohin zuerst?', dachte Doreen krampfhaft nach. ‚Vielleicht auf den Spielplatz?' Sie entschied sich für den Park. Bis die Kinder nach Hause gingen, sollte sie es zur Schule schaffen. Alles würde wie am Schnürchen klappen! Der Hausmeister an der Schule war bisher sehr hilfsbereit gewesen. Sie konnte sich vorstellen, dass er ihr beim Verteilen helfen würde. ‚Bei der Gelegenheit könnte ich noch ein paar Fragen stellen', dachte sie praktisch.

Doreen nahm den Haftnotizblock und notierte *„30 Flyer/an Hausmeister"*. Auf den anderen schrieb sie: *„30 Flyer/am Kiosk", „40 Flyer /im Boerum Park verteilen"*. Manchmal brauchte sie diese kleinen farbigen Zettel als Gedächtnisstütze, wenn sie ihren Ideen nachging. Die grelle Farbe brannte sich sehr gut in ihr Gedächtnis ein! Die Informationen wurden somit jederzeit gespeichert. Wenn Raffaella oder Ivy vor ihr zu Hause waren, hatten sie einen bunten Anhaltspunkt, wo sich Doreen ungefähr befand.

Als sie die mit Kleber behafteten Schnipsel in der Küche in zeitlicher Abfolge an einem Hängeschrank kleben wollte, entging ihrer Aufmerksamkeit, dass sich einer davon löste. Durch den leichten Windstoß landete er unter dem Kühlschrank.

*****

Der Kiosk-Besitzer im Boerum Park quittierte die Flyer mit einer ablehnenden Miene, doch er ließ gnädig zu, dass Doreen die bedruckten Blätter auf den Tischen verteilen konnte. Offenbar wollte er vor seinen Kunden, einem Ehepaar, das gelangweilt an einem lauwarmen Kaffee nippte, als sehr zuvorkommend wirken. Doreen bedankte sich freundlich und ging eiligen Schrittes hinaus. Der Park wirkte um diese Zeit nicht so gut besucht wie sonst, deshalb wurde sie nur ganz wenige Zettel bei den Eltern und

Parkbesuchern los. Wesentlich mehr Erfolg versprach sie sich in der Schule.

Doch auch die Shelby School wirkte verlassen. Alle Kinder schienen im Unterricht zu sein, was für einen Besucher bei dem sonstigen Geräuschpegel nicht unbedingt unangenehm erschien. Weit und breit war kein Erwachsener zu sehen. Doreen war frustriert. Alles, aber auch wirklich alles an ihrem Plan schien am heutigen Tag schiefgegangen zu sein. Nur der Hausmeister saß mit stoischer Ruhe hinter der Glasscheibe seines Büros und blätterte uninteressiert in einem Katalog, ohne den schon bekannten Eindringling bemerkt zu haben. Sie klopfte kurz an die Scheibe und sah ihn hochschrecken. Gedankenversunken, mit seiner zerzausten Frisur, sah er aus wie der kleine Vogel Woodstock in den von ihr geliebten Snoopy-Comics. Unwillkürlich musste sie grinsen. Dieser Mann war ihr plötzlich unheimlich sympathisch.

„Mr Carter, bitte, entschuldigen Sie die Unterbrechung!", lächelte sie den Aushilfs-Hausmeister an. Als Journalistin war sie für ihr fabelhaftes Namensgedächtnis dankbar. Es erlaubte ihr, jedem bekannten Gesicht einen konkreten Namen zuzuordnen.

„Ms ... ähm ...", stammelte er. Offenbar war er nicht mit dieser großen Gabe der Erinnerung ausgestattet.

„Bertani, Doreen Bertani", half sie lächelnd nach.

„Ms Bertani, genau ... Wollten Sie nicht Ihre Tochter bei uns anmelden?" Langsam kehrte wieder Sicherheit in den zerstreuten Mann ein.

„Tochter?" Diesmal war Doreen für einen Augenblick perplex. „Ähm ... Meine Tochter, ja, genau ..." Wie konnte sie das bloß vergessen haben? Doreen überlegte jetzt, einen schönen Bogen zum eigentlichen Vorhaben hinzubekommen, doch das erschien nicht leicht.

Letztendlich entschied sie sich dann, mit der halben Wahrheit herauszurücken. „Wissen Sie, um ehrlich zu sein, bin ich nicht nur Mutter eines Kindes, das hier angemeldet werden sollte. Ich bin auch eine Journalistin. Die Mutter des verschwundenen Mädchens bat mich, diese Zettel überall zu verteilen."

„Ach, die Kleine, ich weiß. Wie hieß die noch mal?" Er schaute auf die Flyer. „Ja, genau, Zoey. Üble Sache! Seit sie verschwunden ist, stehen Eltern abwechselnd in der Schule Patrouille. Mal der eine Vater, mal die andere Mutter. Als würde das solche Menschen daran hindern, sich die Kinder einfach so zu schnappen. Der Typ ist doch nicht so blöd, das Kind direkt vom Hof mitzunehmen."

Doreen ignorierte seine Ausführungen, weil sie nicht gewillt war, über den Täter Vermutungen anzustellen. Das waren Gespräche, die bewirkten, dass man sich um die eigene Achse drehte. Offenbar wusste dieser Mann nicht mehr, aber er konnte ihr helfen! „Kann ich die Flyer einfach so verteilen? Vielleicht hat jemand etwas gesehen oder gehört und meldet sich. Unten steht eine Telefonnummer des Privatinstituts für Angewandte Kriminologie in der Madison Avenue, das mit diesem Fall betraut ist."

„Wenn Sie mich so fragen, dann ist mir schon jemand aufgefallen. Ein komischer Typ mit einem Dackel. Den sehe ich oft, wenn ich den Hof fege. Auffällig, wie der an der Schule vorbeiläuft! Aber mich fragt ja keiner!"

Für einen Augenblick glaubte Doreen, eine tiefe Traurigkeit in der Stimme zu erkennen. Als würde diesem Menschen Anerkennung fehlen. Als Travis Carter die nächste Frage stellte, zweifelte sie nicht mehr daran. „Wollen Sie vielleicht, dass ich diese Flyer verteile? Ich habe ohnehin nicht viel zu tun. Zu helfen, wenn es um Kinder geht, würde mich glücklich machen!"

Doreen dachte kurz über den Vorschlag nach. Eigentlich wollte sie die Blätter nur auslegen, doch sie zu verteilen war vielleicht wirklich besser! Die Idee erschien ihr gar nicht so blöd. Vermutlich verhielt es sich ohnehin so, wie die Nadel im sprichwörtlichen Heuhaufen zu suchen. Die Leute hatten mehr Vertrauen zum Hausmeister als zu einer wildfremden Frau. Sie würden eher einen Blick auf den Zettel werfen. Ihre Hoffnung war, dass sie ihn vielleicht sogar weiterreichen würden.

„Sehr gern!", entgegnete sie und übergab ihm die Zettel. Heutzutage waren Männer nicht mehr gewohnt, sich bei einem Gespräch mit einer Frau höflichkeitshalber zu erheben. Doch wenigstens bedankte er sich.

*****

„Zoey! Zooooooeeeeeey!" Die Kleine hörte seine Stimme und bekam Angst. Furchtbare Angst. Eigentlich wollte sie nur noch zu Mommy und Daddy, doch der Mann sagte ihr, dass die jetzt sauer wären, weil sie dachten, dass sie weggelaufen wäre. Und das, ohne ein Wort zu sagen!

Seine Eltern, wie er sagte, waren damals sehr wütend auf ihn. Er musste ein paar Tage beim Nachbarn warten, damit sie nicht mehr böse waren. Aber als er dann ein paar Tage später nach Hause kam, hätten sie es wieder vergessen und ihn fest umarmt. So würden es die Eltern immer machen, man müsste nur etwas Zeit verstreichen lassen. Zoey wollte nicht, dass ihre Eltern böse auf sie waren. Sie fehlten ihr aber so entsetzlich!

„Zoooooeeeeeey!" Diesmal klang die Stimme beinah nett. „Ich habe dir etwas mitgebracht ..."

Der Mann ging in Zoeys Raum und setzte sich auf die Pritsche, die er ‚Bett' nannte. Er klopfte darauf in einer zum Sitzen einladenden Geste. Das Mädchen wusste instinktiv, dass es sofort folgen musste, um ihn nicht zu verärgern. Auf das Bett legte er ein kurzes, weißes Kleid, ganz komische, rote Stümpfe mit einem Gummigriff, die Zoey so noch nicht gesehen hatte, weiße Schuhe und ein weißes Haarband aus leichtem Stoff. Bis auf die roten Strümpfe kannte sie das schon von der Kommunionsfeier von Anne, der Tochter der besten Freundin von Zoeys Mutter. So nannte man den christlichen Brauch, wo die Mädchen wie kleine, hübsche Bräute in die Kirche mussten. Aber auch die Jungs sahen an diesem Tag sehr schick aus. Zum Schluss wurden die Kommunionkinder von ihren Gästen reichlich beschenkt und fühlten sich auf einmal irgendwie erwachsener. Insgeheim wünschte sie sich damals, auch katholisch zu sein.

„Du wirst mit mir als eine Braut zu deiner Mommy und deinem Daddy gehen! Eine wunderschöne Braut! Deine Eltern werden dann nicht mehr böse sein! Sie werden sich mit uns freuen, meine wunderschöne Zoey! Meine Braut! Wir werden es der ganzen Welt zeigen! Das wird so wunderbar sein wie damals, als meine Pflegemutter meine Braut wurde. Sie hatte aber kein schönes Kleid, weil sie schon älter war, mein Schatz! Wir wurden ein Paar und durften uns ab sofort wie ein Paar benehmen! Und wenn mein Pflegevater da war, dann haben wir uns alle wie Erwachsene benommen! Sie haben sogar Filme darüber gemacht, so toll war es!" Der Mann klatschte in die Hände. „Nicht mehr lange, meine schöne Braut! Willst du es anprobieren?"

Zoey wusste, dass sie nicht ‚nein' sagen durfte. Brav nahm sie das Kleid in die Hand. Es roch so entsetzlich. Alt. Trotzdem fing sie folgsam an, sich auszuziehen. Der Mann lief in das andere Zimmer und brachte einen Fotoapparat mit. Er sagte, er wolle diesen Anblick für die Ewigkeit festhalten. An die schöne Zeit, als Zoey noch keine Braut war. Sie hatte so entsetzliche Angst! Was wollte ihr Peiniger nur? Ihr einziger Trost war, bald ihre Eltern in die Arme zu schließen, egal, ob er sie dabei ‚Braut' nannte.

*****

„Vor wenigen Minuten wurde Dwane H. aus der Untersuchungshaft entlassen. Den Erklärungen der Polizei zufolge soll er mit der Entführung der zehnjährigen Zoey Andrews nichts zu tun haben. Die Polizei hofft auf weitere Hinweise aus der Bevölkerung." Raffaella schaltete den Fernseher ab. ‚Glücklich können sich Eltern fühlen, deren Kinder in ihren Bettchen schlafen – wie Cassy', lief es Doreen durch den Kopf. Raffaella setzte sich zu ihr auf die Couch. Fast beiläufig wandten sich beide gedanklich dem schwierigen Thema zu, das sie seit wenigen Tagen so beschäftigte, dass sie sich selbst gewissermaßen vergaßen.

„Wie geht es Amy?", warf Doreen ein, um die unangenehme Stille zu durchbrechen.

„Unverändert schlecht! Die Ärzte pumpen sie ständig mit Medikamenten voll. Ihr Ex-Ehemann ist oft bei ihr und kümmert sich so rührend um sie, dass man meinen könnte, sie wären vor der Entführung nie getrennt gewesen."

„Ja, leider. Das gemeinsame Leid um ein Kind verbindet die Menschen. Sogar, wenn sie sich vorher aus den Augen verloren haben!" Es klang so traurig, als Doreen es ausgesprochen hatte, dass sie wieder das aufsteigende Gefühl der Enge im Brustkorb verspürte. Sie schloss die Augen und versuchte, ohne den Inhalator gegen die aufsteigende Panikattacke anzukämpfen.

‚Eins, zwei, drei,... - zehn…' Langsam kehrte die Entspannung wieder. Sie öffnete erleichtert die Augen und sah plötzlich, dass Raffaella sprachlos ein leeres Glas anstarrte. „Und was nun?"

„Wir müssen abwarten, was deine Aktion von neulich gebracht hat ... Wenn der Täter weiterhin kalkulierbar handelt, dann haben wir noch genau drei Tage, bevor wir Zoey irgendwo …", ihre Stimme wirkte gebrochen, „… bevor wir das Mädchen im Park finden!" Raffaella Bertani presste unbewusst die Zähne aufeinander.

Kapitel 10
Samstag. Fünfter Tag nach der Entführung.

Plötzlich sah Doreen dieses Monster vor sich. Nur noch ein paar hundert Meter trennten sie voneinander. Auch wenn er mit dem Rücken zu ihr langsam davonging, wusste sie, dass er es war. Die Straße, in der sie sich befanden, war gleichermaßen verlassen wie die anliegenden Häuser. Nicht einmal eine kleine Lampe erhellte diese düstere Umgebung, um ihnen etwas Trost zu geben.

An seiner rechten Hand hatte der Mann Zoey gepackt. Das Mädchen wehrte sich, doch diese Bestie lachte nur widerspenstig. Doreen sah ihr Gesicht nicht, doch sie hörte, wie das Mädchen um Gnade winselte. Voller Wut versuchte sie sich zu bewegen, die beiden einzuholen, oder wenigstens sein Gesicht zu sehen, bevor sie mit geballter Faust zuschlug. Koste es, was es wolle. Doch ihre Füße trugen sie nicht! Wie im dichten, unerforschten Moor blieb sie stehen, unfähig, die kleinste Bewegung auszuführen.

Doreen wollte aus Leibeskräften schreien, doch aus ihrer Kehle drang nur ein leises Röcheln. Während die zwei Silhouetten immer kleiner wurden, breitete die Dunkelheit ihre Arme aus, um sie im nächsten Augenblick für die Ewigkeit zu umschließen.

„Du hast das Kind mit dem Teufel gehen lassen! Verdammt sollst du sein!", flüsterten die Stimmen um sie herum. Doreen konnte nicht sehen, woher sie kamen. Ihr Kopf - wie zuvor ihr Körper - gehorchten ihr nicht mehr. Der Tod hatte sie schachmatt gesetzt! Das Schicksal des unschuldigen Kindes war damit für immer besiegelt. Sie stieß einen Schrei gen Himmel aus.

Die Realität beorderte sie mit einem gnadenlosen Schlag zurück. In ihr Haus. In ihr Bett, wo Raffaella, in die gemeinsame Decke eingekuschelt, leise im Schlaf atmete. ‚Es war bloß ein Albtraum', versuchte sich Doreen selbst zu beruhigen. Es gelang ihr nur schwer. Was sich für sie als schlechter Traum herausstellte, war für Amy Andrews schlichte Realität. Irgendjemand schien die Übergänge verwischt zu haben.

Doreen schaute hastig auf den Wecker. Fünf Uhr war deutlich zu spät, um sich nochmal vernünftig hinzulegen, und viel zu früh, um den Tag wie gewohnt zu beginnen. ‚Der Fall Zoey Andrews steckt in einer tödlichen Sackgasse', ging es ihr durch den Kopf. Diese Tatsache versetzte ihr einen endgültigen Schub zum Aufstehen.

Das unregelmäßige Summen der Kaffeemaschine in der Küche wirkte beinahe einschläfernd. Schon der Gedanke an den Kaffee wirkte geradezu brutal auf den leeren Magen. Aber sie musste ihrer Müdigkeit entgegenwirken.

Doreen ging die abgerufenen Mails auf ihrem Laptop in der gewohnten Routine des Tages durch. *„Wie findest du die Platzierung deines Artikels für morgen, meine Sonne? Sieh mal im Anhang nach! Gruß Andrea."* ‚Der Artikel wird also erst morgen in der Zeitung erscheinen', dachte sie zufrieden über die beabsichtigte Wirkung auf die Leser. Wenn man Andrea erst überzeugen konnte, dann hatte man die beste Chefredakteurin der Welt auf seiner Seite. Dann war auch die Wahrscheinlichkeit hoch, dass der Artikel tatsächlich, wie vom Redakteur beabsichtigt, erscheinen würde.

„*In fünf Tagen sechs Kilo abnehmen*", ging sie die weiteren Betreffzeilen durch. In Gedanken schätzte sie ab, welche sie davon als Spam-Nachrichten markieren könnte. Jeden Tag waren es an die hundert Mails, die ein Programm bereits zum Teil automatisch aussortierte. Täglich kamen aber auch neue dazu, die sie mechanisch ankreuzen musste. „*Singles in deiner Umgebung*", wieder Häkchen, „*ohne Betreff*", diesen Titel markierte sie zum Löschen. Irgendetwas erweckte dennoch ihre Neugier. Der Verfasser der Mail ohne Betreff hieß **Alex0787**.

‚War der Name nicht so ähnlich wie der von dem Typen, der an Amy Andrews schrieb?', dachte sie und sah nervös in ihrem Notizblock nach. Tatsache! **Alex 0787**. Vollständig aufgeregt klickte sie die Mail zum Öffnen an. Sie enthielt keinen Text, sondern lediglich zwei Bilder, wovon das erste bereits als Nachricht integriert worden war.

Das Bild baute sich auf. Es zeigte Zoey. Es war genau das, welches sie bereits auf ihren Flyer kopiert hatte. „Zoey und die

Fische", sagte sie fassungslos. Flüsternd, obwohl ihre Stimme in der morgendlichen Stille sicher unbeachtet verhallen würde. Das Bild war in schwarz-weiß, wie sie es selbst in ihren Text eingebettet hatte. Und mitten auf dieser vertrauten Fotoaufnahme des kleinen, schutzbedürftigen Kindes befand sich ein rotes Kreuz.

Es sah aus, als wollte jemand die Existenz der Kleinen mit zwei unbedeutenden Strichen zunichtemachen. Als wollte er unmissverständlich sagen, dass er das Tragen eines Babys von der Mutter in den schlaflosen Nächten, die dem Kleinen geschenkte Fürsorge der Eltern und deren geflüsterte Schlaflieder mit einer simplen Handbewegung auslöschen konnte.

Von Entsetzen gepackt verweilte sie einen Augenblick, bevor sie das zweite Bild im Anhang öffnete. Der Absender hatte ihr eine sehr große Datei eingefügt. Vermutlich wollte er den Moment in seinem kranken Kopf genießen, wie sich das Bild langsam, aber stetig vor Doreens Augen aufbaute. Wie sie voller Entsetzen vor dem Computer saß, gebannt, zitternd, was nun auf sie zukommen würde. Und er sollte recht behalten.

Doreen verspürte wieder die sie jetzt immerzu begleitende Enge im Brustkorb. Sie schien mittlerweile gepaart mit aufsteigendem Stress aufzutauchen, wie ein altes Ehepaar, dessen Verbundenheit ewig zu halten schien. Während sie nach dem erlösenden Gefährten in ihrer Tasche kramte, ihrem kostbaren Inhalator, den sie gleich benutzen würde, lud ihr Laptop erbarmungslos das Bild Pixel für Pixel herunter.

Es schien so einfach, dem Vorgang des Ladens zu entfliehen. Wenn sie wegging, konnte sie sich dem Täter auf ihre Art entziehen. Als würde sie sagen: „Ha! Du hast erwartet, dass ich wie gebannt den Bildschirm anstarre, doch ich tat es nicht! Zu früh gefreut!" Aber sie konnte sich nicht rühren.

Gleichzeitig kämpfte Doreen gegen ihre eigene Neugierde und das erwartete Entsetzen an, das sie sicherlich gleich einholen würde. Doch sie hatte keine andere Wahl! Zögernd betätigte sie ihren Inhalator.

Das, was sie sah, verblüffte sie dennoch. Es war Zoey mit ihrer Freundin im Park. Vielleicht sogar im Boerum Park. Die Anordnung auf dem Spielplatz kam Doreen bekannt vor, aber noch etwas beschäftigte sie. Die Kleidung, die Zoey trug, passte beunruhigend genau zu der aus der Vermisstenanzeige.

War dies etwa das letzte Foto von Zoey, bevor sie verschwunden war? Verblüfft betrachtete sie es genauer. Das von Amy beschriebene blaue, knielange Jeanskleid ließ das Mädchen unglaublich reif wirken. Sie stand in einer eher koketten Pose da und lachte. Ein Bein war auf eine Bank gelehnt, mit dem anderen stand sie fest am Boden. Das genaue Gegenteil zu dem anderen Bild. Doreen wurde schlecht bei diesem Gedanken.

Ihren Fotografen schienen die beiden Mädchen nicht bemerkt zu haben. Er benutzte eine Zoom-Funktion, wodurch die Kinder gut zu erkennen waren. Sie schaute nochmal genauer hin. Zoey stand leicht zur Seite gedreht. Selbst von weitem konnte man bereits die Andeutung eines Busens erkennen. Hätte Doreen nicht gewusst, dass sie ein junges Mädchen vor sich hatte, dann hätte sie sie für wesentlich älter und reifer gehalten. Zoey hatte mit dem vierjährigen Kind vom Bild im Text tatsächlich keine Ähnlichkeit mehr! Das war auch die Intention des Absenders, die sie verstehen sollte!

Doreen kämpfte mit ihren Gedanken. Sie fühlte alles. Sie fühlte nichts. Es war so surreal, was sie soeben gesehen hatte. Die nackte, ungeschminkte Wahrheit eines auf Kinder fixierten Psychopathen. Wie ferngesteuert setzte sie sich in Bewegung in Richtung Schlafzimmer. Sechs Uhr. Genug Zeit zum Reden, bevor sie Cassy wecken würde.

Raffaella schlief noch immer. Ihr wunderschönes Bein umschlang jetzt die Decke und verbarg den Blick auf den verführerischen Rest. Für gewöhnlich konnte Doreen dieser Pose nicht widerstehen, doch heute war es anders.

„Raffaella", flüsterte sie deutlich und leise zugleich. „Raffaella, wach auf!"

„Was ist los? Wie spät ist es?" Raffaellas Stimme krächzte.

„Du musst dir etwas ansehen!" Sie führte ihre Lebensgefährtin zum Computer, ohne darauf zu achten, dass diese eigentlich einen kleinen Umweg über die Toilette nehmen wollte. „Komm schon!" Ihre Stimme ließ keine Verweigerung des Befehls zu. Verschlafen begleitete Raffaella sie, in der Vorahnung, dass sie es hassen würde, was sie gleich zu sehen bekam. Zu gut konnte sie Doreens Züge deuten.

„Oh, Gott! Oh, Gott!", stotterte sie. „Der Mann folgt unserem Plan, Doreen. Und mehr! Er hat Kontakt mit dir aufgenommen!" Doreens Schlucken ließ sich vernehmen. „Du scheinst ihm sehr wichtig zu sein! Er will dir offenbar beweisen, dass Zoey kein Kind mehr ist und du somit irrst. WOW! Was hast du in deinem Artikel geschrieben?"

Sämtliche Farbe wich aus Doreens Gesicht. Hätte sie nicht gerade vor Kurzem inhaliert, hätte sie es spätestens jetzt definitiv gemusst. Als würde sie einer psychosomatisch bedingten Neigung folgen. „Der Artikel wird erst morgen erscheinen, Raffaella!", stieß sie aus. Stille.

„Ach du Kacke!", rutschte es Raffaella heraus. „Das bedeutet ..."

„Dass ich ihm persönlich irgendwie näher gekommen bin, als ich zunächst dachte. Ich habe ihn mit meinen Flyern erreicht. Und nun braucht er mich als ...", sie suchte nach einem passenden Wort, „... als eine Art Schiedsrichter. Was nun?"

„Wir schicken das alles an die Cops! Du steigst aus! Es ist zu gefährlich!"

„Du schickst das zu den Bullen, okay? Aber ... Ich mache weiter!" Doreens Stimme klang entschlossen und hart. Raffaella wurde klar, dass sie verloren hatte, bevor es überhaupt losging. Soweit kannte sie Doreen schon. Sie würde nicht kampflos aufgeben. Nicht jetzt. Nicht heute. Nicht, bis Amy ihre Tochter in den Armen halten würde. Tot oder lebendig. Nicht einmal danach, wenn der Mann noch frei herumlief. Die Journalistin wurde zur Jägerin, bis die Bestie erlegt worden war.

„Was werden die Cops damit anstellen? Was glaubst du, Raffaella?"

„Wahrscheinlich nicht besonders viel. Wie beim letzten Mal, als er den Brief an Amy schrieb. Er ist clever genug, den elektronischen Weg zu verschleiern. Wahrscheinlich war es wieder ein Internetcafé und wurde über mehrere Server verschlüsselt gesendet. Der Typ versteht etwas von Computern. Du musst sehr vorsichtig sein! Unbewusst hast du vielleicht sein Tatmuster verändert. Bisher hat er keine Erwachsenen in seinen Plan eingebunden. Vorsichtshalber werde ich daher Ivy einschärfen, besonders gut auf Cassy aufzupassen. Der Typ ist jetzt zu allem fähig!"

„Vielleicht auch nicht. Möglicherweise will er nur Bestätigung?" ‚Die persönliche Komponente in diesem Fall verengt ganz sicher ihren rationalen Blick', dachte Doreen, sagte aber stattdessen: „Was wir mit Sicherheit wissen, ist, dass der Täter in unmittelbarer Nähe zu sein scheint, und vor allem, dass Zoey noch lebt! Sonst bräuchte er keine Bestätigung!"

„Ivy hat mir versprochen, nach der Schule auf einen schönen Spielplatz zu gehen!" Die aufgeregte Stimme ihrer gemeinsamen Tochter ließ sich in der ganzen Küche vernehmen und katapultierte beide Frauen in das ‚Hier und Jetzt'. Sie versuchten das eben Gesagte frei von ihren Ängsten zu begreifen. Es gelang jedoch nicht. Zu groß war die Furcht vor der harten Realität, die auf kleine Mädchen wie Cassy auf New Yorker Kinderspielplätzen lauerte. Wenn ‚Dolly-Lover' bei Zoey tatsächlich zugeschlagen hatte, dann gab es nur noch zwei Tage, bis die Cops eine weitere Kinderleiche finden würden, die auf das Konto dieser Bestie ging. Wie schnell würde dann die Akte der nächsten um ihr Mädchen trauernden Mutter auf Raffaellas Schreibtisch landen? Für sie stand fest, dass es diesen Ausflug zum Spielplatz nicht geben würde. Vorerst.

*****

Doreen Bertani nahm sich vor, ihre ersten Schritte am Nachmittag in Richtung des Spielplatzes zu lenken, wo die Entführung stattgefunden hatte. Sie beauftragte Raffaella, die Mail und die ihnen bekannten Informationen weiterzuleiten. Sicherlich würde sie für ein paar Tage auf ihren eigenen Laptop verzichten müssen – bis die Polizei alles detailliert überprüft hatte.

Diesmal war der Spielplatz etwas leerer als sonst. Selbst die paar Eltern, die mit ihren Kleinkindern am Rand der Sandkiste saßen, lasen keine Zeitung wie beim letzten Mal, sondern starrten ihre Schützlinge regelrecht an. Die Nachricht über den kidnappenden ‚Dolly-Lover' zog offenbar weite Kreise. Die Absperrbänder verstärkten die lauernde Angst. In der Luft schwang eine Anspannung wie in einem Ballon, der kurz vorm Platzen stand.

Doreen sah sich ganz genau um. Diesmal wurde sie aufmerksam von den Eltern beobachtet. Zu unbekannt war die Frau, deren Blick ihre spielenden Kinder streifte. Zu interessiert wirkte sie.

‚Dabei lauert der Mörder unter denen von euch, die ihr als Freund oder einfach nur als ein bekanntes Gesicht kennt!', dachte sie traurig. Genau das war bei all den Psychopathen dieser Welt gleich. Keinem von ihnen stand auf der Stirn geschrieben, dass er ein schlechter Mensch war. So erschreckend diese Vorstellung von einem kranken, aber freundlichen Mitmenschen auch war, nur durch die fehlende Auffassungsgabe seiner Umgebung konnten Opfer überhaupt entstehen.

Doreens geschärfter Journalisten-Wahrnehmung entging nicht, dass es durchaus ältere Kinder gab, die auch ohne Eltern auf dem Spielplatz tobten. Sie waren vielleicht nicht in Cassys, aber ganz sicher in Zoeys Alter. In diesem Augenblick musste sie an ihre Tochter denken. Es war so wunderbar zu wissen, dass es die junge Studentin, Ivy, gab, die ihr geliebtes Kind niemals aus den Augen lassen würde. Jetzt, nachdem die Babysitterin über Zoeys Verschwinden aufgeklärt worden war, erst recht nicht mehr!

Es gab jedoch auch Eltern, die so beschäftigt damit waren, ihren Kindern eine sorglose Zukunft vorzubereiten, dass sie die gegenwärtigen Gefahren nicht wahrnahmen. Oder andere, die mit der Zeit vergaßen, weiterhin Verantwortung für ihre Schützlinge zu übernehmen. Auf dem Weg zur Selbstständigkeit ihrer ehemaligen Babys verdrängten sie, dass ihre Kinder eigentlich Wesen mit eigener Ideologie waren. Jedes für sich erschuf seine subjektive

Welt voller Magie, die mit der der Erwachsenen nicht immer kompatibel war. Diese Kinder, die mit einem Schlüssel um den Hals im Boerum Park herumliefen, waren eben nicht die ‚zu kurz geratenen Erwachsenen', sondern Geschöpfe, deren Fantasie nicht annähernd ausreichend war, die menschliche Grausamkeit zu erfassen.

Gleichermaßen zur steigenden Anzahl der Kinder New Yorks wuchs auch die Population verschiedenartiger Hunde und ihrer Besitzer. Die Hundeführung im Park zu gestatten, sollte eine geschickte Lösung der Stadt sein, den Spielplatz zu einem öffentlichen Standort zu machen. Vielleicht sollte es lediglich den die Vierbeiner besitzenden Familien eine neue Perspektive bieten und somit den Boerum Park für sie attraktiver machen? Oder, was schauriger war, mehr Sicherheit bedeuten?

Noch in ihre Gedanken versunken, verspürte Doreen einen Schlag auf den Rücken. Als sie sich umdrehte, sah sie einen Jungen, der sie schuldbewusst anschaute. Das Kind sah schlampig aus und war vielleicht neun oder zehn Jahre alt.

„'Tschuldigung!", zischte er zwischen den lückenhaften Zähnen hervor und bückte sich, um seinen Ball aufzuheben.

„Nichts passiert!" Doreen massierte sich leicht ihren Rücken. Diese bagatellisierende Aussage war maßlos untertrieben. Das tat höllisch weh, doch sie wollte es den Kleinen nicht wissen lassen.

Ihr fiel etwas ein. „Warte mal, ich will dich etwas fragen!"

Der Junge blieb verdutzt vor ihr stehen. „Siehst du dieses Foto hier?" Sie zeigte auf das aktuelle Foto von Zoey, das ihr der Täter zugeschickt hatte. ‚Ein Hoch auf die heutige Technik, die erlaubt, das Bild sofort auszudrucken! Man weiß ja nie!', dachte sie beiläufig.

„Ja, was ist damit? Coole Bräute!"

„Kennst du die Mädchen? Oder hast du sie irgendwo gesehen?"

„Nö. Ich bin selten dort drüben. Meistens spielen wir Fußball auf dem Bolzplatz. Auf dem Spielplatz, wo die Chicas sind, bin ich nie. Ist nichts für mich!" Man hörte dem Jungen an, dass der Park für ihn ein zweites Zuhause war. ‚Wann hört bloß bei den Schlüsselkindern die Kindheit auf und der Ernst des Lebens beginnt?', fragte sich Doreen.

„Außerdem spielen wir nie da, wo so viele Hunde laufen. Die rennen manchmal hinter dem Ball her. Und da drüben sind besonders viele Bänke und viele Köter. Das macht keinen Spaß!"

„Kev! Was ist los, Alter? Spielen, nicht quatschen!" Die Stimmen der gereizten Freunde holten sie ein. Vor Kurzem wurde hier ein Kind entführt! Doch wen kümmerte das schon? Die Welt drehte sich weiter. Eine entsetzliche Vorstellung! Doch Jugend und Unbeschwertheit forderten ihren Tribut.

„Dann viel Spaß, Jungs!", warf Doreen ein, ohne zu wissen, ob sie von den Kindern überhaupt wahrgenommen wurde. Erdrückt von den Gedanken nahm sie das Bild, das ihr diese Bestie über eine Mail zukommen ließ, und begab sich auf die Suche nach dem Ort im Park, aus welchem das Foto möglicherweise aufgenommen wurde. Glücklicherweise wurde die Aufnahme messerscharf geschossen. Man konnte sogar vereinzelt Blätter und Zweige der Bäume erkennen.

Als sie den ungefähren Winkel mit der Entfernung verglich, wurde ihr übel. Auf einer der Bänke saß tatsächlich Oliver Bradley, der Zeuge von Zoeys Entführung, mit seinem Giftzwerg Daisy. Er schaute in aller Ruhe über den Platz, als ob er über irgendetwas die Kontrolle behalten wollte. Obwohl sie sicher war, dass er ihre Anwesenheit bereits bemerkt hatte, ließ er es sie nicht wissen. Das gehörte zu seinem Spiel. Dem anderen seine Dominanz zeigen, indem er nicht auf seinen Gesprächspartner zukam. Sein Hund saß mit einem warnenden Blick auf des geliebten Herrchens Schoß. Doreen ließ sich die Chance dennoch nicht entgehen, den Mann erneut zur Rede zu stellen.

„Ja, ja … Die jungen Leute von heute!", kommentierte er den Zusammenstoß mit dem Ball. „Kein Respekt vor Erwachsenen!" Ihm fiel offensichtlich nicht auf, dass er sich dadurch verraten hatte. Ihre Anwesenheit war ihm ganz offensichtlich in keinem Detail entgangen.

„Ach was! Das kann immer passieren", bagatellisierte sie es gelassen, „schließlich stehe ich auf einem Spielplatz. Guten Tag, Mr Bradley!"

Je näher Doreen an den Mann herankam, desto mehr zog sich Daisys Schnauze in kleinen Wutfältchen zusammen. Ihre kleinen Zähnchen sollten sie warnen, den notwendigen Abstand zu wahren. Die kleine Dackeldame konnte sie definitiv nicht leiden, und der unmittelbare körperliche Kontakt zu ihrem Herrchen bestätigte sie in ihrem Größenwahn. Doreen beschloss, es dem Köter leichter zu machen, indem sie einen kleinen Sicherheitsabstand einhielt.

„Ich sitze fast immer auf dieser Bank und kann Ihnen sagen, dass diese Jungs heutzutage wesentlich schlimmer geworden sind. Nicht wie die Mädchen, die die gesamte Zeit so niedlich Geheimnisse flüstern oder mit ihren kleinen Püppchen spielen oder schaukeln. Mit ihren in der Luft flatternden Röckchen." Irgendetwas in seinem Gesichtsausdruck bewirkte, dass sich bei Doreen der Mageninhalt meldete.

Die Bank war so postiert, dass dieser Mann einen hervorragenden Überblick über das gesamte Gelände behielt. Insbesondere dieses Gebiet, wo sich kleine Kinder oder heranwachsende Mädchen aufhielten. Seltener heranwachsende Jungs. Hinter der Bank sah sie Bäume, wo sich Zoeys Fotograf gut hätte tarnen können. Jeder hätte sie an dieser Stelle unbemerkt ablichten und sich dann zu fast allen Orten bewegen können, wo sich die Spuren von Zoey befanden. Deshalb war es für den Täter ein Leichtes, potenzielle Zeugen auszuschließen.

„Waren Sie an diesem Tag auch hier, als das kleine Mädchen verschwand?" Doreen entschied sich für eine direkte Taktik. Sie schielte kurz zur Seite. Auf der Bank lag ein Rucksack. Genau die richtige Größe, um Leckerlis für den Hund, ein Handy, eine Brieftasche, einen Schlüssel oder eine mittelgroße Fotokamera zu verstecken.

„Nun, vermutlich ja." Die Stimme zitterte für einen winzigen Augenblick. Dann fasste sich der Mann wieder. „Habe auch den Cops erzählt, dass ich sie auf dem Parkplatz sah. Die Kleine ist mir mit ihrem blauen Kleidchen gleich aufgefallen. Wissen Sie was? Ich mag Kinder!" Er grinste widerlich.

„Ist Ihnen etwas Merkwürdiges an diesem Tag aufgefallen?" Doreen trippelte leicht auf der Stelle, als wollte sie das Unbehagen abschütteln, die sie in diesem Moment überkam. Ihr Temperament meldete sich meist recht schnell. Wenn sie nicht entsprechend reagieren konnte, musste sie eine Übersprungreaktion ausführen. Das Wiegen auf der Stelle war eine Form davon. Außer dem grollenden Warngeräusch von Daisy passierte jedoch gar nichts. Oliver Bradley schien es nicht bemerkt zu haben.

„Nö. War die meiste Zeit in das Gespräch mit dem Mann im Kiosk vertieft."

„Sitzen Sie immer auf dieser Bank?" Doreen konnte sich keinen Reim auf das bisher Gesagte machen.

„Ach, Quatsch! Wir treffen uns aber ganz oft hier. Im Kiosk ist meist nichts zu tun. Die Kinder rennen alle zu dem Bücherladen, Jackson & Barnes. Da gibt es die besten Comic-Bücher. Wir teilen uns einfach manchmal die gemeinsame Zeit!"

‚Ja, und eine Vorliebe für kleine Mädchen sicherlich auch', beendete sie im Geiste. „Wo ist diese Buchhandlung eigentlich? Ich habe sie noch nie gesehen?", fragte Doreen stattdessen.

„Ach, die finden Sie ganz leicht. Dexter müsste noch ein Paar Visitenkarten mit der Adresse im Laden haben. Wenn Sie es nicht finden, dann fragen Sie einfach! Er hilft Ihnen bestimmt! Mit einem der Angestellten dort ist er gut befreundet. Den habe ich schon öfter gesehen ... ähm ... Wie war noch sein Name? Ähm ... Dwane ... Irgendwie ..."

„Dwane Harper vielleicht?" Der Name des Verdächtigen aus den Nachrichten fiel ihr sofort ein.

„Ja, genau. Woher ..."

„Nun ...", Doreen unterbrach ihn prompt und schaute ostentativ auf die Gelenkuhr, „... langsam wird es Zeit für mich. Es war nett, mit Ihnen zu plaudern. Auf Wiedersehen!" Ihr plötzliches

Aufbrechen versetzte das Tier erneut in den Verteidigungsmodus. Diesmal machte sie sich nicht mehr die Mühe, diesem Mann ihre Hand zu geben. Sie fühlte sich dafür dem kläffenden Giftzwerg zu Dank verpflichtet. Er hatte ihr eine unausgesprochene Ausrede geliefert.

Sein verspätetes „Auf Wiedersehen!" wurde von Drohgebärden seines Hundes unterdrückt. Auf einen Abschiedsgruß von dieser ihr unangenehmen Person legte Doreen keinen Wert.

Kapitel 11

Zoey machte die Augen zu. Sie würde ihn also in zwei Tagen heiraten, sagte er. Sie freute sich! Endlich würde sie ihre Eltern sehen! Beide zusammen. Ihr ewiger Herzenswunsch! Wie zu den Zeiten, zu denen sie alle so viel gemeinsam lachten! Bevor ihre Mutter anfing, immer öfter ihre verweinten Augen mit Schminke zu kaschieren und „Es ist wirklich nichts, Schatz!" auf Zoeys zahlreiche Fragen zu antworten.

Lange Zeit glaubte sie ihr, doch eines Tages, als sie von der Schule nach Hause kam, waren Daddys Sachen gepackt. Er war einfach weg! Zunächst sollte es nur Urlaub sein, hatte Mommy ihr erklärt. Doch während die Tage vergingen, blieb Larry Andrews seinem Zuhause weiterhin fern. Irgendwann verschwanden auch sein Duschgel und seine Zahnbürste. Dann begann er, Zoey von der Schule abzuholen, während ihre Mutter sich mit Freunden traf.

Amy Andrews achtete peinlich genau darauf, dass ihre Tochter wenig von ihrem neuen Lebenswandel mitbekam. Sie übersah dabei, dass das Kind so aufmerksam war, dass es die unterschiedlichen Männerutensilien im Badezimmer, die wöchentlich wechselten, voneinander unterscheiden konnte. Zoeys Wunsch, ihre Eltern Hand in Hand zu sehen, flog davon wie ein wunderschöner Schmetterling in der wärmenden Mai-Sonne.

Bis ihr Peiniger auf sie zukam und ihre Hoffnung erneut weckte.

Wieder war es dunkel. ‚Ist jetzt Nacht oder Tag?', fragte sie sich selbst und begann herzzerreißend zu schluchzen. Ihre Mutter würde bestimmt sehr sauer sein, dass sie nun so lange weggeblieben war. Ob sie ihr überhaupt zuhören würde? ‚Definitiv werde ich dann Fernsehverbot kriegen!', ging ihr durch den Kopf. Trotzdem freute sie sich, ihre Eltern zu sehen. Draußen zu sein. Seit ein paar Tagen, sie wusste nicht wie vielen, war dieser stickige Raum das Einzige, was sie jeden Morgen und Abend zu Gesicht bekam. Nur der liebe Gott wusste, wie lange das schon war.

Zoey hoffte, er würde nicht erzählen, dass sie auf dem Parkplatz auf ihn gewartet hatte. Geburtstagsgeschenk hin oder her, ihre Mutter hatte es ihr seit jeher verboten. Doch woher wusste er, wann ihre Mutter Geburtstag hatte und dass ihr Vater nicht mehr zu Hause wohnte? Er kannte sogar ihre Adresse! Von wem sonst wenn nicht von ihrer Mutter? Vielleicht sollte sie ihm einfach vertrauen? Ihm zu glauben machte alles einfacher. Und weniger schmerzhaft ...

Er sagte, er müsse Zoey vor anderen Männern beschützen. Alle wären sie böse und würden sie entführen wollen, weil sie so eine schöne Frau geworden sei. Er würde für immer in ihrer Nähe bleiben, damit ihr nichts passierte. Ob das stimmte oder nicht, war ihr mittlerweile egal. Alles war ihr egal!

Ein Pfeifen an der Tür zu ihrem Loch ertönte, und sie bekam wieder einmal Gänsehaut. Er war wieder da! Wie würde er drauf sein? Lachen? Sie anschreien? Langsam verstand sie sich gut darin, die Worte so zu wählen, um ihn nicht zu verärgern. Sie wurde immer besser darin.

„Zoooooooeeeeey!", hörte sie ihn rufen. Tränen liefen ihr unkontrolliert panisch über ihre noch teils kindlich geformte Wangen. Mit aller Kraft betete sie, dass er heute gute Laune hatte. Instinktiv schloss sie die Augen, damit er nicht sehen konnte, dass sie wach war. Wenn sie nicht schlief, das behauptete er immer, würde sie nur Unsinn denken. Mit aufsteigenden Schrecken stellte sie fest, dass ihr Magen knurrte. Das konnte sie verraten.

„Zoey! Du Schlafmütze!" Offenbar hatte er gute Laune. Die Tür ihres kleinen Gefängnisses wurde endlich entriegelt. Sie konnte etwas Licht erspähen. Das Mädchen atmete erleichtert auf und tat so, als hätte er sie gerade geweckt. Voller Zufriedenheit, dass der Schwindel nicht aufgefallen war, streckte sie sich. Jetzt war sie sicher, dass sie sich für ihren Ungehorsam keine Backpfeife einfangen würde.

„Meine Liebste, die Sonne scheint so schön!"

Doch ihre gesamte Aufmerksamkeit galt plötzlich nur seiner Hand. Darin steckte etwas, das wie ein belegtes Brötchen aussah. Zoeys Magen knurrte erneut.

„Ist das für mich?", fragte sie so lieb, wie sie konnte. Sie wollte ihn nicht so verärgern, dass er ihr wieder das Essen verweigern würde. Viel schlimmer als die Schläge oder der Hunger war aber, dass er sie danach immer umarmte und sie beruhigend auf die Stirn küsste. Sie mochte das einfach nicht! Sein Parfüm roch so widerlich! Auch sein stinkender Atem an ihrem Gesicht widerte sie an!

„Ich habe denen heute endlich bewiesen, meine Liebste!", hörte sie ihn sagen, als er ihr das Brötchen reichte, „dass wir einfach zusammengehören! Jetzt wissen sie endlich, dass du erwachsen genug bist, eine wunderschöne Braut zu werden, hörst du? Und sie wissen jetzt auch, dass wir am Montag heiraten! Wir werden endlich für immer zusammen sein. Wie oft habe ich genau nach dir gesucht? Immer die Falsche gefunden! Bis zur Hochzeit haben sie mich angelogen! Dann aber nicht mehr! Ich habe sie gehen lassen! Dich aber nicht, mein Schatz! Du bist mein! Wir gehören einfach zusammen!"

Das Brötchen schmeckte Zoey sehr gut. Und er hatte noch eins mitgebracht, wie sie sah. Sie stürzte sich darauf, aus Angst, dass er sich das anders überlegen könnte. Von den blöden Suppen, die er ihr immer gab, seit Zoey hier war, bekam sie mittlerweile Bauchschmerzen. Dagegen waren die Suppen ihrer Mutter so lecker duftend.

Wie auf Abruf schossen ihr erneut Tränen in die Augen. ‚Meine Mommy! Ich vermisse sie so sehr. Ob Daddy auch wirklich wieder bei uns eingezogen ist?', ging es ihr durch den Kopf. Würde sich das Leben ändern, wenn Zoey nach Hause kommen würde? Das war die große Frage, die sie immerzu beschäftigte.

Würde ihre Mutter überhaupt noch mit ihr und dem Barbiehaus spielen, wenn sie geheiratet hatte? Das war mit Abstand ihr liebstes Spielzeug. Und ein großes Geheimnis, denn eigentlich war sie schon viel zu alt dafür. Mit der entschlossenen Geste eines kleinen Kindes strich sich Zoey die Tränen von der Wange weg. Er sollte lieber nicht sehen, dass sie weinte. Das mochte er ganz und gar nicht. Es machte ihn sogar sehr wütend.

Zum Glück war er mit einem weißen Kleid beschäftigt, das ausgebreitet auf der Kommode hing.

„Diesmal werden wir anders heiraten! Diesmal werde ich es ihnen zeigen!", sagte er. „Vor einer Frau, der du sehr viel bedeutest, mein Schatz! Viel mehr als deiner Mommy, meine Zoey! Sie hat schon nach dir gesucht. Bald bringe ich sie zu dir. Nur Geduld, mein Täubchen! Deine Eltern werden schon stolz darauf sein, wie erwachsen du geworden bist!"

Kapitel 12

Doreen Bertani machte sich auf den Weg in das Metropolitan Hospital Center, um Amy Andrews zu besuchen. Mittlerweile war sie verlegt worden, um ihren psychischen Zustand zu stabilisieren. Aus Raffaellas Akten ging hervor, dass diese Frau die sterile Umgebung der Krankenhäuser und Kliniken nicht ausstehen konnte. Doreen konnte das gut nachvollziehen.

Auch wenn in dieser Anstalt Bilder in Pastellfarben dezent an den Wänden platziert wurden, konnte es nicht darüber hinwegtäuschen, dass die Patienten tiefgehende psychische Probleme mit sich trugen. Und auch nicht darüber, dass der Weg aus den unangenehm nach Desinfektionsmitteln stinkenden Räumen nur mit der Erlaubnis der zuständigen Psychiater erfolgte. Geschweige denn davon, dass die Extremitäten mancher Patienten mit Riemen an der Liege fixiert wurden. ‚Ein grauenhafter Ort zum Vor-sich-hin-vegetieren!', dachte Doreen und schüttelte sich unwillkürlich, als sie ein unmenschliches Kreischen vernahm. ‚Lange werde ich hier ganz sicher nicht verweilen!'

Ehrfürchtig passierte sie die Schleusen, unwissend, was sie bei Amy erwarten würde. Dass sie sich jedes Mal ausweisen und Raffaellas Namen nennen musste, wies auf die schlechte Verfassung der Patientin und den polizeilichen Schutz hin. Darauf, was sie aber wirklich zu sehen bekam, war sie keinesfalls vorbereitet.

Amy Andrews war offenbar sediert worden. Sie lag fast reglos auf ihrem Bett und starrte die Decke an. Ihre Haut war aschfahl. Ihre dunklen Haare und die mittlerweile vom Lack befreiten, kurzen Fingernägel sahen aus, als ständen sie in einem Wettrennen, welches davon stumpfer wirkte. Das Gesicht war eingefallen und mager. Nicht mal mit größter Mühe konnte man die attraktive Frau erahnen, die Amy noch vor einer Woche gewesen war. An ihrem Bett saß Larry und streichelte seiner Ex-Ehefrau mechanisch die Hand.

„Sie wurde mit Medikamenten behandelt, weil sie unkontrollierte Ausbrüche hatte!", sagte er fast entschuldigend. Doreen war verwundert, dass er sie überhaupt bemerkt hatte, so leise, wie sie ins Zimmer geschlichen war.

Larry sah ebenfalls schlecht aus. Vielleicht ein kleines bisschen besser als seine Ex-Ehefrau, mit der er gerade das größte Leid teilte, das Eltern je widerfahren konnte.

„Das tut mir schrecklich leid", entgegnete Doreen mit tiefer Trauer. Warum fiel es den Menschen immer so unheimlich schwer, genau dieses Gefühl der bedingungslosen Betroffenheit mit Worten so auszudrücken, wie es tatsächlich gemeint war? Wieso half das geteilte Mitgefühl nicht, selbst wenn es so herzlich war? Es schmerzte sie, diese Menschen so zu sehen. Leidend. Zerstört. Es gab einen einzigen Menschen auf dieser Welt, der sie im nächsten Augenblick unendlich glücklich machen konnte. Wenn er gnädig gewesen wäre. Wenn ...

„Raffaella ist noch beim Pflegepersonal, um nach Amys Befinden zu fragen", hörte sie Larry metallisch sagen, der die bedrückende Stille krampfhaft zu durchbrechen versuchte. Dafür, dass er in diesem Moment nicht nach ihren Artikel-Recherchen fragte, hatte sie vollstes Verständnis. Zoey musste sie dennoch erwähnen, um wenigstens an dieser Stelle weiterzukommen. Offensichtlich waren sie zum Duzen übergegangen, was Raffaella manchmal in ihrer Arbeit half.

„Es tut mir leid, wenn ich das anspreche, doch vielleicht können Sie mir bei meinen Recherchen weiterhelfen. Es geht um Zoey."

Der Mann drehte energisch seinen Kopf in Doreens Richtung, verschnaufte ausgiebig. Dann erhob er sich von der Bettkante. Als ob er Angst hatte, dass diese Unterhaltung einen negativen Einfluss auf Amys derzeit eher bewusstlosen Zustand nehmen würde, ging er in Richtung der Journalistin.

„Was möchten Sie über meine Tochter wissen?", flüsterte Larry.

„Einfach, wie sie ist. Aus Ihrer Sicht! Was sie mag. Was sie hasst. Kurzum, ob Ihnen aufgefallen ist, dass sich etwas in letzter Zeit geändert hat?", schoss sie ihre Fragen etwas unsensibel heraus. Alle Worte, die sie jetzt hätte sagen können, waren in dieser Situation und bei diesem Mann falsch, der gerade um die zwei wichtigen Personen in seinem Leben trauerte. Daher konnte sie auch diesen schmerzhaft direkten Weg nehmen.

„Zoey ..." Seine Stimme brach zusammen. Er versuchte, die aufkommenden Tränen zu unterdrücken. Doreen war ergriffen von diesem doch so persönlichen Moment zwischen ihr und dem ihr fremden Mann. Plötzlich kämpfte sie mit ihrer eigenen Verfassung. Kindheitserinnerungen kamen in ihr hoch, auch wenn sie sie nicht genauer benennen konnte. Die Nerven gingen wohl mit ihnen allen durch.

Larry Andrews räusperte sich. „Zoey", er war ernsthaft daran bemüht, seine Selbstbeherrschung wiederzuerlangen, „sie ist tapfer. Das ist die tapferste Prinzessin, die ich kenne. Sie ist so vernünftig. Viel vernünftiger als ihre Eltern! Was tut sie gern?" Er überlegte ganz kurz. „Nun, sie liest sehr gern. Sie verschlingt Bücher, obwohl sie so klein ist. Schon bevor sie zur Schule gehen sollte, konnte sie bereits lesen. Mein kluges Mädchen!" Er wischte seine Tränen mit dem Ärmel seines Pullovers ab. Ähnlich wie seine Ex-Frau schien er auf sein Äußeres bedacht gewesen zu sein. Früher zumindest, als sein Leben noch einen Sinn zu haben schien. Doreen schwieg.

„Amy wollte ihr zu Weihnachten einen kleinen Hund schenken. Sie hat mich schon gefragt, ob ich das Tier an unseren gemeinsamen Vater-Tochter-Wochenenden übernehmen würde. Ich habe es ihr versprochen! Warum auch nicht? Zoey war vernarrt in Hunde! Wenn mein kleines Mädchen nach Hause kommt, kriegt sie einen Hund, sofort! Ich werde ihr noch am selben Tag einen kaufen! Wenn sie nur wieder da ist!" Diesmal ging der trauende Vater ans Fenster, um einem aufsteigenden Tränenfluss freien Lauf zu lassen. Keiner sollte ihn weinen sehen. Doreen wollte ihm den Wunsch erfüllen, doch sie musste noch ein paar wichtige Fragen stellen. Egal, wie schmerzhaft es für sie beide war.

„Herr Andrews, hat Zoey etwas von einem Hund erzählt? Kennt sie einen?"

„Zoey kennt alle Hunde in der Umgebung. Die kleinen sind ihr aber am liebsten. Mit ihnen kann man kuscheln, sagte sie immer. Da, wo Zoey ist, sind alle Tiere der Umgebung. Fragen Sie mich nicht, warum sie diese Wesen so magisch anzieht? Ich weiß es nicht."

„Darf ich noch etwas erfahren?" Doreen wartete nicht, sondern fuhr fort, da Larry langsam an die Grenzen seiner Aufnahmefähigkeit angekommen zu sein schien. „Darf Zoey sich Sachen selbst kaufen? Ich meine, bekommt sie ausreichend Geld dazu?"

„Meine Tochter bekommt natürlich Taschengeld. Sie geht auch selbstständig zum Bäcker, zum Spielplatz oder zur Schule. Ich nehme an, dass sie dann auch Bücher kauft, wenn sie es will, ohne dass es ihre Mutter weiß. Aber genau weiß ich nicht, wie Amy das jetzt handhabt." Larry Andrews' Stimme wirkte resigniert.

Doreen beschloss, das Patientenzimmer zu verlassen. Sie wollte keine weiteren Wunden bei diesem mit der derzeitigen Situation hoffnungslos überforderten Mann aufreißen. Egal wie professionell sie sich gab, in der Angst um ihr eigenes Kind fühlte sie sich ihm zutiefst verbunden.

„Ich werde mich jetzt auf den Weg machen, Raffaella zu suchen. Nochmals mein tiefstes Mitgefühl für diesen grauenhaften Weg, den Sie beide im Moment gehen müssen!"

Larry Andrews winkte ab, ohne den Blick vom Fenster zu nehmen. Sie wusste nun, dass er seine Selbstkontrolle über geballte Emotionen hinaus endgültig verloren hatte und schloss leise die Tür hinter sich. Aus ihrer Tasche zog Doreen den Inhalator heraus und verschaffte sich damit etwas Luft zum Atmen.

*****

„Da bist du ja!" Raffaellas Stimme klang so vertraut in diesen kahlen Gängen des Metropolitan Hospital Center. Eine kleine Umarmung war das Einzige, was sie sich während der Arbeit an Annäherungen erlaubten. Beide versuchten sie, ihr Privatleben soweit fernzuhalten, wie es nur ging. In den meisten Fällen gelang es auch.

„Gerade komme ich aus dem Behandlungszimmer", entgegnete Doreen betroffen. „Sie haben beide Unmenschliches erlebt. Und noch kein Ende in Sicht! Oh, Gott, Raffaella! Wie kann man helfen?"

„Ich gehe gleich rein. Mach dir keine Sorgen! Ich werde ihm eine Tablette geben. Habe vom Arzt welche besorgt. Du siehst aber auch nicht besser aus!" Raffaella schaute ihre Lebensgefährtin kritisch an.

„Du hast ja gemerkt: Ich schlafe in letzter Zeit nicht besonders! Offenbar nimmt mich die Sache ganz schön mit!", flüsterte Doreen, obwohl kein Mensch in diesem Moment die Gänge passierte.

„Fahr bitte nach Hause, Doreen! Ich werde schauen, inwieweit ich hier gebraucht werde und komme dann nach. Mit einer Flasche Wein. Diese Nacht wirst du schlafen wie ein Baby, versprochen!" Bevor Raffaella ihr einen Kuss gab, schaute sie sich aufmerksam um, ob sie tatsächlich allein waren. „Nun geh schon!", schubste sie ihre Liebste sanft zum Ausgang.

*****

Doreen fuhr ihren kleinen, roten Mercedes ganz gemächlich an das Haus in der Narrows Avenue. Sie freute sich bereits, die Stimmen von Cassy und Ivy zu hören. Eine Oase der Freude im Sumpf aus Verbrechen und Korruption, in dem sie für gewöhnlich steckte. Im ganzen Haus brannten Lichter, was sie diesmal mit einem müden Lächeln quittierte. Langsam neigte sich der Spätsommer dem Ende zu. Auch die Tage wurden zunehmend kürzer, was die Mädchen dazu verleitete, das gesamte Haus feierlich zu beleuchten.

Leise öffnete sie die Tür, um die beiden zu überraschen. Eine seltsame Angst überkam sie, als keine der zauberhaften Stimmen ihr ein lautes „Hallo" entgegenflötete. „Ist jemand zu Hause?", rief sie laut, erhielt jedoch keine Antwort. Besorgt streifte sie die Schuhe im Eiltempo ab und lief direkt in Cassys Zimmer.

Was sie dort sah, erfüllte ihre Mutterseele schlagartig mit Liebe. Offenbar hatte Cassy ihre Babysitterin zu einer kleinen Vorlesegeschichte auf dem Bett überredet. Beide Mädchen waren eingeschlafen und lagen angekuschelt wie zwei Schwestern. Doreen tat es schon fast leid, eine davon zu wecken. Nachdem sie die Nachtlampe ausgeknipst hatte, berührte sie sanft Ivys Arm.

„Oh, bin ich eingeschlafen? Wie spät ist es?", fragte sie, aus dem Traum aufgeschreckt.

Doreen lachte. „Es ist überhaupt nicht spät! Ihr seid offenbar beim Vorlesen eingeschlafen. Ich wollte dich hier nicht liegen lassen, damit du bequem im Bett schlafen kannst", flüsterte sie. „Möchtest du einen Tee? Ich mache mir auch einen!"

„Na, klar! Bin dabei!" Ivy erhob sich aus dem kleinen Prinzessinnenbett, während Doreen den Raum bereits verlassen hatte. Langsam spürte sie schmerzlich ihre eigenen Knochen. Wie es schien, war diese Phase der Jugend endgültig vorbei, wo sie an jeder Stelle ohne weitere Beschwerden die Nacht verbringen konnte. Ivy lockerte die Kleidung ihres Schützlings, küsste die Kleine auf die Stirn und deckte sie zu.

„War der Tag anstrengend?" Ihre Anwesenheit in der Küche wurde sofort mit Freude registriert.

„Oh, ja! Wir waren die ganze Zeit unterwegs. Sogar bei einer meiner Freundinnen, die morgen Geburtstag feiert. Cassy fand ihren Hund ganz nett. Sie hat einen kleinen Welpen bekommen. Süßes Ding, sage ich dir! Und du weißt, wie vernarrt deine Tochter in Tiere ist. Morgen wollte sie uns zum Brunch einladen. Doch Raffaella und du seid bestimmt beschäftigt? Mit Cassy kann ich nicht hin, weil es diesmal nicht unbedingt jugendfreie Gespräche geben wird!"

„Im Gegenteil!", entgegnete Doreen entschieden. „Ich wollte dich sogar schon fragen, ob du nicht auch etwas am Sonntag unternehmen möchtest. Wir wollten mit Cassy vielleicht in den Zoo!"

Eigentlich war es ihr nicht unbedingt gelegen, solange Zoey noch nicht gefunden war, doch auch Ivy hatte einen Anspruch auf Privatleben. Vielleicht war die Ablenkung von der Arbeit sogar ein Segen?

„Wäre es dann in Ordnung, wenn ich schon heute Abend nach Hause fahren würde, um ein paar Sachen zu erledigen? Kommt ihr ohne mich aus?"

„Aber klar, geh nur. Und amüsiere dich, Ivy! Wir kommen schon klar. Wann sehen wir uns dann wieder?"

„Gleich morgen Abend, wenn das in Ordnung geht? Cassy muss doch am Montag zur Schule?"

„Na, aber klar! Mach dir eine schöne Zeit! Und jetzt verschwinde endlich!" Gespielt streng sollte es klingen, weil Doreen wusste, dass das Mädchen sonst nicht so einfach gehen würde. Ivy liebte das Bertani-Haus mit allen seinen Weibern und fühlte sich darin immer wohl, vielleicht, weil sie sie sich als ein Teil davon begriff. Sie quittierte den Befehl mit einem süßen Lächeln, zog sich in Windseile an und verließ das Haus, um endlich ihrer eigenen Jugend zu begegnen. Vom Tag erschöpft, genehmigte sich Doreen einen warmen Tee, nahm eine Tageszeitung und streckte ihre Beine auf der Couch aus, in der angespannten Erwartung, das Geräusch von Raffaellas Schlüsseln am Türschloss zu hören. Als sie eine gefühlte Viertelstunde später ein Geräusch hörte, schreckte sie auf. Der Blick auf die Uhr verriet, dass es schon halb neun war. Draußen leuchteten bereits die ersten Laternen. Für einen kurzen Augenblick horchte sie noch unruhig. Sie atmete auf. Bekannte Geräusche.

„Schatz, bist du es?", rief Doreen gähnend, als sie eine Bewegung in der Küche wahrnahm. Langsam richtete sie sich auf.

„Bin gleich bei dir! Ich gebe nur Cassy einen Kuss!", entgegnete die ihr so vertraute Stimme aus der Küche. Doreen wartete geduldig, bis die Silhouette ihrer Ehefrau erschien. Raffaella wirkte sehr abgeschlagen. Die letzten Tage forderten bei allen ihren Tribut.

Sie liefen am Limit dessen, was sie zu geben fähig waren. Die Aussichten auf den morgigen Zoobesuch waren daher sehr verlockend.

„Komm, setz dich zu mir, Raffaella! Du hast heute ganz schön lange gearbeitet!"

„Es ging nicht anders!" Raffaella machte es sich auf der Couch gemütlich. „Amys Zustand ist furchtbar schlecht. Larry ist auch an den Grenzen des Erträglichen. Ich bin mir nicht sicher, wie lange die beiden das noch mitmachen werden!" Fragend schaute sie auf die halb volle Kanne. „Ist der Tee noch warm?"

„Warte, ich hole dir noch ein Glas!" Sie ging in die Küche. „Es ist eine verdammte Zeit für die beiden! Aber auch wenn ich von Herzen mitfühle, bin ich, um ehrlich zu sein, glücklich, dass nicht wir das Problem haben! Das klingt gemein, oder?" Doreen goss den Tee in die mitgebrachte Tasse ein.

„Danke, Liebes. Finde ich nicht! Insgeheim denke ich genauso. Nur bei der Arbeit lasse ich es nicht zu, damit es mich nicht beeinflusst. Nun, genug über die Arbeit gesprochen. Gibt es etwas Neues in Sachen Zoey?"

„Nun, nicht besonders viel. Keine weiteren Meldungen von **Alex0787**. Ruhe vor dem Sturm! Wird er vielleicht aufgeben?"

„Hmmm ... Schwer zu sagen. Bei Amy Andrews hörten die Informationen auch eines Tages einfach so auf. Er verlor einfach das Interesse an der Mutter und krallte sich ihre Tochter – das Objekt seiner eigentlichen Begierde!" Die Variante, in der Doreen womöglich in großer Gefahr schwebte, wollte Raffaella nicht für wahr halten.

„Weißt du, was mich heute bewegt hat?" Nach einer kurzen Pause fuhr Doreen fort: „Ich habe Larry gefragt, ob ihm noch etwas zu Zoey einfällt. Er erzählte daraufhin, dass sie seiner Tochter einen Hund kaufen wollten. Nun kam ich nach Hause und Ivy erzählte mir etwas von einer Freundin, bei der sie heute mit Cassy war. Diese Freundin hat ebenfalls einen Hund, einen Welpen. Nun habe ich mir überlegt, ob unsere Tochter sich von jemandem mitnehmen ließe, der ihr einen Hund verspricht. Was würdest du sagen?"

Für einen Augenblick überlegte Raffaella ernsthaft, wie sie Cassy einschätzen würde. „Für gewöhnlich hätte ich ‚nein' gesagt. Es sei denn, dass der Mann sie gut überzeugen könnte. Bei Kindern ist wirklich alles möglich!"

„Genau die gleiche Idee ist mir auch gekommen", entgegnete Doreen. „Was ist, wenn er die Kinder mit etwas überzeugt, wie mit einem Hund, einer Katze, einem Fahrrad oder mit Süßigkeiten? Entweder kann er sie gut überreden, oder er beobachtet sie sogar. Oder beides, weshalb sie auch so brav mitkommen! Bei Zoey hätte er es auch mit Büchern geschafft. Die Kleine liest für ihr Leben gern!"

„Egal, wie du das Kind vorbereitest, es kann im Leben diesen einen Moment geben, wo die Aufmerksamkeit nicht da ist", beendete Raffaella deprimiert. Dunkle Gedanken legten sich über ihre Köpfe wie Wolken am herbstlichen Himmel.

Doreen nippte an ihrem Tee, bevor sie die trostlose Stille durchbrach. „Ihr fehlt mir beide so! Cassy sehen wir beide mittlerweile so gut wie gar nicht! Es würde mich nicht wundern, wenn sie eines Tages Ivy als Mutter ansprechen würde. Wenn sie es nicht schon ohnehin manchmal tut. Was hältst du morgen von einem Besuch im Zoo? Wir könnten dort picknicken und vielleicht auf andere Gedanken kommen?"

Raffaellas Miene wurde ernster. „Das tut mir so leid, doch ich muss morgen nochmal ins Hospital wegen Amy. Allerdings nur vormittags. Nachmittags spräche wahrlich nichts dagegen. Wir könnten uns doch da vor Ort treffen! Was meinst du?"

„Bevor es gar nicht geht, nehme ich, was ich kriege!", entgegnete Doreen mit einer Mischung aus Enttäuschung und Verständnis in der Stimme. Raffaella beugte sich zu ihrer Frau und umarmte sie so fest, wie sie nur konnte. Diesmal war in dieser Geste kaum Erotik, sondern pure Liebe zweier Menschen enthalten, die der Angst in die Augen gesehen hatten. „Ich liebe dich über alles!", flüsterte Doreen ganz leise in Raffaellas Ohr. „Ich dich auch!"

*****

Immer wieder gedachte er der Momente, in denen er Zoey beobachtete. Voller Wonne erlebte er jedes Detail wieder und immer wieder. Er lächelte, während seine Hände mit den Putzlappen den Staub vom Brooklyn-Hospital befreiten. Jetzt konnte er sich voll und ganz seinen Fantasien hingeben. Seine wunderschöne Zoey! Während sie so mit ihm spielte, wusste keiner – nicht mal ihre Mutter -, dass er bereits alles über sie wusste.

‚Dieses Foto von der Journalistin!', dachte er plötzlich angewidert. Es ließ ihm keine Ruhe. ‚Was wollte sie mir damit sagen? Zoey war schon fast erwachsen! Das werde ich ihr bald beweisen! Und zwar so, dass sie es ein für alle Mal versteht!'

Noch immer ging ihm dieses verdammte Foto nicht aus dem Kopf. Es erinnerte ihn daran, dass es keine Bilder aus seiner Kindheit gab. Er hatte einfach niemanden gekannt, der auch nur das geringste Interesse daran gezeigt hätte, eine Erinnerung von ihm zu haben, und sei es nur in Form einer Fotografie.

Schon zu seiner Schulzeit hatte sein Interesse Computern gegolten. Damals hatten seine Eltern nicht gemerkt, wie ihr Kind immer wieder bei dem ‚Nachbarn von nebenan' verschwunden war. Dazu waren sie auch für gewöhnlich nicht ansprechbar gewesen. Seine leibliche Mutter war seit jeher eine Alkoholikerin gewesen. Und sein Vater – auch nicht besser! Das heißt, wenn er überhaupt mal zu Hause gewesen war. Beide hatten angeblich nie gemerkt, dass er sich von Zeit zu Zeit davonstahl.

Vielleicht wollte es seine Mutter nicht merken, weil sie die meiste Zeit mit ihren Freiern beschäftigt war? Irgendwann war es ihm jedoch egal geworden. Es war sogar besser so! Im Grunde hatte er die Möglichkeit bekommen, keine ‚schlimmen Fehler' zu Hause zu machen, für die er durch zwei lallende Monster mit glühenden Zigaretten bestraft wurde. Die körperliche ‚Nachbarschaftsliebe' war der Preis, den er zu zahlen bereit war. Mit der Zeit konnte er sogar diese besondere Zuwendung eines erwachsenen Mannes erwartungsgemäß erwidern, ohne sofort vor Ekel ins Badezimmer zu rennen. Er stumpfte ab. Auch gegenüber den Beteuerungen, wie sehr ihn dieses miese Schwein liebte. Geschäft war halt Geschäft. Liebe für Wissen.

Sein Durchhaltevermögen hatte sich schließlich gelohnt. Er wurde zu einem recht guten Schüler und saugte das Wissen förmlich in sich auf. Selbst heute lernte er immer noch dazu, obwohl bereits viel Zeit seit der Schule vergangen war. Es war erstaunlich, wie leicht es heutzutage fiel, eine neue Identität im Cyberspace aufzubauen.

Die World-Wide-Web-Welt war so viel schöner und aufregender als seine reale gewesen. Er musste sich bloß einen Lebenslauf ausdenken, Das Foto eines gut aussehenden Mannes im Netz der unbegrenzten Möglichkeiten suchen, und er erfuhr alles über die Menschen. Ihre Fotos, ihre Geburtstage, die Namen und Fotos ihrer Kinder, Eltern, ihre Adressen, ihre Telefonnummern. Alles, was er sich wünschte, um Zoey und die anderen zu finden!

All die Antworten standen im weiten, mächtigen Universum verstreut. Er musste nur die Hand ausbreiten und danach greifen. Die Menschen chatteten mit ihm, ohne dass sie seine wahre Identität kannten. Jedem von ihnen konnte er Märchen auftischen, die sie hören wollten.

Seine größte Passion war, diesen Menschen mundgerechte Wahrheitshäppchen zu geben, in denen er sich immer eine neue Rolle ausdachte hatte. Mal war er ein Buchhändler, gefesselt an den Rollstuhl. Mal eine trauernde Witwe. Aber seine Paraderolle war die von ‚Alex0787'. Und Amy Andrews war so leicht darauf reingefallen.

Kopfschüttelnd betrachtete er einen Stoß Zettel und nahm den obersten zur Hand. Warum hatte sie bloß alle diese Flyer hierher gebracht? Die Journalistin hatte sie überall verteilt, den ganzen Weg von Boerum Park bis zum Kiosk hatte sie damit gepflastert. Es hatte ihn viel Zeit gekostet, sie aufzusammeln. Doch es war ihm im

Grunde egal, sollten sie alle doch nach dem ‚Dolly-Lover' suchen! Seine Zoey würden sie eh nicht finden!

Warum sah jeder in seiner Braut nur ein Kind? Hatten all die Idioten denn eigentlich keine Augen im Kopf? Das kokette Lächeln, die Taille, die schlanken Beine. Kinder waren doch pummelig und unförmig! Zoey war eine Frau. Basta. SEINE Frau, verstand sich.

Nur selten wollte er sich an den Zustand erinnern, den Leute ‚Kindheit' nannten. An seine leiblichen Eltern, die ihm, seit er denken konnte, Angst gemacht hatten, schon gar nicht. Soweit er sich erinnern konnte, hatte er oft in die Kissen geweint. Immer dann, wenn er die übermächtigen Schatten sich nachts an der Wand bewegen gesehen hatte. Es war stets ein sicheres Indiz dafür, dass er morgens übermüdet und voller Striemen unter seinen dreckigen Klamotten in der Schule erscheinen würde. Seine Schreie wurden durch die Kissen erstickt, bis er nicht mehr atmen konnte.

Seine Eltern sagten ihm, er wäre ein böser Junge gewesen, dem man die Bosheit aus dem Kopf schlagen musste. Der metallische Geruch seines Blutes, das auf den dreckigen, alkoholgetränkten Boden tropfte, war sein ständiger Begleiter.

In der Schule hatte er sich für seine Familie sehr geschämt. Obwohl er es besser wusste, vermöbelte er jeden nach allen Regeln der Kunst, der sich nur annähernd über sein Zuhause lustig machte. Es war eine Art Familienehre, die mit einem Besuch beim Rektor und saftigen Strafen daheim ‚belohnt' wurde.

Nachdem er dann im zarten Alter von zwölf Jahren von dem Child Protective Service endlich von Zuhause abgeholt worden war, hatte er nie das Verlangen, seine leiblichen Eltern nochmal zu sehen. Seine neue Pflegefamilie fand er wesentlich netter und war ihnen für das schönere Leben unendlich dankbar. Nur die Erinnerung an den netten, hilfsbereiten Nachbarn hatte ihn von Zeit zu Zeit mit Sehnsucht erfüllt. Er fehlte ihm. Um seine neuen Pflegeeltern nicht zu enttäuschen, hatte er sich ins Zeug gelegt, die Schulen bestmöglich abzuschließen. Er wollte den Erfolg!

Seine neuen Eltern kümmerten sich bis zu ihrem grausamen Tod rührend um ihren neuen Sohn. Bis heute konnte er nicht verstehen, weshalb sich sein Pflegevater, ein angesehener Zahnarzt, an jenem Abend, an dem sie einen Geburtstag mit Freunden gefeiert hatten, noch betrunken hinter das Steuer gesetzt hatte. Dann wich er auf die Gegenfahrbahn aus und wurde von einem Lastwagen erwischt. Warum diese guten Menschen sterben mussten, sollte nicht zu begreifen sein.

Sein Pflegesohn war zu diesem Zeitpunkt zum Glück fast volljährig. Die erneute Suche nach einer weiteren Pflegefamilie blieb ihm dadurch erspart. Eines Tages erschien ihm das Haus seiner Pflegeeltern zu langweilig, daher beschloss er, einen Schlussstrich zu ziehen. Irgendwann zog er dann nach New York und wechselte seine Identität, um SIE endlich zu finden. Die Stadt war voll von begehrenswerten Frauen, die nur darauf warteten, von ihm Liebe zu bekommen. Das war seine Chance. So bekam er seine Zoey.

Von dem, was er für den Verkauf des Hauses bekam, kaufte er sich ein Reihenhäuschen, das er gedämmt hatte, damit seine Frau und ihn keiner stören konnte. Von Zeit zu Zeit fuhr er einen Rollstuhl, den er mal von einer Müllhalde für den Transport der schlafenden Prinzessinnen mitgebracht hatte, auf seine geräumige Terrasse. Irgendwo auf dem Dachboden hatte er eine Schaufensterpuppe gefunden. Emma sah Menschen zum Verwechseln ähnlich. Eines Tages setzte er sie auf das Gefährt, und so entstand die herzerwärmende Geschichte von einer querschnittsgelähmten Ehefrau, um die er sich kümmern musste. Ob Sommer oder Winter – stets hatte er sie leicht zugedeckt, weil sie angeblich so kränkelte, damit keiner der Nachbarn Verdacht schöpfen konnte.

Sollten sie doch glauben, er würde dort nicht alleine wohnen. Dann brauchte er nicht zu erklären, warum die Mülltonne immerzu voll war. Wenn doch ein Geräusch aus dem isolierten Keller durchkommen sollte, dann würde sich auch keiner wundern. Er war eben der bedauernswerte Nachbar von nebenan.

Kurzerhand kehrte er in die Realität zurück. Mit Beruhigung stellte er fest, dass ihn wieder niemand beim Putzen der Apotheke beobachtete. Zunehmend hatten sie mehr Vertrauen in ihn. Gut so! Er hasste diese Arbeit. Ein einziger Lichtblick waren die so seltenen Augenblicke, in denen sie ihn allein ließen. Er wusste es sofort zu nutzen. Jetzt hatte er genug Zeit, den Medikamentenschrank erneut zu plündern, bevor die Putzkolonne den Raum gemeinschaftlich wechselte. Die Mittelchen steckte er sich schnell in die Kittelschürze und schmunzelte über die Dummheit dieser Dilettanten. Eines Tages würde er diesen Job schmeißen, wenn es soweit war!

Nur jetzt noch nicht. Wieder nahm er einen Putzlappen in die Hand, damit der stetige Schwund an betäubenden Arzneien nicht auffiel. Fröhlich summte er vor sich hin, während ihn die melancholischen Gedanken begleiteten, aus der Zeit, als er endlich erwachsen wurde.

Noch bevor seine Pflegemutter so plötzlich gestorben war, drillte sie ihm immer wieder ein, all die Liebe und Zuneigung, die sie ihm in der gemeinsamen Zeit hatte zukommen lassen, auch anderen Frauen zu geben. Also fügte er sich ihrem Wunsch, indem er Frauen Komplimente erteilte. Alles über das Netz. Natürlich völlig unauffällig, damit sie sich geschmeichelt und nicht belästigt fühlten. In der virtuellen Welt wurde er von zuneigungsdurstigen Frauen förmlich überrannt. Dann lernte er Amy Andrews und ihre Tochter kennen.

‚Meine liebste Zoey', dachte er mit einem sentimentalen Unterton. Hoffentlich würde sie nicht bemerken, dass es vor ihrer Zeit schon andere Frauen gegeben hatte. Doch sie alle hatten nichts zu bedeuten! Schon als er Zoey gesehen hatte, wusste er, dass seine Suche nach der perfekten Frau nun zu Ende war. Und der Computer fütterte ihn mit Informationen!

In Amys Fall wollte er nicht aufdringlich oder unhöflich erscheinen. Die zarte Liebe zwischen ihrer Tochter und ihm war zu kostbar, um sie mit Nichtigkeiten des früheren Lebens zu belasten.

Sie würden für immer und ewig in seinem Gedächtnis verborgen bleiben.

Zoeys Bild erschien in seinem Kopf. Immer und immer wieder erinnerte er sich daran, wie er es im Park geschossen hatte. Darauf war sie so erwachsen! Die Proportionen des Kindes auf dem Bild aus dem Aquarium, das er auf dem blöden Flyer sah, entsprachen überhaupt nicht denen von der Frau, die er mitgenommen hatte. Möglicherweise war das auf dem Flyer gar nicht Zoey, sondern ein anderes Kind, das ihr nur ähnlich sah. Eine Cousine oder die Mutter, als sie klein war. Die Journalistin wollte ihn nur täuschen! Sie wollte ihm Zoey wegnehmen!

Mensch, wieso hatte sich seine Kleine überhaupt so? Mit denen war immer Stress! Dauernd wollten sie zu Mommy oder Daddy. Da war er damals ganz anders. Er kannte das alles, was Erwachsene mit Kindern machten, schon von seinem Nachbarn. Es hatte zwar am Anfang etwas weh getan, und er mochte es nicht, aber: Hey! Hatte er damals so gejammert, dass er zu seiner ‚Mommy' wollte? Nein! Weil es auch Unsinn war. Seine leibliche Mami hatte das auch nicht die Bohne interessiert! Sie hätte ohnehin nur ihn und nicht den Nachbarn ausgeschimpft!

Erst bei der Pflegemutter wurde es besser! Sie hätte sich bestimmt in der Kindheit um ihn gekümmert! War es nicht genau sie, die erklärte, dass man Kindern so etwas nicht antun durfte! Erst, wenn man geheiratet hatte, durfte man „Erwachsenen- Sachen" tun. Vorher nicht! Sonst käme man nicht in den Himmel, behauptete sie. Seine neue Familie wollte aber nach dem Tod in den Himmel kommen.

Also gingen sie jeden Sonntag nach dem Frühstück in die Kirche, wo er immer ganz furchtbar still sein sollte, während ihm seine Pflegemutter seit jener Hochzeit immer zur Beruhigung sanft das Knie streichelte. Der verlegene Junge lächelte dann, weil er wusste, was ihn am Abend erwartete. Es war ihr süßes Geheimnis!

Damals, er war vielleicht sechzehn, nahmen ihn seine Eltern zu einer Hochzeit mit. Er konnte nicht erahnen, wie wunderschön der Tag für ihn sein würde! Die Braut war noch so blutjung und so sexy!

Ihr anzügliches Lächeln, das sie ihm andauernd schenkte, galt nur ihm. Diese Gewissheit erregte ihn!

Seelenverwandt waren sie beide! Mit jedem Kuss, den sie dem Bräutigam gab, war er sich einer Sache sicher. Seine sollte sie werden!

An jenem Abend trank er übermäßig viel. Wie durch Schleier bekam er mit, wie sich seine Pflegeeltern gezofft hatten. Es ging vermutlich wieder mal um nichts, doch der hohe Alkoholpegel benebelte ihnen die Sinne. Erbost verschwand sein Pflegevater von der Feier, ohne sich darum zu sorgen, wie seine Familie nach Hause finden würde. Wo er anschließend die Nacht verbracht hatte, verriet er niemals.

Daran, wie ein Taxi sie beide nach Hause brachte, konnte er sich im Nachhinein nicht erinnern. Dafür erstaunlich detailliert an die Szene, wie er seine Mutter zärtlich umarmte und jede Stelle ihres wundervollen Körpers zärtlich liebkoste. Er erinnerte sich an ihren Duft. Wie sie leise stöhnte, als er in sie eindrang. An diesem Abend erschien sie ihm so anmutig wie die junge Braut im weißen Kleid, die ihn für einen Versager von Mann abblitzen ließ! Seine Mutter war in dieser Nacht seine Braut.

Diese Art Liebe von seiner Pflegemutter wurde ihm immer zuteil, wenn der Pflegevater mal wieder beruflich abwesend war. Doch so traumhaft wie an jenem Hochzeitstag wurde es nie wieder.

Kurz nach seinem siebzehnten Geburtstag gab es den Unfall. Erneut nahm ihm der Alkohol das, was er am meisten liebte. Doch einen kleinen Schatz behielt er trotzdem! Den Gedanken an eine Nacht, in der er seine Braut liebte! Nun war die Zeit gekommen, sie wiederzufinden!

Kapitel 13

Sonntag. Sechster Tag nach der Entführung.

Der helle Strahl der aufgehenden Sonne weckte Doreen Bertani aus einem erstaunlich ruhigen Schlaf. Sie fühlte sich seltsam. Einfach gar nicht. Weder gut noch schlecht. Vielleicht konnte man das Gefühl mit der Empfindung beschreiben, die man hatte, wenn man wusste, dass in wenigen Stunden ein Tornado durch das eigene Haus fegen würde. Angespannte Ruhe vor der wütenden Zerstörung.

Unfähig, sich zu bewegen, streifte sie sich die Haare aus dem Gesicht und horchte. Außer Raffaellas ruhigem Atem konnte sie keine anderen Geräusche wahrnehmen. Auch an ihren Traum konnte sie sich nicht entsinnen. Es war, als hätte ihn jemand restlos aus dem Gedächtnis gelöscht. Genaugenommen konnte sie sich an gar nichts erinnern, außer, dass sie beide gestern sehr viel Wein getrunken hatten, weshalb sie auch leichte Kopfschmerzen verspürte.

‚Was ist heute für ein Tag?', überlegte sie angestrengt, als ob sie selbst das vergessen hätte. Langsam schien die Erinnerung wiederzukommen. „Ach, ja! Sonntag, der Tag im Zoo!", flüsterte sie plötzlich, überrascht von dieser Erkenntnis. Hektisch streifte sie sich erneut mit beiden Händen die Haare vom Gesicht, als wollte sie damit die Schlafreste wegwischen, und stand geräuschlos auf, um Raffaella nicht zu wecken.

Doreen schlich sich in die Küche und füllte Leitungswasser in ein Glas. Gedankenversunken öffnete sie das kleine Hängeschränkchen mit den Kaffeetassen und fischte nach einer Schmerztablette. Die Medikamente verstauten sie ganz oben hinter dem Porzellan, seit Cassy noch ein Baby gewesen war. Mit der Zeit wurde das Versteck zur Gewohnheit. So sahen sie selbst heute keinen Grund, es zu ändern.

Den ersten Schluck nahm Doreen ohne die Tablette ein. Das Wasser schmeckte so hervorragend erfrischend, dass sie das Glas hastig ausleerte. Erneut füllte sie es auf. Diesmal nahm sie die Arznei ein. Bevor sie den Schaltknopf des Kaffeeautomaten betätigte, fuhr sie ihren Ersatz-Computer hoch. Komischerweise folgte sie auch am Wochenende dem gleichen Rhythmus des Alltags. Selbst im Zustand fehlender Ansprechbarkeit konnte sie diesen mit detailgetreuer Präzision ausführen. Kaffee, Computer, Frühstück - jeden Morgen das Gleiche.

Während der Kaffeeautomat vor sich hin brummte, ging sie alle ihre Mails durch. Einige belanglose, eine von ihrer Chefredakteurin, die sie erinnern wollte, die Zeitung wegen des Artikels des neuen Kollegen anzuschauen ... Jede Menge spamwürdige Korrespondenz. Von *Alex0787'* keine Spur. Gar nichts. Innerlich empfand sie sogar Freude, dass er sie mit weiteren Bildern von Zoey verschont hatte. Wenn sie zu diesem Zeitpunkt welche bekäme, hätten sie unter Umständen keinen harmlosen Charakter mehr.

Wie ferngesteuert wanderten ihre Gedanken zu den Bildern, die ihr vor fast 24 Stunden zugeschickt worden waren. Sie hatte sie glücklicherweise auf einem USB-Stick gesichert. Gründlich schaute sie sich das Bild mit den kichernden Mädchen an. Die Kinder sahen so lebensfroh darauf aus.

„Wo bist du bloß, Zoey?", flüsterte sie traurig. Nur das Brummen der Kaffeemaschine im Dialog mit dem vorlauten Kühlschrank beantwortete diese Frage.

Doreen berührte den Bildschirm mit einem Zeigefinger, als könnte sie das Mädchen mit dieser Geste trösten, wo auch immer sie jetzt war. Als sie ganz sanft die Umrisse des Kindes nachzeichnete, fesselte eine Kleinigkeit ihren Blick, die sie bisher scheinbar übersehen hatte. Sie zoomte das Bild, soweit sie nur konnte. Irgendetwas lag auf dem Boden und spiegelte das Sonnenlicht. ‚Ein Spiegel oder ein Stück Folie vielleicht?', überlegte sie krampfhaft. Mit jedem weiteren Zoomen wurde das Bild weniger scharf. Und dennoch erkannte sie an der rechteckigen Form, was es war.

‚Im Gras liegt ein Buch! Ein funkelnagelneues, in Folie eingeschweißtes Buch', dachte sie euphorisch. Wenn sie sich einer Sache sicher war, dann der, dass es in dem kleinen Kiosk keine eingeschweißten Bücher zu kaufen gab. Die Mädchen mussten also, bevor sie zum Spielplatz gekommen waren, in einer Buchhandlung gewesen sein. Selbst für das Auspacken nahmen sich die Kinder keine Zeit. ‚Ob das ein Detail ist, weshalb der Buchhändler vom FBI verhört worden war?', fragte sie sich. ‚Oder ist dies vielmehr ein Indiz, welches die Kinder mit diesem Mann in Verbindung bringen könnte?' Viel wahrscheinlicher erschien ihr plötzlich, dass es nichts dergleichen war. Dieses Foto bewies lediglich, dass die Mädchen einfach ein eingeschweißtes Buch dabei hatten. Mehr nicht.

‚Verdammt! Ich muss nochmal in den Park! Bestimmt habe ich etwas übersehen! Zu diesem Platz, wo das Buch lag', dachte Doreen. Plötzlich traf es sich gut, dass sie Raffaella erst nachmittags zum Zoobesuch treffen würden. Es gab ihnen genug Zeit, in den Park zu gehen. Etwas Beschäftigung auf dem Spielplatz würde Cassy einem ausgedehnten Frühstück sicherlich vorziehen. Sie beschloss, ihre Lebensgefährtin noch nicht in ihre Pläne einzuweihen. Raffaella war in letzter Zeit sowieso schon etwas überempfindlich. Cassy würde sich in ihrer Freude sofort verquatschen, also war die Devise, beim Frühstückstisch den Mund zu halten.

Persönlich sah Doreen eine geringe Gefahr darin, mit ihrer Tochter den Park zu besuchen. Mit Ivy hätte sie es nicht zugelassen, weil sie ihr zu jung erschien. Doch irgendetwas in ihrem Herzen sagte ihr, dass der ‚Dolly-Lover' erst erneut auf Jagd gehen würde, wenn Zoey tot oder lebendig gefunden wurde. Vorher ging keine Gefahr von ihm aus!

Abrupt schreckte sie hoch, als sie das Klingeln des Telefons vernahm. Einen Augenblick später hörte sie Raffaella sprechen. So sachlich hörte sie sich nur an, wenn es um dienstliche Angelegenheiten ging. ‚Sie wird also bald in die Küche kommen.' Um weitergehenden Diskussionen über Zoey zu entgehen, fuhr sie ihren Computer herunter und machte sich an die Vorbereitungen zum Frühstück.

Es dauerte tatsächlich nicht lange, bis die vertraute Stimme hinter ihrem Rücken erklang. Doreen musste unwillkürlich lächeln, während sie so tat, als hätte sie Raffaella nicht wahrgenommen.

„Hallo, meine Schönheit …", Raffaella küsste sie zärtlich am Nacken, „… hast du gut geschlafen?"

„Du bist also auch schon wach?" Doreen fiel es nicht leicht, den aufsteigend fröhlichen Unterton zu unterdrücken. Das war genau diese empfindliche Stelle, bei der sie nicht widerstehen konnte, wenn sie geküsst wurde. Ein erotischer Schauer durchfuhr sie bis in die Zehenspitzen. Während sie unter dieser Anspannung leicht zitterte, spürte sie ein Kribbeln in der Bauchgegend, das sie noch mehr elektrisierte.

Doch die plötzliche Erkenntnis, dass noch Arbeit auf sie wartete, traf sie mit voller Wucht. Für Zoey gab es vielleicht noch Hoffnung! Das durfte Doreen nicht vergessen! Sie drehte sich um und küsste Raffaella liebevoll auf die Stirn. Damit wischte sie mit Bedauern die Sinnlichkeit dieses einen Augenblicks unwiderruflich fort.

„Musst du schon in die Praxis oder isst du noch mit uns?"

„Die Arbeit ruft, leider!" Raffaella konnte sich kaum losreißen. Sonntage waren die einzigen Tage, wo sie beide lümmelnd am Frühstückstisch sitzen konnten. Falls natürlich nicht etwas Wichtigeres dazwischen kam. „Ich fahre noch zu Amy, und dann muss ich kurz unseren neuen Fall durchgehen. Aber ich verspreche hoch und heilig, dass ich um drei vorm Eingang des Zoos stehen werde!"

„Großes Indianer-Mädchenehrenwort?" Doreen liebte es, manchmal albern zu sein.

„Großes Indianer-Mädchenehrenwort!", versprach Raffaella, bevor sie sich lächelnd auf den Weg zum Badezimmer machte. Doreen widmete sich den Spiegeleiern, die bereits in der Pfanne brutzelten, um nachher keine kostbare Zeit zu verlieren. Sie wollte sich mit maximaler Ruhe im Boerum Park umschauen.

*****

Im gleichen Moment, als die Eingangstür hinter Raffaella zufiel, hörte sie leise Trippelschritte im Flur. Erneut wurde ein Lächeln auf ihren Mund gezaubert. Cassy spürte förmlich, wenn eine von ihren Müttern das Haus verließ. Sie konnte dann nicht mehr ruhig schlafen, als ob sie ihre fehlende Gegenwart aus der Luft wahrnehmen könnte. Vielleicht war es das zarte Band, das die Bertani-Frauen zu einer Familie zusammenfügte.

„Hallo, mein Engel!" Heute verzichtete Doreen auf das Spiel mit ihrer Tochter. Cassy liebte es, wenn sich ihre Mutter wunderte, dass sie so plötzlich hinter ihr stand. Und sie taten ihr oft den Gefallen, um mit dem wunderschönen Kichern des Kindes entlohnt zu werden. In diesen Momenten verzichtete Doreen darauf, der Frage nachzugehen, ob die Kleine es nur spielte oder wirklich glaubte, sie hätten sie nicht bemerkt. „Möchtest du ein Spiegelei?"

„Au, ja! Mit einem Toast! Und einen Orangensaft! Du bist die Beste, Mommy!"

„Dann hol bitte das Besteck und die Teller, Prinzessin. Bin gleich fertig! Ich habe schon vorher eine Kleinigkeit gegessen, weil ich dachte, dass Raffaella mit uns zum Frühstück bleibt. Aber ich setze mich gern zu dir hin und trinke noch eine Tasse Kaffee!"

„Ist Raffaella heute zur Arbeit?", fragte Cassy mit einer traurigen Note in der Stimme. Ihre Mütter arbeiteten so viel, dass sie eines Tages den Sonntag zum Familientag erklärt hatten. Doch mit der Zeit verwischte sich dieses Versprechen immer mehr. Cassy litt sehr darunter.

„Sie kommt aber später, mein Schatz! Wir treffen uns dann am Eingang vom Zoo, nachmittags! Keine Angst!" Doreen ignorierte, dass ihre Tochter Raffaellas Namen benutzte. In dieser Hinsicht waren sie beide noch sehr konservativ. Den Mutter-Status wollten sie einfach nicht so schnell ablegen. Doch die Namen setzten sich, nicht zuletzt durch Ivy, immer wieder durch.

„Wir gehen heute zum Zoo?" Cassys Mandelaugen leuchteten plötzlich auf.

„Ja, Cassy! Und vorher gehen wir auf einen Spielplatz und in eine nahegelegene Buchhandlung. Wenn du möchtest, könnten wir uns ein neues Vorlesebuch aussuchen. Deine alten haben wir ja schon alle mehrmals gelesen!"

Kaum hatte sie die letzten Worte ausgesprochen, kreischte ihre Tochter ganz laut vor Freude auf. So sehr sie diese hohen Töne auch hasste, ließ sie sich immer wieder von ihrer Impulsivität anstecken. Doreen lachte erheitert. „Dann müssen wir uns jetzt aber auch etwas beeilen, sonst schaffen wir es nicht rechzeitig!"

„Kommt Ivy auch mit, Mommy?"

„Nein, Schatz. Heute lassen wir ihr etwas Ruhe. Ich werde sie nachher anrufen, dass sie sich nicht hetzen soll. Es reicht, wenn sie erst heute Nacht zu uns kommt, um dich morgen zur Schule zu bringen." Da sich Cassys Gesichtszüge schlagartig verdunkelten, fügte ihre Mutter noch eilig hinzu: „Du wirst nicht mal merken, dass sie nicht da war, Schatz! Und sobald wir wieder zu Hause sind, kannst du sie wieder in die Arme schließen. Du wirst sehen! Wir werden heute ganz viel Spaß haben, wir drei!"

Kapitel 14

Mit einem schnellen Blick auf die Armbanduhr stellte Doreen fest, dass sie massig Zeit hatten, sich im Park umzusehen. Soweit sie wusste, öffnete der Kiosk sonntags immer um 10 Uhr, also in genau fünf Minuten. Möglicherweise hatte sie etwas übersehen.

Zuerst galt es aber, dem natürlichen Trieb ihres Kindes gerecht zu werden.

„Mommy, darf ich klettern?" Die Mandelaugen weiteten sich gefährlich. Sollte die Antwort negativ ausfallen, dann würden sie die maximal mögliche Ausdehnung erreichen und von einem jammernden „Biiiiiiiitte" begleitet werden – eine gängige Kindermasche. Doreen lachte.

„Na klar, Cassy. Dafür sind wir hier. Ich laufe etwas im Park herum und du kletterst, in Ordnung?" Diese Worte hatten nicht, wie erwartet, einen Jubelschrei, sondern eine Handlung zur Folge. Ihre Tochter startete so eilig, dass sie vergaß, es ihrer Mutter zu bestätigen. ‚Kinder', dachte Doreen belustigt. Es gab eine Zeit, wo sie Ähnliches aus dem Mund ihrer Mutter gehört hatte.

Diese Erinnerung machte sie sofort sentimental. Nun war ihre Mutter seit sechs Jahren tot. Am wenigsten hätte Doreen geglaubt, dass die tapferste Frau, die sie jemals gekannt hatte, den Kampf gegen den Krebs endgültig verlieren würde. Bis sie ihre Mutter im Krankenhaus auf einem Bett liegen sah. Mager und eingefallen. Ohne Haare. Eingewickelt in Schläuche, die ihr Leben aufrecht erhalten sollten. Ein Leben, welches ihre Mutter längst aufgegeben hatte. In diesem Augenblick wusste sie, dass es diesmal ein Abschied für immer sein würde. Nun ging die Pflicht an sie, gespielt über die ‚Kinder' zu schimpfen. Der traurige Lauf der Dinge.

„Mommy, guck mal!" Cassy holte sie prompt zurück aus den trüben Gedanken.

Doreen zwang sich zu einem Lächeln und winkte zurück. „Toll, Schatz!"

Doch ihre Gedanken wanderten unweigerlich zu ihrer Mutter zurück. Wann war sie dieser Frau ähnlich geworden? Soweit sie sich an die Erzählungen ihrer Großmutter erinnern konnte, war Abigail Parker das einzige der fünf Kinder, das in regelmäßigen Abständen mit ‚Begleitung' zu Hause auftauchte. Mal war es ein Kätzchen, das sie vor Quälereien der Jugendlichen gerettet hatte, mal ein Hund, den sie irgendwo angebunden fand.

Eines Tages tauchte ihre Mutter sogar mit einem kleinen Kind auf, das sie auf dem Schulhof ‚gefunden' hatte. Der kleine Junge war damals aus einem Kinderheim weggelaufen, weil er eine ‚richtige' Familie haben wollte. Doreens Großmutter schaffte es aber fast immer, all diese Wesen dort abzuliefern, wo sie rechtmäßig hingehörten. Doch eine Sache konnte sie nicht verhindern.

Abigail Parker vererbte ihre Hilfsucht an manche ihrer Töchter weiter. Als Cassy vor ein paar Jahren das erste Mal den Wunsch nach einem Hund äußerte, wunderte sich Doreen nicht mehr. Doch eines war ihr klar: Sobald eine Parker Verantwortung für ein Wesen übernahm, wurde es wie eine Hochzeit – eine Verbindung bis zum Tode und ohne zu jammern, wenn Schwierigkeiten auftauchen sollten.

„Mommy, schau mal! Ich kann balancieren!" Erneut warf sie Cassys Stimme aus ihrer Gedankenwelt heraus. „Super, Schatz!", klang es eher desinteressiert.

‚Was ist bloß mit mir los?', versuchte sie sich zur Raison zu rufen. Sie waren gerade auf einem halb leeren Spielplatz, wo ein Kind verschwunden war. Anstatt sich auf die Suche nach Hinweisen zu begeben, schwebte sie in Kindheitserinnerungen und vernachlässigte ihre journalistische Arbeit.

Doch eine winzige Schweigeminute wollte Doreen ihrer geliebten Mutter noch schenken. Sie schaute zu Boden, schloss die Augen, um andere Sinneseindrücke auszuschalten. Ganz tief holte sie Luft, die sie in der Lunge verweilen ließ. Vor ihrem geistigen Auge liefen Bilder ab, die sich zu einem wundervollen Gesamtwerk fügten. Eindrücke aus ihrer Kindheit, Jugend, und der Zeit, als sie ihre Mutter auf dem letzten Weg begleitete. Es war eine Art Hommage zu Ehren einer geliebten Person, die im Grunde noch in ihren Gedanken weiterlebte. Ein würdiger Ersatz zum Besuch des Friedhofs, was sie nach Möglichkeit immer mied.

Voller Liebe ließ sie langsam die Luft aus ihrem Körper entweichen, um die Kraft für ihre jetzige Bestimmung heraufzubeschwören. Doreen öffnete langsam die Augen und lächelte ihre Tochter an.

„Großartig, Cassy!", lobte sie ihr Kind, obwohl ihr das Herz angesichts der Waghalsigkeit der dargestellten Übung fast stehen blieb. Ihre Tochter balancierte gerade auf einem Klettergerüst, das drei Meter über dem Boden aufragte. Auch diese Eigenschaft, niemals aufzugeben, gehörte zu dem weitgehenden Erbe von Abigail Parker.

Doreen versuchte ihre Ängste umzulenken, indem sie sich im Boerum Park umsah. Heute war ein recht warmer Vormittag, was in Anbetracht der spätsommerlichen Jahreszeit zu erwarten war. Die Sonne ließ sich nur schwer in Gang bringen. Doch auch die Luft hing schwer, wie ein dicker Schleier. Als wollte sie verhindern, dass ihre kostbaren Lichtstrahlen die Gesichter der Parkbesucher streiften.

Fast wie von selbst wanderten Doreens Augen nochmal zu der Stelle, wo die Mädchen von dem Täter mit der Fotokamera erwischt worden waren. Was sie jedoch fand, war ein Büschel Gras. Mehr nicht.

„Baaaaah!" Die Stimme ihrer Tochter ließ sie vor Schreck hochfahren. Kurzfristig hatte sie das Gefühl, als wäre ihr Herz stehen geblieben. Dass sie auf Unerwartetes immer so panisch reagieren musste, ärgerte sie maßlos. Cassy grinste sie an. Sie wollte zwar ihre Mutter erschrecken, doch nicht in diesem Ausmaß, wie es ihr tatsächlich gelungen war. Doreen atmete tief durch und setzte wieder ein Lächeln auf. Ihr Pulsschlag lag immer noch weit außerhalb des Normalzustandes.

„Mausi, du kannst wirklich sehr gut klettern!", entschied sie sich, das Problem nicht erneut anzugehen. Ihre Neigung zur

Schreckhaftigkeit hatten sie schon so oft thematisiert, dass sie darauf heute lieber verzichten wollte. „Alle Achtung, du könntest im Zirkus auftreten. Klasse!"

Das Gesicht von Cassy erhellte sich. Während die Kleine voller Freude ihre Milchzahnlücken entblößte, wandte sich ihre Mutter in Gedanken der Arbeit zu.

„Mommy, haben wir was zu trinken? Ich habe Durst!" Cassy zog dabei das „u" in ‚Durst' so dramatisch in die Länge, dass sie die Ernsthaftigkeit dieser Aussage überaus glaubhaft machen konnte.

Doreen versuchte, ihre Gedanken auf die eben gestellte Frage zu fokussieren.

„Hmmm ... Trinken? Hmmm ... Mist! Nein, das Getränk habe ich natürlich vergessen!" Ihre Hand wanderte reflexartig an die Stirn. Sie sah sich unbeholfen um, dem Wunsch ihres Kindes sofort zu entsprechen. Ihr kleines Baby von früher, das Cassy zweifelsohne für sie noch war, konnte sie für immer nicht aus ihrem Kopf verbannen. Dabei war dieses Kind kein Säugling mehr!

Der kleine Kiosk im Park kam ihr plötzlich in den Sinn. Hatten sie dort nicht auch Getränke?

„Komm, Mausi! Wir kaufen uns etwas zu trinken! Ich könnte auch einen Kaffee vertragen!" Hand in Hand folgte das kleine Mädchen seiner Mutter mit einem kleinen Schritt Abstand. ‚Eines Tages werde ich mich nach dieser kleinen, warmen Kinderhand sehnen. Vielleicht dauert es nicht einmal so lange, wie es mir gerade vorkommt!', dachte Doreen ein wenig bedrückt.

*****

Das kleine Glöckchen an der Tür läutete ganz leise. Doreen überlegte, ob sie den Klang beim letzten Mal schon wahrgenommen hatte, doch sie konnte sich partout nicht erinnern. Cassy rannte wie ferngesteuert zum Regal mit den Pferdezeitschriften.

„Guten Morgen. Wie kann ich Ihnen behilflich sein?" Eine melodische Stimme unterbrach plötzlich die herrschende Stille. Der

Begrüßungsfloskel folgte das Bild einer jungen und sehr attraktiven Frau in Ivys Alter.

„Wir wollten nur etwas zu trinken holen. Könnten Sie für meine Tochter ein Wasser …" Sie wurde von Cassys lautem Protest unterbrochen.

„Nee, ich will eine Cola!" Doreen konnte schwören, dass ihr Kind die ganze Aufmerksamkeit der vollgestopften Zeitschriftenwand gewidmet hatte. Diese selektive Wahrnehmung bei Kindern war schon erstaunlich, wenn man bedachte, wie wenig Reaktion erfolgte, wenn ihre Mutter über das unaufgeräumte Zimmer sprach. In diesem Fall reichte eine leise Bestellung, um Cassys Aufmerksamkeit zu erwecken. Sie schmunzelte.

„Nun, dann also eine kleine Cola …", wobei sie das Wort ‚klein' unnatürlich betonte, „… ein Wasser und einen Kaffee mit Milch, bitte!" Während sie das passende Geld aus ihrem Portemonnaie heraussuchte, fielen ihr alle Kreditkarten herunter. Doreen fluchte so leise, dass ihre Tochter es nicht hören konnte.

„Ich bringe Ihnen den Kaffee gern an den Tisch. Es dauert aber einen Augenblick. Ist noch nicht fertig!", hörte sie die Verkäuferin sagen, bevor sie im Hinterzimmer verschwand.

Doreen richtete sich wieder auf. Alles wieder im Portemonnaie, dachte sie, ohne mitbekommen zu haben, dass sie eine davon verloren hatte. Unschlüssig wählte sie einen von den Stehtischen, an dem sie ungehindert ihre Tochter beobachten konnte. Cassy war mittlerweile so in eine Zeitschrift vertieft, dass sie nicht wahrnahm, dass ihre Mutter sie beobachtete.

In jeder einzelnen Pose dieses wunderschönen Kindes sah sie Raffaellas Züge. Selbst die komische Angewohnheit, die Haarsträhnen bei voller Konzentration in den Mund zu nehmen, entsprang ihrer leiblichen Mutter. Nur dass Raffaellas Haar mittlerweile kurz und künstlich geglättet war.

Die Form und die etwas hellere Farbe verrieten, dass der biologische Vater von Cassy gravierend anders aussehen musste. Und das sah er auch. Als Doreen ihre Frau kennenlernte, steckte sie in einer sehr unglücklichen Beziehung mit Tom. Ihr Ex-Ehemann war traditionell erzogen. Von ganzem Herzen wünschte er sich Kinder, die sie ihm über Jahre nicht schenken konnte. Die Ärzte diagnostizierten bei Doreen eine Unfähigkeit, Kinder zu bekommen. Es war also ihre Schuld, redete sie sich ein.

An jene verlorene Zeit, als Tom und sie jeden Morgen unglücklich nebeneinander aufwachten, dachte sie mit einer Note von Bitterkeit. Diesen Zustand hielten sie über Jahre hinweg aus.

Doch eines Tages beschlossen sie, ohne einander glücklich zu werden. Tom verliebte sich neu, heiratete, und Doreen stürzte sich in ihre Arbeit. Zu dieser Zeit ging es um eine brisante Geschichte mit einem Fall von Menschenhandel, der sie fast über Nacht von einer Berufsanfängerin zu einer gefragten Journalistin katapultierte. Die damaligen Opfer wurden zum Teil von einer smarten Psychologin betreut, Raffaella Bertani. Was als eine Zusammenarbeit anfing, endete einige Jahre später in einer gemeinsamen Hochzeitsfeier im fortschrittlichen New York City, das eine gleichgeschlechtliche Ehe seit 2011 zum Gesetz machte. Nur ein Jahr nach ihrer Hochzeit hielten sie die kleine Cassy im Arm. Von nun an wurden sie zur Familie.

Doreen überlegte, wann diese Zeit eigentlich vergangen war, dass Cassy so stark Tom, ihrem Ex-Mann, ähnelte. Zunächst sah sie in ihrem Kind fast nur den biologischen Vater. Mit der Zeit wurden ihre Gesichtszüge weiblicher, die Haarfarbe nicht mehr blond. Nach und nach wurde sie zu einer perfekten Kopie von Raffaella. Inklusive der Haarsträhne im Mund.

Manchmal stellte sich Doreen die Frage, ob sie der geeignete ‚Ersatz' für Tom gewesen war.

Den Vater ihres gemeinsamen Kindes, Tom, traf sie ungefähr ein Jahr nach der beiderseitigen Trennung wieder. Ganz klassisch, in einem Supermarket, erwachte ihre gemeinsame Freundschaft wieder, diesmal auf platonischer Ebene. Offenbar heilte die Zeit die Wunden und ließ etwas Wundervolles gedeihen. Vielleicht passierte es gerade deshalb, weil Tom sich in einer neuen, glücklicheren Beziehung befand. Einige Jahre später erwies er sich als sehr spendabel und verhalf Raffaella auf künstlichem Weg zu einem Kind.

Doch das Schicksal meinte es nicht gut mit Doreens neu gewonnenem Freund. Die berufliche Versetzung nach Kanada bedeutete für Tom, dass er aus der Ferne, im Alleingang, das Leben seiner Tochter über Skype und ganz selten gewordene Besuche mitverfolgen konnte. Ganz abgesehen von seiner damaligen Beziehung, die an seiner Bereitschaft zur Vaterschaft gescheitert war. Tom bekam am Ende doch noch seine kleine Prinzessin, die seine geschiedene Frau aufwachsen sah. Für die wenige Zeit, die ihm mit seiner Tochter gegönnt war, war er ein sehr guter Vater, fand Doreen.

„Der Kaffee sollte mit Milch sein, nicht wahr?" Eine energische Stimme unterbrach abrupt Doreens Gedanken. „Tut mir leid, dass es so lange gedauert hat!"

„Ähm ... Ja, genau! Mit Milch!", stammelte Doreen. Mit ihrem Blick suchte sie gleichzeitig nach ihrer Tochter. Cassy saß aber immer noch wie versteinert auf dem Boden und schaute die Zeitschriften durch. Nach diesem kurzen Schreck ermahnte sie sich, besser auf ihr Kind achtzugeben. Während sie sich dem heiß ersehnten Elixier hingab, hörte sie eine männliche, ihr nicht unbekannte Stimme im Hintergrund.

Kurz darauf erschien auch Dexter Gardener, der Kioskbesitzer.

„Ich habe gesagt, dass du heute doch etwas länger bleiben musst! Ich habe noch etwas zu erledigen, verdammt nochmal! So, jetzt muss ich noch ein paar andere Bilder ... ähm ... Unterlagen mitnehmen. Wo habe ich die nochmal ...", grollte es im gesamten Laden. Offenbar gab es einen Hintereingang, den er vorhin benutzt hatte. Voller Hast lief Dexter ins Innere seines Kiosks und stieß beinahe mit Doreen zusammen.

„'Tschuldigung", murmelte er leise und sah sein Gegenüber verstohlen an. Bei diesem Anblick fielen ihm sämtliche Unterlagen aus der Hand. „Ähm, ähm ...", stotterte der so selbstsichere Mann, bevor er eiligen Schrittes aus seinem Laden hinausstürmte. Für

Doreen gab es keinen Zweifel mehr darüber, dass er sie erkannt hatte. Sein Anliegen schien er, wie auch die auf dem Boden verstreuten Blätter, vollständig vergessen zu haben.

Die Verkäuferin sah Doreen perplex an. Beide wussten sie kein passendes Wort zu sagen, also schwiegen sie einen Augenblick.

„Ich weiß nicht, was in ihn gefahren ist. Entschuldigen Sie bitte!" Die junge Frau schüttelte ungläubig den Kopf.

„Halb so schlimm", beteuerte Doreen, während ihr Kopf die Geschehnisse einzuordnen versuchte. „Es ist wirklich gar nichts passiert!"

„Aber er ist sonst nie so ... so ..." Mühsam versuchte das Mädchen, eine passende Beschreibung zu finden.

‚So stark emotional?', beendete Doreen im Kopf. „Sie meinen, Mr Gardener ist nicht so tollpatschig?", sagte sie stattdessen. „Das stimmt, ich hatte schon das Vergnügen, Ihren Chef kennenzulernen. Er ist wirklich nett ..." Die Lüge war einfach so herausgerutscht, ohne dass Doreen etwas tun konnte. Wann hatte sie angefangen, die Informationen so zu verdrehen, wie andere sie hören wollten?

Ein unbeteiligtes Nicken der Verkäuferin deutete sie als eine Art Zustimmung ohne innere Überzeugung. Nach einem großen Schluck der warmen Brühe, die dem eigen gemachten, frisch aufgebrühten Kaffee von Zuhause keinesfalls ähnelte, wandte sie sich an Cassy.

„Schatz, so langsam müssen wir los!"

„Kann ich die Zeitschrift ..." Ihr Kind hatte sich natürlich bereits eine ausgesucht.

„Na meinetwegen!" Bei Zeitschriften und Büchern wurde Doreen fast immer schwach. Dass diese Ausgabe mit einem großen Pferdeposter spätestens morgen in der Ecke des Kinderzimmers landen würde, stand außer Frage. Dennoch erlaubte sie es.

„Sagen Sie", sprach Doreen die junge Verkäuferin an, während sie die für die Zeitschrift abgezählten Münzen auf den Zahlteller legte. „Gibt es hier in der Nähe einen Buchladen, eine Buchhandlung oder irgend so etwas in der Art? Wir wollten noch ein Vorlesebuch kaufen."

„Nun", die junge Frau überlegte kurz. „Außer Jackson & Barnes kenne ich hier keinen anderen Buchladen in der Nähe. Alle Kinder laufen ständig dahin. Soll ich Ihnen den Weg beschreiben?"

„Danke, nicht nötig! Den Laden hatte ich natürlich vergessen! Haben Sie vielen Dank. Bis bald!" Beim Hinausgehen wurden sie wieder von einem Glöckchenklang begleitet.

*****

Jackson & Barnes war eine mittelgroße Buchhandlung, in einer ruhigen Seitenstraße gelegen. Von außen ziemlich unscheinbar. Ihr größter Schatz offenbarte sich im Inneren. Schon am Eingang wurde Doreen Bertani klar, warum Kinder so gern in diese Oase kamen.

Der rechte Teil im Empfangsbereich war nur für Kinder gemacht. Mittendrin befanden sich Sitzsäcke und kleine Tischchen, die förmlich zum Sitzen einluden. Eine Mitarbeiterin las gerade einer Gruppe von kleineren Gästen eine Geschichte vor. Ihre Zuhörer folgten ihr mit einer beneidenswerten Konzentration. Schon dieser Anblick ließ Doreens Herz höher schlagen. Der Inhaber dieses Ladens schaffte es, die Leselust der Kinder mit der Zuwendung der Erwachsenen zu verbinden. Eine Aufgabe, die nicht einmal die Schule auf eine so harmonische Art und Weise erreichen konnte. Genau die richtige Entscheidung für einen sozialen Brennpunkt wie den Boerum Park.

Cassy ließ die Hand ihrer Mutter langsam entgleiten. Doreen schaute ihr Kind lächelnd an.

„Geh nur! Ich schaue mich bei den Büchern für Erwachsene um! Ich hole dich nachher ab, ok?"

Die letzten Worte an das überglückliche Kind schwebten in der Luft. Offenbar hatte es keine Zeit, eine Antwort für seine Mutter zu formulieren. Doreen war es, die die Leidenschaft für das geschriebene Wort an ihre Tochter vererbt hatte, was sie ununterbrochen mit Stolz erfüllte. Daher konnte sie nicht meckern, dass diese Leidenschaft auch das Mädchen gepackt hatte.

Vor sich hin lächelnd wandte sie sich dem linken Flügel der Buchhandlung zu, den sie vorher nur aus einem Augenwinkel heraus wahrnehmen konnte. Kurz vor dem Eingangsbereich befanden sich hier zwei Kassen – jede auf einer Seite. Insgesamt vermittelten sie einen eher altmodischen Charakter, trotz der modernen Scanner. In dieser Buchhandlung spielte die Zeit keine gewichtige Rolle. Wer sich hier als Kunde schätzen durfte, musste die Zeit aufbringen, geduldig an der Kasse zu warten.

Wem das Warten in der Schlange zu langwierig wurde, konnte sich an einen der sechs Tische neben der linken Kasse setzen, wo eine gut aussehende Kellnerin erlesene Kaffee- und Teesorten servierte. Der richtige Auftakt, um sich in ein Buch ‚reinzulesen'. Und um es anschließend zu kaufen.

Ein älterer Mann belagerte den Tresen zur Kaffeeausgabe. Sein auffälliges Balzverhalten wurde durch ein melodisches Zwitschern des jungen Mädchens hinter der Theke fortwährend bestätigt. Doreen war es immer wieder unbegreiflich, wie gut junge Frauen solche Männer um den Finger wickeln konnten. Alles nur durch das Prinzip der Hoffnung auf einen geplanten Jagderfolg. Doch so funktionierte nun mal die Welt!

Nach einem Blick auf Cassy, die gerade in einem dicken Buch blätterte, machte sie sich auf den Weg in den schmalen, länglichen Raum, der bis zur Decke mit Büchern gefüllt war. Der förmlich mit roten Pfeilen gepflasterte Korridor endete in einem mittelgroßen Zimmer, das wie eine kleine Bücherei eingerichtet war. Nur ein Blinder hätte es verfehlen können. Die konzeptionelle Idee für diese Ecke war, eine kleine Nische für die Eltern zu errichten, deren Kinder im vorderen Bereich beschäftigt wurden.

Diese Buchhandlung war eben nicht nur ein x-beliebiger, langweiliger Laden. Es war ein Erlebnisparadies für Jedermann.

Während sich sämtliche Kinder im Spielbereich der Kinderecke tummelten und den Erzählungen der Verkäuferin lauschten, war in der ‚Erwachsenenecke' absolut nichts los. Vermutlich war es das übliche Bild, welches man am Sonntag gegen Vormittag zu sehen bekam. Die Eltern schickten ihren Nachwuchs ruhigen Gewissens in den Buchladen, um sorglos zu entspannen. Denn während der Park an sich mittlerweile als gefährlich galt, bot diese Ecke die perfekte, pädagogisch vertretbare Sicherheit.

Doreen konnte sich ruhigen Gewissens auf die Suche nach einem Buch machen, ohne sich dem Risiko stellen zu müssen, von irgendeinem Verkäufer angesprochen zu werden.

Die Regale dieses Bereiches waren, wie gewöhnlich, nach Themen geordnet. „Biografien, Lexika, klassische Literatur", las Doreen halblaut. „Thriller, jawohl!" Sie ließ ihren Blick über das Angebot schweifen.

Bewaffnet mit einem Stapel voller Bücher setzte sie sich in einen Ohrensessel neben einem großen Tisch und begann, sich in die Geschichten einzulesen. ‚Bevor wir Raffaella treffen werden, haben wir noch ungefähr eine Stunde Zeit. Der Zoo ist auch gar nicht so weit von der Buchhandlung entfernt.' Mit dieser Überlegung nahm sie das erste Buch von dem Stapel in die Hand und blätterte darin.

Während sie sich in die Geschichten vertiefte, merkte sie nicht, wie ein aufmerksames Augenpaar sie verfolgte. Sie war es! Genau sie, die er auserwählt hatte, seiner Hochzeit beizuwohnen.

‚Sie wird Zoeys Pflegemutter – genauso wie bei mir!' Der Gedanke erregte ihn. Noch nie hatte er eine Pflegemutter dabei gehabt. ‚Darum waren die Bräute falsch!' Die Wollust stieg in ihm hoch. Es hatte sich doch gelohnt, ihr den ganzen Vormittag aufzulauern. Beinahe hätte er sie auf der Straße verloren, doch dann sah er, dass sie den bekannten Weg wählte. Eine Vorsehung, dass er sie von dort mitnehmen würde, wo er Zoey auch verführt hatte. Offenbar glaubte auch sie, dass er sie brauchte. Diesmal war also alles, wirklich alles vollkommen!

Doch Doreen Bertani würde keine so leichte Beute wie Zoey für ihn sein, das war ihm schon klar. Er hatte vorsichtshalber den Rollstuhl im Auto deponiert.

Zudem hatte sie einen sehr starken Kampfgeist. Und auch ihre verdammte Beobachtungsgabe. Diesmal musste alles minutiös geplant werden. Doreen würde ihm nicht – wie alle seine freiwilligen Mädchen - folgen. Erstaunlicherweise bereitete ihm diesmal genau diese Tatsache Freude. Ja, es erregte ihn sogar noch mehr, zu wissen, dass sie so ahnungslos in diesem bequemen Sessel saß, den sie bald gegen das alte Bett seiner Bleibe tauschen würde. In ihm stieg die Quelle seines Daseins hoch: der Jagdinstinkt.

Zuvor war eine Sache zu klären. Er schaute auf den Bücherstapel, der vor Doreen lag, und seine Miene erheiterte sich. Nur fünfzehn Minuten braucht er jetzt, in denen er sie aus den Augen lassen würde. Mehr nicht! Eine Kleinigkeit musste erledigt werden, bevor er sie endgültig mitnehmen würde. Der Lesestoff sah eher nach einer halben Stunde aus! Er hatte also noch ausreichend Zeit.

*****

„Verpiss dich, Alter! Ich will dich hier nicht mehr sehen!" Eine gedämpfte Stimme aus der Wand warf Doreen aus dem Buch, das sie gerade las. Entgeistert schaute sie sich um. An der Wand in der hinteren Ecke befand sich eine Tür, die sie erst jetzt bemerkt hatte. ‚Sicherlich ein kleines Lager oder Angestelltenbüro', vermutete sie. Gespannt lauschte sie weiter.

„Ey! Ich kann nichts dafür, Alter! Sei mal ein netter Bruder! Ich brauche diesen Job, Mann! Wer will schon so einen wie mich einstellen? Einen Ex-Knacki!"

„Neee! Ich habe genug für dich gelogen! Jetzt reicht's mir! Mann, hier kommen Eltern mit Kindern her! Im Park ist ein Kind verschwunden, weshalb die Bullen genau dich grade verhaftet haben! Ich musste für dich lügen, Alter! Verpiss dich endlich! Ich will dich nie wiedersehen! Bruder! Bruder nennst du mich? Dass ich nicht lache! Ich bin kein Bruder, sondern dein verdammtes Kindermädchen! Aber ab jetzt nicht mehr! Ich will dich nie wieder sehen! Raus hier!", grollte die Stimme immer aufgeregter. ‚Das klingt alles nach dem Inhaber des Ladens. Ein Angestellter würde einen solchen Streit nicht wagen. Doch wer war der andere?', überlegte Doreen krampfhaft. ʻEiner, den die Bullen verhafteten?

War es nicht ... Dwane Harper? Der Typ, der wegen der früheren Auffälligkeit für Kinderpornografie verhaftet wurde?' Sie spürte plötzlich, wie sich ihre Nackenhaare aufstellten. Als die kleine Tür noch mit Schwung aufflog, schnürte sich ihr die Kehle zu. Die aufsteigende Panik löste bei ihr mal wieder die gefürchtete allergische Reaktion aus. Ruckartig griff sie zu ihrer Tasche, um den Inhalator herauszuholen. Sie versetzte sich prophylaktischen einen Sprühstoß, bevor es zu spät sein würde. Wie sehr sie diese ‚Behinderung' doch nervte!

Vor ihr stand ein ziemlich unattraktiver Mann. Sein mausblondes, ungewaschenes Haar und der leichte Ansatz von Bauch verrieten, dass er sich nicht besonders um sein Äußeres bemühte. In seinen Augen loderte Feuer, als er Doreen, die einzige Kundin in dem Raum, ansah.

„Na, gnädige Frau? Auch mit einem Balg hier? Dann halten Sie es von mir fern, denn die Bullen sagen, ich ficke sie alle!", zischte er durch die Zähne, bevor er den Raum wütend verließ. Der andere Mann, den Doreen vermutlich vorhin gehört hatte, stürzte hinterher.

Für einen Augenblick schien die Welt stillzustehen. Was war soeben geschehen? Sie versuchte ihre Gedanken zu ordnen.

„Entschuldigen Sie bitte! Mein Bruder meinte es nicht ernst, was er da gerade sagte! Er wollte Sie nur erschrecken, weil er sauer auf mich war! Seien Sie bitte nicht böse!", sagte der vermutete Ladenbesitzer. Er war bei Weitem sportlicher und gepflegter als Dwane Harper.

Doreen schluckte mehrmals, bevor ihr die Lüge entfuhr: „Ich bin ihm nicht ... ähm ... böse. Es ist alles in Ordnung. Alles ist gut!" Hastig stand sie von dem bequemen Sessel auf, bereit, aufzubrechen und nach ihrer Tochter zu sehen. Wer weiß, wo der Irre rausgegangen war? Diese Buchhandlung verlor für sie mit einem Mal jeglichen magischen Zauber. Sie wollte nur noch weg!

„Mommy?", hörte sie die Stimme ihrer Tochter. „Mommy?" Ihre Tochter hatte sich offensichtlich entschlossen, ihre Mutter zu suchen. Zwar war sie dankbar, dass Cassy ihr die Möglichkeit zur erneuten Konfrontation mit dem Ladenbesitzer nahm, dennoch wollte sie ihr Kind nicht in diesem Raum wissen. Sie murmelte leise: „'Tschuldigung!" und eilte aus dem Raum, ohne darauf zu achten, die Bücher wieder einzuräumen. Schon jetzt verfluchte sie sich selbst, dass sie in der entferntesten Ecke des Parks ihr Auto geparkt hatte. Sie zerrte Cassy trotz lauter Proteste aus der Buchhandlung, als hätten sie soeben die Hölle persönlich gesehen.

Kapitel 15

Raffaella Bertani lief ungeduldig im Kreis umher. Fünfzehn Minuten Verspätung waren wahrhaftig ungewöhnlich für Doreen. Zumindest nicht, ohne anzurufen. Zum erneuten Mal nahm sie ihr Handy zur Hand, um Doreens Nummer zu wählen. Wieder hörte sie nur die blöde Ansage.

Irgendetwas stimmte nicht!

‚Vielleicht hat sie das Telefon zu Hause vergessen und steht im Stau', versuchte sie sich zu beruhigen. Nichts half. Um sich abzulenken, stellte sie sich in der Schlange am Eingang an. Wenn sie schon so spät dran waren, konnte sie die Zeit im Zoo wenigstens etwas verlängern, indem Raffaella bereits die Karten kaufte.

Das Handy klingelte plötzlich. Keine Nummer wurde gesendet. ‚Doreens Akku ist wahrscheinlich leer und sie hat sich eins von jemandem geliehen!' Die Anspannung wich sichtlich von ihr.

Bereit, Doreen eine kleine Szene wegen der großen Angst zu machen, hob sie ab.

„Hallo?"

„Guten Tag, hier ist Mary Goodwin vom NYPD. Könnte ich mit Frau Bertani sprechen?" Schon bei dem Klang dieser vier bekannten Buchstaben wich sämtliche Farbe aus Raffaellas Gesicht.

„Ich bin dran! Worum geht's?" Auf einmal produzierte ihr Körper viel mehr Spucke, als sie es hätte verarbeiten können. Sie schluckte.

„Wo sind Sie gerade? Können wir zu Ihnen?"

„Ich befinde mich am Eingang des Brooklyn-Zoos. Ich bin Psychologin im Dienste der Polizei. Falls Sie die Absicht haben, mich abzuholen, brauchen Sie es nicht tun. Meine Identifikationsdaten kann ich Ihnen weitergeben, wenn Sie sie wollen."

Die Polizistin schwieg einen Moment, bevor sie fortfuhr. Doch sie schien Raffaella zu glauben. „Cassy Bertani, ein kleines Mädchen, befindet sich im Boerum Hospital Center. Man fand sie bewusstlos neben der Tasche einer Frau mit dem gleichen Nachnamen liegen. Sind Sie verwandt?"

Raffaella war plötzlich unfähig, einen einzigen Ton herauszubringen. ‚Cassy, bewusstlos, Tasche, Boerum Park' waren die einzigen Wort, die bei ihr durchdrangen.

Die Polizistin wiederholte die Frage. „Sind Sie mit irgendjemandem davon verwandt?"

„Ähm ... Ja ... ähm ... Ich bin die Mutter von Cassy und die Ehefrau von Doreen Bertani! Wie geht es meiner Tochter? Was ist mit meiner Frau?"

„Ihrer Tochter geht es gut. Sie bekam einen Schlag gegen den Kopf und fiel bewusstlos zu Boden. Es geschah auf dem Parkplatz vom Park. Neben Ihrer Tochter lag die Tasche Ihrer ... ähm ... Ehefrau. Mit dieser Handynummer. Im Park, wo vor kurzem ein Kind entführt wurde, schließen wir keine Zusammenhänge aus. Während Ihr Kind zur Beobachtung im Hospital gehalten wird und keinerlei Erinnerung an den Vorfall zu haben scheint, durchforsten wir jeden Winkel des Parks – auf der Suche nach der Frau. Einer der Parkbesucher sah jemanden, der einen Rollstuhl schob, mit einer nicht ansprechbaren Person darin. Wie gesagt, das ist alles, was wir zurzeit wissen." Es zahlte sich manchmal doch aus, mit Cops zu arbeiten. In welchem Beruf sonst bekam man noch sämtliche Informationen?

„Wo liegt meine Tochter?"

„Im Boerum Hospital Center. Sie wird im Moment von der Notaufnahme verlegt. Vielleicht melden Sie sich dort? Man wird Sie dann an die richtige Stelle verweisen! Frau Bertani, kann ich Ihnen irgendwie helfen? Vor Ort, bei Ihrer Tochter, befinden sich bereits mehrere Polizeibeamte."

„Danke, nicht nötig! Ich bin gleich da!", rief Raffaella verwirrt in den Hörer und machte sich auf den Weg zu ihrem Kind. Sie merkte nicht einmal, wie ihr die gerade gekauften Karten aus der Hand rutschten und sich auf dem Boden im schönsten Durcheinander verteilten.

Auf einen Schlag hörte ihre heile Welt einfach auf zu existieren!

*****

„Cassy Bertani war doch der Name?" Die Krankenschwester am Empfang des Boerum Hospital Centers schaute Raffaella zerstreut an. „Ihre Tochter wurde bereits verlegt. Sie befindet sich auf Station 4, Raum 402. Folgen Sie bitte den Schildern!"

„Danke!" Raffaella drehte sich energisch um und rannte den Korridor entlang. Die Beschilderung war tatsächlich selbsterklärend, daher fand sie das Zimmer ihrer Tochter auf Anhieb. Als sie leise die Tür aufschloss, schossen ihr die Tränen in die Augen.

Cassy lag auf einem für sie viel zu großen Bett. Ihr Brustkorb, der unter der weißen Decke versteckt war, hob und senkte sich als Zeichen dafür, dass sie schlief. Wie ein kleiner Engel sah sie aus. Ihre kastanienbraunen Locken bahnten sich einen Weg aus den Bandagen, die man ihr um den Kopf gewickelt hatte. Tröpfchenweise konnte man etwas Blut sehen.

‚Wer konnte meinem Kind so etwas antun?', fragte sie sich und spürte eine unbändige Wut aufsteigen. Sie küsste ihr Kind sanft an einer freien Stelle auf der Stirn und nahm ihre warme, kleine Hand in die eigene. Die Tür fiel ganz leise ins Schloss. Eine nette Funktion, die im Unterbewusstsein von Patientenfreundlichkeit zeugen sollte.

Etwas Wichtiges fiel ihr ein. Um ihr Kind nicht absichtlich aus seinen Träumen herauszureißen, ging sie ins Badezimmer, zog das Handy aus ihrer Tasche und wählte Ivys Telefonnummer.

„Ivy, wo bist du?", schnitt sie die freundliche Begrüßung der Babysitterin ab.

„Ich bin gleich bei euch, warum? Wir waren eigentlich um 18 Uhr mit Doreen verabredet. Ich bin aber bestimmt etwas eher da!" Sie hörte eine Anspannung in Raffaellas Stimme, die ihr fremd war. „Ist etwas passiert?"

Es folgte Stille. Raffaella stammelte ein paar Informationen zusammen, bevor ihre Stimme zusammenbrach. „Doreen wurde entführt ... Cassy liegt nach einem Schlag am Hinterkopf im Krankenhaus. Ich weiß nicht mehr weiter. Ivy, ich brauche dich, damit ich nach Doreen suchen kann. Ich kann Cassy nicht allein lassen ..." Tränen flossen ihr unkontrolliert über die Wangen. Sie war mit ihren Nerven am Ende.

Ivy versuchte, diese wahnsinnigen Informationen zu begreifen. Es gelang ihr nur mühsam, doch sie verstand immerhin, dass sie sofort dorthin eilen musste. „In welchem Krankenhaus seid ihr?"

„Boerum Hospital Center, Station 4, Raum 402. Bitte, komm schnell!" Ohne eine Antwort abzuwarten, klappte sie ihr Handy zu.

„Sie dürfen hier nicht telefonieren!" Eine dünne Stimme überraschte sie. Während sie mit Ivy sprach, hörte sie nicht, wie eine drahtige Krankenschwester das Badezimmer betrat.

„Verzeihen Sie bitte! Es war nur die Babysitterin meiner Tochter. Ich habe sie angefordert, damit sie sich um sie kümmern kann. Ich möchte mich auf die Suche nach meiner Frau machen." Ihre Stimme klang immer noch etwas angeschlagen. Mit einem Ärmel ihrer Bluse wischte sie sich die Tränen weg. Jetzt musste sie für ihr Kind stark sein. Und stark für Doreen.

Die Schwester brummte unschlüssig. Sie entschied sich, das Badezimmer zu verlassen, um eine erneute Mahnung zu vermeiden. Diese Mutter tat ihr leid. Raffaella folgte ihr.

„Ach, übrigens! Wir haben festgestellt, dass sich Ihre Tochter nicht an die Ereignisse des Tages erinnern kann. Falls sie aufwacht, fragen Sie sie bitte nicht aus. Sie hat beruhigende Medikamente bekommen und bleibt hier erstmal zur Beobachtung! Ach, noch etwas! Das Einzige, was sie ständig murmelte, war etwas von einem Hund. Mehr nicht. Das hat auch die Polizei im Protokoll aufgenommen."

„Sie sprach sicherlich davon, dass wir uns einen Hund anschaffen wollten!", sagte Raffaella mit einer Überzeugung, die von der Krankenschwester mit Schulterzucken quittiert wurde. Zu Raffaellas vollkommener Freude ließ die Frau sie im nächsten Augenblick mit Cassy allein. Endlich hatte sie ihr Kind wieder für sich. Für eine erstmal unbestimmte Zeit wurde das Gebäude voller wimmelnder Menschen durch vier kahle, geweißte Wände abgeschottet. Ihr neues Zuhause. Eine Umarmung war das Einzige, was ihnen beiden jetzt ein wenig persönlichen Trost spendete.

Die Tür öffnete sich erneut ohne Vorwarnung, als wenn sie einer Illusion von Zweisamkeit im Krankenhaus trotzen wollte. Ein Polizist erschien.

„Guten Tag, Ma'am. Mein Name ist Lionel Gray vom NYPD. Wir wurden mit einer Personenüberwachung beauftragt. Könnte ich Ihre Identität überprüfen?"

Raffaella Bertani zog ihren Dienstausweis aus der Tasche und zeigte ihn dem jungen Polizisten. Die Reaktion auf diesen Wisch war immer gleich – voller Respekt!

„Wenn Sie möchten, kann ich das Zimmer verlassen und im Korridor ..." Er beendete den Satz nicht.

Cassys Stimme hatte plötzlich einen schrillen, flehenden Ton bekommen. Sie schlief dennoch.

„Nein, bitte, lassen Sie mich! Neeeeeein!" Die Augen schienen mit einer panikartigen Pupillenbewegung dem Traum zu folgen. Raffaella drückte ihr Kind an ihre Brust. In ihrer Verzweiflung wiegte sie ihren Engel und flüsterte ihr Mantra: „Schschschsch. Alles wird gut. Ich bin bei dir ... schschsch ... Alles wird gut!"

Lange nachdem der Polizist den Raum verlassen hatte, um ihnen beiden ihre Privatsphäre zu geben, hielt sie ihr großes, schlafendes Baby in den Armen. Bis der Körper ihres Kindes wieder schlaff auf die Kissen fiel. Scheinbar nahm die Anspannung ab, damit konnte sie ihre Tochter endlich ins Bett legen. Während sie versuchte, ihre Tränen wegzuwischen, öffnete sich die Tür erneut. Ein Raffaella bekanntes Gesicht hatte ganz offensichtlich die polizeiliche Kontrolle passiert.

„Ivy, wie schön, dass du da bist!" Raffaella versuchte krampfhaft, ihre stets korrekte Haltung wiederzuerlangen. Es gelang ihr nicht so recht.

Aus einem tiefen Bedürfnis heraus ging sie automatisch auf Ivy zu und umarmte sie. Im Normalfall war es eher ungewöhnlich, weil Raffaella für diese Art von Spontanität nichts übrig hatte. Dennoch. Genau in diesem Augenblick fühlte sich die sonst beherrschte, eloquente Psychologin wie ein verlorenes Kind. Während sie sich ihr Leid von der Seele schluchzte, schwieg Ivy.

So abrupt, wie Raffaella die eigene Ohnmacht überrannt hatte, war sie wieder vorüber. Die Zeit zum Weinen war noch nicht gekommen. Sie musste Doreen finden!

„Ivy, Schätzchen!" Mit diesen Worten löste sie sich aus der Umarmung. „Könntest du heute bei Cassy bleiben? Ich werde …", sie berichtigte sich, "… ich muss Doreen suchen. Ich möchte nicht, dass sie hier allein aufwacht, ok? Du bist fast wie eine Mutter für sie …"

„Raffaella, du weißt doch, dass du mich nicht zu fragen brauchst, oder?" Wunderschöne, große Rehaugen schauten die Psychologin anklagend an. Raffaella wusste, dass sie diese Frage nur der Form halber stellen musste. Und auch, dass sie Ivy damit gleichzeitig verletzen würde. Sanft küsste sie die junge Frau auf die Stirn, was ihr ‚normalerweise' ebenfalls fremd war und damit umso mehr ihre Dankbarkeit zum Ausdruck brachte.

„Ich bleibe für euch jederzeit erreichbar und komme morgen pünktlich zur Chefarztvisite wieder, ok? Und … Danke, Ivy!"

„Kein Thema! Mich kriegen hier keine zehn Pferde weg!" Das leichtfertige Lächeln sollte aufmuntern. Es hatte die gewünschte Wirkung verfehlt. Ivy schaute etwas ernster. „Finde sie, Raffaella!"

Bevor Raffaella etwas entgegnen konnte, wachte Cassy auf. Es war an der Zeit, ihrem kleinen Mädchen etwas Aufmerksamkeit zu schenken, bevor sie aufbrach, ihr großes zu suchen.

Kapitel 16

Nur langsam öffnete Doreen Bertani die Augen. Ihr Schädel pochte so sehr, dass sie dachte, er würde gleich in einzelne Atome zerspringen. Mit einem Handgriff wollte sie ihre Haare von der Stirn entfernen, doch sie konnte ihre Hand nicht mehr bewegen. Sie gehorchte ihr einfach nicht mehr. Was war bloß mit ihr los? Warum bereitete ihr plötzlich jede Bewegung so viel Mühe? Und diese furchtbaren Kopfschmerzen.

Doreen ahnte nicht im Geringsten, dass jede ihrer Bewegungen bereits von einer Person im Raum wahrgenommen wurde. Während der Mann ihr stillschweigend zusah, wie sie zunehmend ihr Bewusstsein wiedererlangte, genoss er wahrlich die Trägheit ihrer Bewegungen. Nun hatte er sie beide! Endlich hatte er eine Familie.

„Wo bin ich?", flüsterte sie mit gebrochener Stimme. Ihre Augen gewöhnten sich immer mehr an die Dunkelheit des Raumes. Schwache Sonnenstrahlen drangen durch die dicht gewebten Vorhänge. Dankbarkeit erfüllte sie, dass man ihr erspart hatte, sich noch auf die Helligkeit der untergehenden Sonne einzustellen. Der Herbst hatte den Sommer faktisch noch immer nicht abgelöst.

„Bei mir bist du! Wieder bei mir!", hörte sie eine männliche Stimme. Der Klang kam ihr sehr bekannt vor ... Als hätte sie ihn schon mal gehört. In ihrem Kopf schwirrten Gedanken wie kleine, lästige Insekten an einem schwülen Sommertag. Die Pritsche, auf die man sie gelegt hatte, stank nach Moder und war unbequem. Sie spürte alle ihre Knochen und hatte das Bedürfnis, sich zu übergeben. Doreen fühlte sich wie in einem rasenden Zug.

„Na, na ...", sagte er mit spöttischem Unterton. „Ich merke, dass das Mittel langsam nachlässt. Wir wollen nicht riskieren, dass du dir wehtust!" Im gleichen Augenblick stand er auf und holte eine angebrochene Packung Kabelbinder. Während sie erneut versuchte, ihre Gedanken zu fokussieren, verspürte sie einen Druck am Handgelenk.

„So!", setzte er fort. „Ich binde deine Gelenke am Bett fest, damit du keine Dummheiten machst. Du hast von mir eine kleine Dosis eines Mittels bekommen, daher hast du geschlafen, Mutter. Ich wollte dich morgen bei uns haben!" Der Mann beugte sich direkt über Doreen und schaute ihr in die Augen. Just in diesem Moment wusste sie, wer ihr Entführer war. „Ich werde sie finden, weißt du noch? Das habe ich dir damals versprochen! Und sie ist jetzt bei mir!"

„Was wollen Sie von mir?" Ganz offensichtlich war dieser Mann übergeschnappt. „Lassen Sie mich gehen! Ich werde niemanden etwas sagen, versprochen!" Langsam drang ihre miserable Lage zu ihr durch. „Wollen Sie mich vielleicht vergewaltigen? Was wollen Sie?" Die Erinnerung kam mit einem Schlag wieder. „WO IST MEINE TOCHTER?"

„Reg dich nicht auf, Mutter!" Bei diesem Satz spürte sie das erdrückende Gefühl in ihrer Brust. ‚Was hat dieser Mistkerl Cassy bloß angetan?', dachte sie verzweifelt. Ein Emotionschaos aus ansteigender Wut und panischer Angst verhinderte, dass sie die aufkommende Beklemmung in der Brust verlangsamen konnte.

„Ich ... brauche ... meine Tasche ... schnell!", keuchte Doreen flehend. Glücklicherweise folgte er ihrem Wunsch. „Den Inhalator, bitte!" Lautes Röcheln ließ sich aus ihrer Lunge vernehmen. Eine Salve aus trockenem Husten überkam sie. „Sprühen ... Sie ... es ... jetzt ... in den Mund!" Das Atmen fiel ihr mittlerweile sehr schwer. Sie wollte die kostbare Luft nicht zum Sprechen vergeuden. Doreen schloss die Augen. In diesem Moment spürte sie, wie die kalte, das Leben spendende Flüssigkeit ihre Atemwege befreite. Noch immer japsend schrie sie den Mann an: „Was hast du mit meiner Tochter gemacht?"

„Deine Tochter war doch gar nicht dabei. Sie ist zur Buchhandlung zurückgelaufen. Sie wollte ein Buch haben! Aber jetzt bist du bei uns. Deine Tochter, Zoey, braucht dich!", log er. Auf gar keinen Fall wollte er, dass sie noch sauer auf ihn war.

Das Mittel, das er ihr verabreicht hatte, ließ ihr keine Erinnerungen an die Entführung, daher glaubte sie ihm. Doreen musste sich einfach an einer Sache festklammern, wenn sie diese Hölle wieder lebendig verlassen wollte.

„Ich habe eine Überraschung für dich, Mutter!" Diesmal klang die Stimme des Mannes sanfter. „Deine Tochter ist hier!"

„Wer ist hier?", fragte Doreen verwirrt und betete, dass er nicht Cassy damit meinte. Er lief zu einer Tür und öffnete sie.

Zuerst passierte nichts. Nach einer Weile aber kam eine kleine Person aus dem Raum. Die wunderschönen, blauen Augen leuchteten sie an. Trotz der Spuren von Schlägen im Gesicht würde Doreen sie jederzeit wiedererkennen. Sie schluckte. Bei dem Anblick liefen ihr Tränen übers Gesicht, als sie ihre Leidensgenossin begrüßte:

„Hallo, Zoey. Du kennst mich nicht. Ich bin Doreen Bertani und kenne deine Mutter. Sie sucht ..." Weiter kam sie nicht, weil sie ein weit ausholender Schlag ins Gesicht daran erinnerte, dass Schweigen manchmal der bessere Berater war. Nun war ihr alles klar. Sie waren geliefert! Als sie ihre Augen schloss, sah sie für einen winzigen Augenblick einen wunderschönen Sternenhimmel, der sogleich verschwand.

*****

Ein leises Schluchzen weckte Doreen Bertani aus ihrem Schlaf. Sie wollte ihre Hand bewegen, doch sie hing am Pfosten des Bettes fest. Die Kabelbinder fraßen sich bei der kleinsten Bewegung in ihre Handgelenke hinein. Mit einem Mal erinnerte sie sich daran, wo sie sich befand.

„Zoey!", flüsterte sie leise. „Zoey? Komm her, mein Kind, bitte. Setz dich zu mir ans Bett, Schätzchen! Bitte, weine nicht! Ich muss dich etwas fragen."

Zögernd folgte das Mädchen der Bitte. Verstohlen schaute sie im Halbdunkeln des Zimmers ihre Mitgefangene an. Vom Schlag lief ihr ein wenig Blut ins Gesicht. Ihr Haar klebte daran. Zoey konnte dem Drang nicht widerstehen, dieser armen Frau sanft die Strähnen vom Gesicht zu entfernen. Doreen lächelte, sofern man es so bezeichnen konnte. Eine Mischung aus Ergriffenheit über die

Geste bis hin zu nackter Angst erfasste sie. Vor diesem Kind musste sie jedoch die Haltung bewahren.

„Danke, Schatz!", keuchte Doreen, ergriffen über die kleine Wohltat.

„Sie kennen meine Mommy?", fragte die Kleine vorsichtig.

„Ja, Zoey. Ich kenne deine Mommy. Amy Andrews, nicht wahr? Und dein Daddy heißt doch Larry." Sie konnte die Tränen nicht unterdrücken. Automatisch erschien ihr das Bild von Raffaella und Cassy vor den Augen. Was machten sie gerade? War Cassy wirklich entkommen? Hatte sie jemand nach Hause gebracht? War Amy schon aus der Klinik raus? Suchte man bereits nach ihnen? Und vor allem: Suchte man sie an der richtigen Stelle?

„Ist meine Mommy böse auf mich?", fragte die Kleine noch leiser als vorhin.

‚Mein Gott, was hat dieser Mistkerl diesem Kind bloß erzählt?', dachte Doreen. „Nein, deine Mommy ist überhaupt nicht böse, Zoey. Schatz, wir suchen dich überall! Deine Mommy und dein Daddy machen sich furchtbare Sorgen um dich! Wir müssen schauen, wie wir hier herauskommen, mein Engel." Plötzlich überkam sie ein starker Husten. Erst jetzt bemerkte sie, dass ihre Kehle vollständig trocken war. „Gibt es hier irgendwo Wasser, Zoey?", fragte sie heiser. Ihre Kopfschmerzen waren nun auf ein erträgliches Niveau abgeklungen.

Die Kleine sah zum Tisch hin und nickte. Nach einem Augenblick folgte sie der unausgesprochenen Anweisung. Gierig trank Doreen das abgestandene Wasser aus der Plastikflasche. Schluck für Schluck schmeckte sie die wohltuende Flüssigkeit, als wäre es das Kostbarste, was sie seit Langem getrunken hatte. Vorsichtig setzte Zoey die Flasche wieder ab.

„Danke, Schätzchen." Doreen verschnaufte kurz, bevor sie weitersprach. Wie spielend leicht gelang es ihr doch, das Kind vom Weinen abzulenken. Zum Glück, denn sie hatten nicht viel Zeit. Jetzt musste sie alle Informationen sammeln, die sie nur bekommen konnte. Noch hatte ihre letzte Stunde nicht geschlagen. Ergeben würde er sie niemals bekommen.

„Zoey, hör mir jetzt bitte ganz genau zu. Ich muss ein paar Dinge von dir wissen. Deine Eltern suchen schon nach dir. Auch meine ... ähm ... beste Freundin und meine Tochter suchen nach uns. Und sie werden uns finden! Doch vorher musst du mir ein paar wichtige Fragen beantworten, in Ordnung?"

Das Mädchen nickte. Verstohlen schaute sie auf den Boden, als würde sie gerade etwas Falsches tun. Doreen musste jetzt handeln. Zum Trösten war später Zeit.

„Kannst du aufstehen und schauen, ob hier alle Türen geschlossen sind, bitte? Sei dabei vorsichtig!", erteilte sie ihre Anweisungen.

„Die sind verschlossen", antwortete Zoey leise. „Ich habe es schon versucht. Immer, wenn er meinen Raum offen ließ. Die Eingangstür schließt er immer ab!"

‚Sehr schön', dachte Doreen. Ihm war also sehr wichtig, dass sich die Kleine um sie kümmerte. Wahrscheinlich hatte ihn die Sache mit dem Inhalator etwas erschreckt. Sehr gut, dass sie ihn etwas verwirrt hatte!

„Was ist das für ein Raum dahinter?" Sie hob den Kopf, um sich umzusehen.

„Da schlafe ich", antwortete Zoey prompt.

„Ok, Schatz. Sehr schön! Gibt es dort Fenster?" ‚Wäre zumindest eine Idee!', dachte Doreen.

„Ein Fenster wie in diesem Raum. Aber alles ist vergittert. Ich habe auch schon versucht zu schreien. Da wird er sehr böse!" Die Miene der Kleinen verfinsterte sich.

‚Was musste dieses Kind bisher über sich ergehen lassen', dachte Doreen traurig

„Hat er dich geschlagen, Zoey?", fragte sie, obwohl der Blick auf ihr Gesicht die Frage eigentlich beantwortet hatte.

„Nein ... Naja, manchmal." Tränen der Scham liefen ihr über das Gesicht.

Doreen holte ganz tief Luft, bevor sie die nächste Frage stellte, vor deren Antwort sie sich fürchtete. „Hat er dir sonst etwas angetan, was du nicht wolltest, Zoey? Du kannst mir wirklich alles erzählen, Schatz."

Zoey zögerte einen kurzen Augenblick. „Er ... Er hat gesagt, dass wir für immer zusammenbleiben. Aber erst, wenn wir verheiratet sind. Und dass es mir besonders viel Spaß machen würde, weil es keine Sünde mehr ist, wenn man dann ‚Erwachsenensachen' macht. Ich will aber nicht mit ihm für immer zusammen sein!"

Augenblicklich schluchzte die Kleine so herzzerreißend, dass es Doreen in der Seele wehtat. Am liebsten hätte sie das Kind umarmt, doch ihre Arme waren gefesselt. Was Zoey aber soeben sagte, bedeutete, dass dieses miese Schwein sie noch nicht angefasst hatte. Offenbar glaubte er irgendwie an Gott und Sünde. Bis zu diesem eingebildeten Ritual würde er sie also nicht anfassen! Das war immerhin etwas.

„Zoey, Schatz. Das ist jetzt ganz wichtig! Schau dich mal bitte um, ob du hier oder in dem Zimmer, wo du sonst schläfst, etwas findest, womit ich diese Kabelbinder an meinen Gelenken abmachen könnte. Egal was. Ein Glas, eine Gabel, ein Messer, eine Schere oder irgendetwas Ähnliches. Bring am besten alles, was du findest, zu mir!"

In gleichen Augenblick setzte sich das Kind in Bewegung. Doreen versuchte vergeblich, die Fesseln loszuwerden. Sie taten weh, doch ohne sie durchzuschneiden, hatte sie nicht die geringste Chance. Als Zoey eine kleine Puppe, einen Teller und einen Becher aus Plastik und etwas altes Brot brachte, waren ihre Hoffnungen wie weggewischt. Trotzdem fragte sie nochmal nach, um die Fassung nicht zu verlieren: „Ist das alles, was in diesem Raum stand?"

„Ja", antwortete sie leise. „Nur noch ein Bett. Nicht einmal Stühle wie in diesem Zimmer!"

Hörbare Schritte im Flur. „Abendbrot, meine Damen! Heute früher, denn ich muss noch zur Arbeit!", hörten sie seine zum Erbrechen fröhliche Stimme. Es hörte sich an, als stiege er hinab. Sie waren in einem Souterrain – aufgrund der Fenster, schlussfolgerte Doreen. Wenn nicht bald ein Wunder geschähe, wären sie geliefert!

*****

Raffaella Bertani bog in eine kleine Straße ein. Für das korrekte Parken wollte sie ihren kostbarsten Schatz nicht verschwenden: ihre Zeit. Sie hatte kein großes Bedürfnis, in den Park zu gehen. Dort wimmelte es inzwischen von Cops. Sie musste sich nochmal zu Hause umschauen. ‚Was hast du bloß entdeckt, Doreen, dass man dich dafür entführt hat?'

Auf den ersten Blick erschien das Haus so, als wäre ihre Familie immer noch da. In der Spüle tummelte sich dreckiges Geschirr vom Frühstück. Die Kaffeekanne war halb voll. Die beiden hatten es offensichtlich sehr eilig, deduzierte Raffaella. Unter lockeren Umständen hätte Doreen die Wohnung bestimmt nicht so verlassen.

Auf dem Küchentisch lag ihr Leihcomputer, daneben ein Stapel voller Zettel, die sie heute noch durchgehen musste. ‚Das wird eine lange Nacht', dachte sie und drehte sich um, um sich einen Schluck von dem alten, abgestandenen Kaffee zu nehmen. Just in diesem Augenblick, als sie zur Tasse aus dem Hängeschrank greifen wollte, fiel ihr ein greller Zettel auf, den Doreen offenbar an die Tür gepinnt hatte.

Was sollte diese seltsame Nachricht über irgendwelche Flyer? Und warum hatte Doreen genau diese zwei Zettel aufgeschrieben? Hätte sie gewusst, dass der dritte sich abgelöst hatte und jetzt unter dem Kühlschrank lag, so hätte sie vermutlich den anderen beiden nicht so einen großen Wert beigemessen. Ein fataler Fehler, den Doreen unterschätzt hatte, weil sie nicht wusste, wie nah sie damit dem Killer gekommen war. Raffaella klebte die beiden Schnipsel auf den Küchentisch und fing an, die Unterlagen nach Hinweisen durchzuschauen.

Kapitel 17

In dem kleinen Besprechungsraum des FBI, im Herzen von New York City, roch es nach frisch aufgebrühtem Kaffee. Der Abend hatte noch nicht richtig begonnen, und trotzdem war klar, dass diese Nacht durchgearbeitet wurde. Diesmal wurde das gesamte Team angesetzt. Man hoffte endlich auf einen Durchbruch im Fall des ‚Dolly-Lovers'.

Scott Goodwin, der Leiter des Teams, das aus den besten Profilern bestand, die das FBI zu bieten hatte, schaute ostentativ auf seine Uhr am Handgelenk. Es war kurz vor sechs Uhr am Sonntagabend. Es war die Zeit für einen Scotch, klassische Musik und die Ledercouch seines Single-Appartements in Manhattan. In seiner Fantasie malte er sich aus, wie er genau jetzt das Getränk langsam in den Mund ziehen, schlürfen und spülen würde, bis es ein rundes Geschmackserlebnis ergab. Das Aroma des Feierabends!

‚Vielleicht nächstes Wochenende', dachte er wehmütig, obwohl er eigentlich wusste, dass er es seinem pubertierenden Sohn zu widmen versprochen hatte. Seine Ex-Frau wollte mal wieder ein freies, sorgenfreies Wochenende feiern.

In der Besprechungsrunde fehlte noch Dr. Bryan Goseburn, eine Koryphäe auf dem Gebiet der Individualpsychologie. Als Einziger in der gesamten Runde besaß dieser Mann so etwas wie eine gut funktionierende Beziehung, zur Pflege derer er mit seiner Ehefrau für gewöhnlich sonntags in feinen Lokalen speiste. Ihn zu dieser Zeit zu erreichen, war eine hohe Anforderung an Josh McMelma, dem besten IT-Spezialisten des Teams, die er jederzeit spielend zu erfüllen wusste.

Wie er es schaffte, konnte Scott Goodwin beim besten Willen nicht sagen. Zumal Bryan das Handy stets ausmachte, um in seiner Freizeit nicht durch die Arbeit gestört zu werden. Was ihm leider nichts nützte, da Restaurants über eigene Telefonleitungen verfügten. In dem blutjungen Körper von Josh McMelma lauerte eben die langjährige Erfahrung eines Profis auf seinem Gebiet.

Die mit Abstand attraktivste Dame dieser Runde war Angel Davis. Die hübsche Blondine Mitte dreißig, die eine ganz steile Karriereleiter gewählt hatte, war Scotts rechte Hand. Mit ihr arbeitete er am liebsten, nicht zuletzt wegen ihres sehr ansprechenden Äußeren. Angel verstand es hervorragend, Männer so zu manipulieren, dass sie aus jedem von ihnen ein Geständnis herausbekam. Ein attraktiver, jüngerer Engel mit einem scharfen Verstand.

Doch die eigentliche Seele des Teams bildete Dr. Michelle Bellamy. Diese unscheinbare, ältere Dame kam ursprünglich aus der forensischen Toxikologie. Ihre Fähigkeit zur kognitiven Denkweise und ihr weitreichendes Fachwissen brachten sie in dieses Spezialistenteam, dessen Ruhepol genau sie bildete.

Ihre Stimme übernahm die Oberhand, wenn die Ereignisse turbulenter wurden und sich eine gewisse Nervosität breitmachte. Scott dachte mit Angst daran, dass Michelle irgendwann ihren wohlverdienten Ruhestand würde beantragen müssen.

Genau fünf Minuten nach sechs erschien endlich das letzte Mitglied des Teams, Dr. Bryan Goseburn. Mit einer abgebrochenen Entschuldigung nahm er seinen gewohnten Platz in der Runde ein.

Einem Außenstehenden wäre es sicherlich gewöhnungsbedürftig erschienen, dass ein wesentlich älterer Kollege mit Doktortitel nicht die Leitung dieser Einheit übernahm. Bryan und Scott kannten sich persönlich schon seit Jahren. Dr. Goseburn hatte zu seiner Zeit auf den gut bezahlten Posten zugunsten seines Freundes verzichtet.

Der Preis der höheren Stufe auf der Karriereleiter war für Scott immens. Er musste damit seine bis dahin funktionierende Ehe aufgeben. Was ihm jetzt noch familientechnisch blieb, waren die seltenen Wochenenden, die er mit seinem Sohn verbrachte.

Die Runde war mit Bryans Ankommen vollständig. Der harte Arbeitstag konnte endlich beginnen. Scott erhob sich, um die Tür des Büros zu schließen, während sich Angel auf die Wiedergabe der Fakten mittels eines Beamers vorbereitete.

„Wir haben bereits zwei weibliche Opfer, alles Kinder. Ein drittes wird derzeit vermisst", fing Angel trocken an. Bilder von den toten Mädchen huschten über die Projektionsfläche. Die hartgesottenen Ermittler waren auf alle Formen von Tod vorbereitet. Nur nicht auf den von Kindern. Niemals.

Konzentriert folgten sie der graziösen Bewegung ihrer Kollegin, um die Augen von den brutalen Aufnahmen abzuwenden. Angel fuhr fort:

„Im ersten Fall handelt es sich um Laureen Milner, neun Jahre alt. Sie wohnte mit ihrer zu diesem Zeitpunkt alleinerziehenden Mutter Madison in der Spring Valley Road. Ein Spaziergänger fand ihre Leiche im Memorial Park, genau vor drei Jahren. Ihr Körper war mit dem Kopf nach unten begraben und zugedeckt. Auf den Bildern kann man sehen, dass der Täter nicht besonders sorgfältig gearbeitet hat. In Verbindung mit einem Overkill an der Leiche könnte man vielleicht auf ein erstes Opfer schließen. Der Täter schien nicht sehr erfahren, wenn man die Struktur der Einstiche betrachtet. Möglicherweise wurde er im Park erschreckt, daher die fehlende Sorgfalt."

„Wurde das Opfer missbraucht oder misshandelt?" Bryan wählte seine Worte immer sparsam.

„Ähm ... Geschlagen, ja. Das ist einer der Tatbestände, die vor der Öffentlichkeit geheim gehalten wurden. Man wollte bei den Eltern keine Wut aufkommen lassen. Damit auch keine Lynchjustiz einsetzt, solange der Täter noch auf freiem Fuß ist. Doch es konnten keine brauchbaren DNA-Spuren sichergestellt werden. Das Opfer wurde gereinigt und in ein weißes, kurzes Kleid gesteckt. Der Täter legte ihre Kleidung, in denen er sie entführt hatte, daneben, zusammen mit einem Ring. Ein Stück ihres Hemdes wurde abgeschnitten." Bilder vom Tatort huschten über die weiße Projektionswand.

Es herrschte eisige Stille, obwohl sich bei jedem der gleiche Satz im Kopf formte, den Dr. Michelle Bellamy laut aussprach: „Das Opfer ... Es sieht wie eine Braut aus!"

„Genau das scheint die Unterschrift des Täters zu sein!", fuhr Angel Davis fort. „Genauso wie die Wahl des Zeitpunkts der Morde. Dieses Datum scheint ihm wichtig zu sein. Am gleichen Tag könnten er oder jemand, der ihm nahestand, geheiratet haben!"

Das IT-Hirn des Teams, Josh McMelma, nickte. „Ich werde alle Daten abgleichen und in einem gemeinsamen Ordner ablegen. Wenn es irgendwelche Parallelen zwischen den Fällen gibt, werde ich sie sicher finden. Könnte ich ebenfalls die Listen der bisherigen Zeugen haben?"

„Ich habe dir bereits alles zugeschickt, Josh!" Angel war für ihre hervorragende Vorarbeit berühmt. „Das zweite Opfer heißt Miranda Kayne, elf Jahre alt, wurde exakt ein Jahr nach Laureen entführt. Ihre Eltern wohnen in der East Bronx, Westchester Avenue. Ein Touristenpaar fand ihre Leiche am Morgen im Ferry Point Park. Auch in diesem Fall wurde das Opfer mit dem Kopf nach unten begraben. Diesmal jedoch sorgfältiger. Ebenfalls hatte sie ein weißes, kurzes Kleid an und wurde für irgendetwas vorbereitet. Bei der Kleidung, die neben ihr lag, fehlte ein Fetzen Stoff. Neben dem Leichnam konnte man wieder einen vergleichbaren Ring finden. Doch diesmal war unser Täter raffinierter! Nach dem Verschwinden des Kindes erhielten die Eltern des zweiten Opfers einen Brief mit Stofffetzen des ersten. Und wieder fand man die Leiche sieben Tage nach der Entführung."

„Könnte es sich in einem dieser Fälle um einen Trittbrettfahrer handeln?" Das war eine der berühmten Fragen, die immer dem smarten Dr. Bryan Goseburn vorenthalten blieben.

„Wir haben nie die Informationen über die Stofffetzen nach außen kommuniziert. Ebenfalls die Tatsache, dass der Täter einen Ring daneben legte, wurde so streng unter Verschluss gehalten, dass nicht mal das NYPD Einsicht in die Akten bekam. Ich bin davon überzeugt, dass wir es in den beiden ersten Fällen mit keinem Trittbrettfahrer zu tun haben. Aber auch in dem Fall des derzeitigen Entführungsopfers habe ich berechtigte Zweifel daran!" Angel drehte verlegen ihren Kopf zum nächsten Bild. „Die Verletzungen des zweiten Opfers sind wesentlich sparsamer, was darauf schließen lässt, dass der Täter diesmal ruhiger und erfahrener war. Er hat nach dem ersten Mord dazugelernt. Das Gleiche gilt für den Fundort der Leiche."

„Vermutlich gab es auch bei Miranda keine brauchbaren Spuren?" Scott Goodwin hasste es, Fragen zu stellen, die gleich darauf verneint wurden.

Angel Davis wusste dies, dennoch hatte sie keine andere Wahl. „Genau. Keine brauchbaren Spuren. Auch die Suche nach Kleidung oder Ringen, die der Täter den Opfern mitgab, war eine reine Sackgasse. Billigware. Er könnte es überall gekauft haben, ohne dass es jemandem aufgefallen wäre. Nicht mal unter den Fingernägeln der Opfer gab es Auffälligkeiten. Sie schienen sich nicht zu wehren, was angesichts der Mittel, die sie bekamen, verständlich war. Beide Opfer wurden vor ihrem Tod mittels einer Injektion betäubt. Mittel der Wahl: Gamma-Hydroxybuttersäure, also K.-O-Tropfen, die man im Blut der Opfer gefunden hatte. In diesem Zustand wurden die ... ähm ... Mädchen erstickt." Die Opfer als Menschen zu sehen, bereitete jedem Ermittler Probleme. Besonders dann, wenn es sich um kleine Kinder handelte.

„Was wissen wir über die neueste Entführung?" Dr. Michelle Bellamy meldete sich nach einer Weile erneut zu Wort.

„Zoey Andrews, elf Jahre alt. Sie wurde vor sechs Tagen entführt. Es gab zunächst Zweifel daran, ob sich die Entführte in den Händen unseres Mörders befindet. Sicherheit haben wir erst seit Donnerstagabend, da ihre Mutter eine Nachricht mit Stofffetzen des zweiten Opfers erhielt. Der Täter versuchte diesmal, den Eltern zu vermitteln, dass ihr Kind erwachsen wäre. Im Fall des entführten Mädchens gab es Schwierigkeiten im Elternhaus. Der zeitliche Abstand beträgt, wie in den vorangegangenen Fällen, ein Jahr seit dem Fund der zweiten Leiche. Doch diesmal gibt es einen Unterschied!"

Abrupt wurde es still in der Runde. Die Kollegen warteten auf die Erklärung, die Angel mit Zögern lieferte. „Im Fall Zoey Andrews gibt es noch eine Entführung. Bei dem zweiten Entführungsopfer handelt es sich um Doreen Bertani, eine Journalistin, die sich in der Suche nach Zoey sehr engagierte. Sie verteilte überall Flyer, was offenbar jemanden gestört hat! Sie wird seit heute früh gesucht. Im Normalfall hätte uns das NYPD nicht informiert oder gar so schnell nach einer erwachsenen Person gefahndet. Die Verflechtung mit unserem Fall machte diese Vermisste zum potenziellen Opfer. Der Entführer im Fall Bertani ließ das Kind der Frau, ein kleines Mädchen, verletzt am Tatort zurück. Er war offenbar nur an der Mutter interessiert."

„Gibt es in den aktuellen Fällen Zeugen?", wollte Josh wissen. Seine Finger juckten schon, mit der Arbeit am Rechner beginnen zu können.

„Es werden derzeit jede Menge Leute verhört", antwortete Angel beinah mechanisch. „Unser neuestes Entführungsopfer, die Journalistin, schnüffelte im Boerum Park herum. In dem angrenzenden Kiosk hatte man ihre Kreditkarte gefunden, obwohl die Verkäuferin sich nicht erinnern kann, dass Doreen Bertani beim Bezahlen eine benutzt hätte. Der Besitzer des Kiosks, der das Opfer am Entführungstag sah, benahm sich auch so eigenartig, dass seine Angestellte das NYPD informierte, nachdem sie davon gehört hatte. Diesmal verbreitete sich die Nachricht wie ein Lauffeuer im Park. Die Cops vor Ort wurden geradezu von Zeugen überrannt. Langsam nimmt diese Sache die Ausmaße einer Panik an."

Da sein Team schwieg, setzte Scott Goodwin fort:

„Wollen wir zum Täterprofil übergehen? Wenn unser ‚Dolly-Lover', wie das NYPD ihn jedenfalls intern nennt, wenigstens die Vorgehensweise bezüglich der Tatzeit nicht geändert hat, dann haben wir noch genau einen Tag, bis wir uns langsam auf die Suche nach der dritten Kinderleiche machen müssen! Wenn die Journalistin bei ihr ist, dann wird es diesmal vielleicht sogar zwei Opfer geben."

„Ausgehend von den ersten zwei Funden und derzeitigen Entführungen können wir darauf schließen, dass der Täter weiß und im mittleren Alter ist. Wäre er jünger, hätten die Kinder weniger Vertrauen. Bisher konnte er die Opfer leicht entführen.

Vielleicht zeigt er sich oft im Park oder arbeitet dort, wo Kinder hingehen. In der Nähe sind doch ein paar Läden...", warf Dr. Bryan Goseburn ein.

„Er kann auch nicht viel älter sein, sonst hätte er Schwierigkeiten gehabt, Doreen Bertani mitzunehmen. Und überhaupt! Welche Rolle spielt die Journalistin? Der Täter ändert bei jedem Mal geringfügig den Ablauf. Alles andere bleibt gleich. Warum?" Diese Frage beschäftigte Scott schon von Anfang an.

„Der erste Mord war doch ein Overkill, richtig?" Dr. Michelle Bellamy meldete sich beherrscht zu Wort. „Es gab auch keinen Brief. Beim zweiten Opfer schaffte der Täter über die Briefe eine Verbindung zu seinen Taten. Von einem zum anderen Mord hangeln, nicht wahr? Und es gibt immer einen Ehering und ein weißes Kleid. Also ein Hochzeitsritual! Der Täter lernt dazu!" Da die Kollegen schweigend über die Konsequenzen ihrer Worte nachdachten, fuhr sie fort: „Der Täter befindet sich auf der Suche! Daher ändert er immer wieder die Parameter für den Tathergang! Bis für ihn alles perfekt ist! Und er wird immer mutiger!"

„Warum ist ihm die Hochzeit so wichtig?", bohrte Scott weiter nach.

„Geschichtlich gesehen wurde die Eheschließung in ihrem Ursprung als Schwelle für die Ausübung legitimer Sexualität verstanden. Das würde unter Umständen erklären, warum die Mädchen geschlagen, jedoch nicht missbraucht wurden. Der Täter hat bei den beiden Todesopfern in diesem Sinne noch keine Ehe geschlossen. Vielleicht soll die tapfere Journalistin, die sich zuvor mit Zoeys Verschwinden beschäftigt hat, zur Zeugin einer Eheschließung und damit des Aktes werden? Vielleicht ist es DAS, wonach der Täter sucht?" Angel Davis wurde schlecht bei diesem Gedanken. „Wir sollten die restliche Bertani-Familie unter Polizeischutz stellen. Ich werde es veranlassen, Scott!"

„Wo mordet unser Täter? Der Overkill fand in einem relativ kleinen Vorort, in der Nähe von New York City, statt. Der zweite Mord und die Entführung fanden direkt in NYC statt. Warum der Wechsel?" Erneut stellte der Chef sein Team vor Fragen.

„Der Täter braucht oder schafft Vertrauen. Das geht nur, wenn man in der Nähe des Tatortes wohnt. Ein Jahr zwischen den Taten verschafft ihm genügend Zeit dafür. Vielleicht ist unser Täter in der Umgebung vom Overkill aufgewachsen und danach in die Großstadt umgezogen? Da, wo er leichter ein Opfer finden kann? Es gab doch eine Kommunikationsaufnahme zu den Eltern in den beiden letzten Fällen, noch bevor die Morde passierten, oder? Und unsere Journalistin hatte die Bilder des Entführungsopfers bekommen." Diesmal schien Bryan Goseburn sich von der inneren Ruhe seiner älteren Kollegin angesteckt zu haben. „Gibt es Verbindungen zwischen den Opfern, Angel?"

„Außer denen, die die Physiognomie und das ähnliche Umfeld der Opfer betreffen, keine weiteren. Die Opfer kamen alle aus gutbürgerlichen Familien, bei denen sich die Eltern getrennt hatten bzw. getrennt lebten. Sie kannten sich gegenseitig nicht. Das Einzige, was sie verband ..."

„... war die virtuelle Welt!", beendete Josh McMelma den Satz seiner Kollegin. „Der Täter scheint Ahnung von Computern zu haben. Immerhin versteht er es, die Nachrichten über mehrere Server in der ganzen Welt zu schicken, ohne dass wir die Informationen verfolgen können. Vielleicht könnte er so die Opfer gefunden haben. Immerhin ist er in eine Großstadt umgezogen, wo er leichter an herrenlose Rechner in einem beliebigen Internet-Café kommt. Und wo es natürlich nicht auffällt! Die Social Media sind voll mit Informationen über das Leben anderer, wenn man weiß, sie anzuzapfen. Ich werde gleich mal nach Auffälligkeiten in dieser Richtung suchen. Mich beschäftigt gerade aber eine weitere Frage." Josh ließ die Aussage kurz im Raum stehen, um ihr Wichtigkeit zu verleihen. „Nun, die kleinen Mädchen kannten den Täter und sind wahrscheinlich freiwillig mitgegangen. Zunächst! Aber was ist mit der Journalistin? Ihr Kind wurde niedergeschlagen, daher kann sie nicht freiwillig mitgegangen sein. Sie wird sich sicherlich auch gewehrt haben. Wenn es so ist, braucht der Täter dann nicht irgendwelche Betäubungsmittel, die er auch bei den ersten beiden Opfern benutzt hat? Diesmal dürfte es eine etwas größere Dosis gewesen sein, die auffallen dürfte!"

Stille folgte nach der letzten Aussage und legte einen Schleier aus Fragen über die rauchenden Köpfe des FBI-Teams. Scott Goodwin schüttelte sich als Erster aus dieser Starre. „Verdammt nochmal, Josh! Warum haben wir uns diese Frage nicht schon eher gestellt? Verdammt!" Über diese Tatsache ärgerte er sich wirklich. „Kannst du, während wir weiterhin an dem Profil arbeiten, schon mal Krankenhäuser und Apotheken nach Auffälligkeiten abklappern? Wir haben in diesem Zusammenhang die Kapazitäten des gesamten NYPD zur Verfügung gestellt bekommen. Nimm dir soviel Hilfe, wie du brauchst. Das hat die höchste Dringlichkeitsstufe, denn wir haben nur noch einen Tag, bevor wir eine weitere Leiche finden werden!"

*****

Andrew Coleman, der Chief of Department des NYPD, bog in eine Seitenstraße ein. Seine Nachtschicht hatte noch nicht mal richtig begonnen, als man ihn mit dem Personenschutz von Raffaella Bertani, einer Psychologin, beauftragt hatte. Sein Kollege bat ihn, ihn in der Nähe abzusetzen, damit er Kaffee und ein paar Donuts holen konnte. Nächte mit Personenüberwachung zogen sich gewöhnlich in die Länge.

Ganz leise parkte er neben dem Auto der Zielperson und wartete auf seinen Kollegen. Das Haus seines Schützlings war hell erleuchtet. In seinen Gedanken ging Coleman den Tag durch, während er unterbewusst nach Bewegung im Haus suchte. Es war eine Seltenheit, dass ausgerechnet einer der Chefs der oberen Etage den langweiligsten Teil der Polizeiarbeit erledigte, doch in diesem Fall kam die Order vom FBI. Das konnte er keinen unerfahrenen Kollegen allein machen lassen.

Als das Licht im Haus sich nicht veränderte, fühlte er sich verunsichert. Er beschloss, sich bei der Frau nach dem Rechten zu erkundigen, noch ehe sein Partner am Auto war. Entschlossenen Schrittes bewegte er sich zur Tür seines Schützlings und klingelte.

Weil niemand antwortete, versuchte er es erneut. Wieder nichts. Andrew horchte, doch aus dem Inneren des Hauses drang nicht das leiseste Geräusch, was die fehlende Reaktion erklärte.

Unterbewusst legte er seine Hand auf das Holster, wo seine Waffe steckte. Sein Kollege brauchte heute extrem lange. So lange konnte Coleman nicht mehr warten! Ganz leise schlich er um das Haus herum. Erst als er auf der Terrasse stand, fielen ihm die eingedrückten Spuren in der Erde auf. Die Terrassentür war aufgebrochen und klaffte einladend nach außen auseinander.

Andrew Coleman griff nach seiner Waffe, entsicherte sie und ging leise ins Haus. „Ma'am?", rief er halblaut, doch seinen Worten antwortete nur die Stille des hell erleuchteten Hauses. Seine Stimme verpuffte in der Luft.

Nachdem er das gesamte Haus gesichert hatte, griff er zu seinem Funkgerät, um die schaurige Wahrheit durchzugeben. Bald würde es hier vor Forensikern nur so wimmeln. Hoffentlich war dann sein Partner auch wieder da. Alleingang während der Streife war ein nicht zu verzeihender Fehler, besonders in seiner Einheit.

Kapitel 18

Montag. Puppenhochzeit.

„Wir haben vielleicht einen Treffer!", brüllte Josh McMelma plötzlich ganz laut durch das Büro. Die Emotionen gingen mit ihm durch. Der fehlende Schlaf tat sein Übriges. Das gesamte FBI-Team war bereits seit sieben Uhr auf der Suche nach verwertbaren Hinweisen, um einen weiteren Mord zu verhindern. Das Koffein hielt sie alle bei der Stange.

Noch ehe einer aus dem Team reagieren konnte, rannte Josh zu Scotts Einzelbüro, dem Vorzeigeraum der FBI-Zentrale. Der Raum war erstklassig gestaltet worden. Ein edler Tisch in Vollholz aus feinstem Mahagoni mit acht hochwertigen Stühlen, an dem die meisten Privatbesprechungen stattfanden, und ein passender Sekretär verliehen der sonst nüchtern wirkenden Inneneinrichtung einen auserlesenen Charakter.

Scotts Schreibtisch war derart vorbildlich aufgeräumt, dass lediglich ein kleiner Rahmen mit dem Bild seines Sohnes neben einem vor Jahren gebastelten Aschenbecher an das Privatleben des Bürobesitzers erinnerte.

Den Aufschrei seines IT-Fachspezialisten an seinem Arbeitsplatz konnte Scott vorhin nicht wahrnehmen, da die dicken Wände nicht besonders geräuschempfindlich waren. Daher sah er stumpf vom Computer auf und versuchte die eben gesagte Worte zu begreifen.

Die Tür öffnete sich mit einem kraftvollen Ruck. Selten passierte es, dass einer seiner Leute den Raum zum Chef betrat, ohne vorher anzuklopfen. Nacheinander sah er das gesamte Team an, da McMelmas unkontrollierter Ausbruch alle neugierig machte.

Josh galt eher als ein zurückhaltender Mensch, dem man nur wenige Gefühle zubilligte. Noch bevor Scott den Mund aufmachen konnte, sprudelten erneut die Worte aus McMelma wie das Wasser aus einem Wasserfall im Frühling. Diesmal als Zusammenfassung für das Team.

„Ich habe gerade eine Meldung aus dem Brooklyn Hospital erhalten. Der leitende Pharmazeut vermisst einige Medikamente. Allesamt Betäubungsmittel! Eigentlich geht es schon seit einiger Zeit so, doch heute früh, vor einer Operation, ist ihm aufgefallen, dass ein bestimmtes Mittel in einer so hohen Dosis verschwunden ist, dass er diesmal das NYPD informieren musste. Der zuständige Police Officer hat auch direkt bei mir angerufen, da wir gestern das Profil durchgegeben haben. Wenn das nichts ist, dann weiß ich nicht!" Als er die Miene seines Chefs sah, zügelte er sein Temperament. „Ist etwas passiert?"

Scotts blaue Augen nahmen eine metallische Farbe an, die ihm einen Hauch von eisiger Kälte und Entschlossenheit verlieh. Zwischen seinen Augen bildete sich eine Falte der Besorgnis, während er seinem Team, das gerade wie gebannt an der Tür stand, den weiteren Stand der Dinge mitteilte.

„Gerade habe ich einen Anruf bekommen. Wir haben ein weiteres Entführungsopfer. Diesmal ist es Raffaella Bertani, die Ehepartnerin der entführten Journalistin. Entweder läuft der Täter gerade Amok, oder er baut sich ein familiäres Publikum auf! Nicht auszudenken, was passiert wäre, wenn die kleine Tochter auch zu Hause gewesen wäre. Wir haben die Überwachung in der Klinik, wo das Kind noch untersucht wird, verstärkt. Auf unsere Bitte hin wird sie vorerst nicht entlassen." Dann sagte er mehr zu sich selbst als zu seinen Kollegen: „Und wir haben nichts in der Hand! Gar nichts!"

Diese Worte, die schwer in der Luft hingen, erzeugten umgehend eine paralysierende, erbarmungslose Stille, die keiner zu durchbrechen wagte. Sie hatten tatsächlich nichts außer drei Entführungsopfern! Und die Zeit wurde knapp. Verdammt knapp sogar.

„Ich sehe das so …", Angel traute sich nach einer kurzen Weile als Erste, einen Schimmer der Hoffnung zu erwecken. Noch hatten sie ‚nur' drei Entführungen, keine Leichen. Die Zeit war knapp, doch sie mussten sich an jeden Strohhalm klammern, den sie bekommen konnten. Mochte sein, dass sie wenig hatten, doch sie hatten mehr als Nichts. „Der Medikamentendiebstahl war in der Nähe vom Boerum Park. Das wäre wirklich erstaunlich, wenn es nicht mit unserem Täter zu tun hätte. Vielleicht ist das diesmal sein großer Fehler."

Scott ließ sich von der aufkeimenden Zuversicht anstecken. „Wir fahren mit Angel ins Krankenhaus und lassen uns berichten, was genau entwendet wurde. Unter Umständen brauchen wir Josh im Büro zum Abgleich der Daten. Der leitende Pharmazeut wird uns sicher etwas über den Schwund sagen können, doch es wäre schön, Michelle, wenn wir ebenfalls auf dein Wissen in der Zentrale zurückgreifen könnten!"

Dann wandte er sich an seinen alten Freund: „Bryan, kannst du dich nochmal im Park umsehen? Vielleicht haben wir doch noch etwas übersehen …"

Plötzlich herrschte Betriebsamkeit in dem Team, in dem nie offen über Freundschaft gesprochen wurde, und doch jeder für jeden im gleichen Maße einstand, als wären sie eine Familie.

*****

„Eine Überraschung, meine Damen! Gleich werde ich sie euch präsentieren, nur Geduld! Ich hoffe, ihr freut euch schon darauf!", hörte Doreen Bertani ihren Peiniger schnaufend rufen, als würde er etwas Schweres bewegen. Sie zuckte zusammen. Die Ereignisse der vergangenen Stunden überrannten sie, sodass sie drohte, darunter zu ersticken.

‚Doch nicht jetzt!', befahl sie ihrem Körper, zu gehorchen und die aufsteigende Beklemmung zu unterdrücken. Sie musste jetzt jederzeit kampfbereit sein!

Soweit es ging, hob Doreen vorsichtig ihren Kopf. Ihre Handgelenke taten ihr sehr weh, weil sich das Plastik im Schlaf in die Haut hineingefressen hatte. Eng an ihren Rücken angelehnt lag Zoey und schlief. Mit den angewinkelten Beinen sah sie eher einem Embryo gleich als einer Frau, die dieser kranke Irre in ihr finden wollte.

Als es endlich zu Doreen durchgedrungen war, dass das Mädchen sie in der Nacht offenbar mit einer stinkenden Auflage zugedeckt hatte, kamen ihr Tränen der Rührung. Einen wunderbar erholsamen Schlaf wollte sie diesem verletzlichen Kind gönnen, doch sie wusste, dass sie es noch nicht durfte. So sanft, wie es nur ging, wisperte sie Zoeys Namen.

Die Kleine bewegte sich ein wenig. „Schatz! Zoey! Wach auf!", flüsterte sie diesmal halblaut. Wie gern würde sie jetzt die Kleine zum Aufstehen sanft streicheln, wie sie es jeden Morgen bei ihrer Tochter tat. Doch ihre am Bett angebundenen Handgelenke schmerzten bereits bei der kleinsten Bewegung.

Das Mädchen streckte sich. Augenblicklich saß sie angsterfüllt auf dem Bett. Ihr gemeinsamer Entführer hatte sie offenbar schon erfolgreich zum Gehorsam trainiert. Als sie realisierte, dass keine Gefahr bestand, rieb sie sich kurz die Augen.

„Hör mal zu, Zoey! Wir werden es schaffen, hier wegzukommen! Ich verspreche es dir! Meine beste Freundin, Raffaella, sucht mit deinen Eltern bereits nach uns und wird nicht aufhören, bis sie uns beide gefunden hat!" Sie verschwieg dem ohnehin schon verängstigten Kind, dass seine Mutter nach einem Nervenzusammenbruch in der Klinik lag. Sie mussten sich dringend motivieren, sonst waren sie beide verloren. Der imaginäre Duft von Raffaellas Bettwäsche stieg aus der Erinnerung in ihre Nase. Es wirkte so betörend, dass sie neuen Mut fasste.

„Zoey, wenn er kommt, versuche ich ihn abzulenken. Du musst hier weglaufen und Hilfe holen! Egal, was er macht, du rennst, verstanden? Ohne dich umzudrehen, das musst du mir versprechen, Kleines! Ich werde allein mit ihm fertig! Du musst tun, was ich dir sage, dann wird alles gut, Zoey!" Doreen fragte sich, ob ihre Stimme wenigstens das Kind überzeugen konnte. Trotz steigender Motivation war sie noch meilenweit von einer Hoffnung entfernt.

Noch ehe das Mädchen Doreens Worte nickend bestätigen konnte, ging die Tür mit einem Knall auf. Die Kleine zuckte am ganzen Körper zusammen, als hätte man sie gerade in diesem Moment geschlagen.

„Zoey, meine kleine Braut! Ich habe ein Geschenk für dich! Du bekommst an deinem wichtigsten Tag Besuch!" Sein Grinsen wirkte verzerrt. „Meine Damen, was denkt ihr, was ich dort oben in der Wand installiert habe? Eine kleine Kamera, damit ich mich an eurem Anblick erfreuen kann. Soviel zur Privatsphäre!"

Sein früher recht gut aussehendes Gesicht verzog sich zu einer Fratze. „Zoey wird nirgendwohin wegrennen, Doreen! Sie bleibt bei mir, wie auch deine Raffaella - bis zum bitteren Schluss, meine Liebe!" Eine böse Vorahnung ergriff Doreen bei der Erwähnung von Raffaellas Namen, doch sie wollte nicht an das Schlimmste denken. Während ihr Peiniger das Kind in das andere Zimmer bugsierte, um es einzuschließen, kämpfte sie mit fatalen Befürchtungen, die sie geradewegs überfielen.

„Das musst du sehen, Doreen!" Diesmal begleitete seine Stimme im Eingangsbereich ein klapperndes Geräusch, als würde er etwas Schweres die Treppe herunterrollen. Mit leisem Stöhnen hob sie erneut schwach ihren Kopf. Sie war bereit, alles zu ertragen, nur nicht das, was sie gleich zu sehen bekommen würde.

Auf dem klappernden Rollstuhl saß Raffaella, völlig reglos.

Das blanke Entsetzen, das sich in Doreens Augen abzeichnete, konnte nicht im Geringsten das Gefühl wiedergeben, das sie in ihrem Herzen empfand. Sie war unfähig, etwas zu sagen. Nicht mal zum Einatmen war sie gerade imstande.

Raffaellas Arme und Beine waren an den Rollstuhl gefesselt. Hinter ihrem Kopf stand eine Holzstange, an die ihr Kopf fixiert worden war, damit er nicht auf ihre so wundervolle Brust fiel. Ihr Blick war leer, wie bei einer Marionette.

Während Doreen ihre Liebste wie gebannt anstarrte, hörte sie das Monster mit Genugtuung in der Stimme sagen: „Ich habe ihr eine kleine Dosis von Pancuronium gegeben. Du kannst mit ihr reden, denn sie versteht dich. Sie kann dich auch sehen, weil es, wie gesagt, nur wenig war. Das Einzige ist, sie kann sich kaum bewegen, weil ich sämtliche ihrer Muskeln lahmgelegt habe! Auch die Schließmuskeln, falls du dich wundern solltest, warum sie untenrum so nass ist!"

„Du elender Wichser!", entfuhr es Doreen. Sie konnte ihre Tränen der Verzweiflung nicht mehr zurückhalten.

Nur ein einziger Gedanke brannte sich in ihr Gehirn und blockte alle anderen: Sie waren verloren! Trotz des Kindes im Nebenraum konnte sie ihre aufsteigende Wut nicht mehr aufhalten, die sie in diesem Augenblick explodieren ließ: „Du Hurensohn! Du Schwein! Was hast du ihr nur angetan?"

Doch ihre Worte verstummten im Inneren des perfekt isolierten Kellerraumes. Das Letzte, was sie noch hörte, bevor sie seine Faust im Gesicht in den Sternenhimmel beförderte, war sein bestialisches Lachen.

Kapitel 19

Nervös lief Sean Dunkin in seinem Büro auf und ab. Warum war ihm der Verlust bloß nicht schon eher aufgefallen? Seine schlampige Arbeit könnte ihn die Stelle als leitender Pharmazeut der Zentralapotheke im Brooklyn Hospital kosten. Zum hundertsten Mal schaute er auf seine Unterlagen. Da war wirklich nichts zu machen! Zunächst kleiner, wenn auch kontinuierlicher Schwund, den er anfangs ignoriert hatte. Jetzt fehlte noch viel mehr!

Gedankenversunken nahm er das leise Klopfen nicht wahr. Scott Goodwin trat als Erster entschieden in das kleine, vollgestopfte Büro hinein. Der Aufmerksamkeit seiner Partnerin entging es nicht, dass der Mann ziemlich nervös wirkte. Er vermochte vielleicht auf seine Mitarbeiter in seinem frisch gebügelten Hemd und der grauen Faltenhose sehr smart wirken. Doch die sichtbar gewordene, innere Anspannung ließ seinen feinen Anschein bröckeln. Verlegen darüber, eine gut aussehende Polizistin zu sehen, strich er sich über seinen recht kahlen Kopf.

Auch diese Geste entging Angels Aufmerksamkeit nicht. „Guten Morgen, die Kollegen vom NYPD haben uns über das Problem informiert. Das ist Assistant Special Agent in Charge Scott Goodwin", sie schaute zu ihrem Kollegen, „mein Name ist Angel Davis, Special Agent. Wir kommen vom FBI." Die Reaktion, die Männer auf diesen Auftritt zeigten, war fast immer gleich. Bewunderung gepaart mit Ehrfurcht.

„Vom ... FBI?" Das ohnehin blasse Gesicht des leitenden Pharmazeuten wurde noch bleicher. Er schluckte seine Angst laut herunter. „Ähm ... Hier geht es lediglich um Schwund oder Diebstahl. Warum gleich das FBI?"

„Möglicherweise können wir Parallelen zu einem unserer Fälle ziehen." Angel übernahm das Gespräch. Wenn einer der beiden Beamten aus Männern effektive Informationen herausbekommen konnte, dann war sie es. Die Kerle hingen ihr förmlich an den Lippen, in der Hoffnung, Bestätigung aus ihrem Mund zu erfahren. Wie die Pawlowschen Hunde, die man mit Belohnungen konditioniert hatte, beim Glockenschlag Speichel abzusondern. „Gibt es hingegen keinen Zusammenhang, dann werden wir diesen Fall an das NYPD weiterleiten."

Das Gesicht von Sean Dunkin nahm wieder etwas Farbe an. Die Tatsache, FBI-Agenten in seinem Büro zu sehen, jagte ihm derart Angst ein, dass er beschloss, weitgehend bei der Wahrheit zu bleiben.

„Seit einigen Monaten verschwand hin und wieder ein Medikament bei uns. Es waren so geringe Mengen, dass es sich damals nicht gelohnt hätte, eine Meldung zu machen. Zwischendurch vergaß ich es auch. Der Medikamentenschrank war nicht angerührt, also gab es kein Problem. Jedenfalls keinen Einbruch. Ich dachte, ich hätte die Bestellmengen nicht richtig angepasst. Dann vergaß ich das Problem schnell wieder. Doch gestern ist mir bei der Bestandsaufnahme aufgefallen, dass erhebliche Mengen an Gamma-Hydroxybuttersäure fehlen."

Während Angel und Scott die Situation systematisch zu erfassen versuchten, deutete der Pharmazeut die entstandene Stille fälschlicherweise mit Inkompetenz auf seinem Gebiet.

„Gamma-Hydroxybuttersäure sind die sogenannten Knock-out-Tropfen, die bei uns therapeutisch als Schlaf- oder Beruhigungsmittel, beispielsweise bei Schnittentbindungen, eingesetzt werden. Wir hatten sie in großen Mengen immer vorrätig. Als ich jedoch gestern den Bestand überprüft hatte, fiel mir ein Mangel auf. Ungefähr 6 g waren nicht auffindbar. Eine höhere Dosierung von etwas mehr als 2,5g kann einen Menschen töten. Die Dosis reicht also durchaus, um locker zwei Leute ins Jenseits zu befördern!" Sean Dunkin schaute sehr unglücklich.

FBI-Agenten wurden allerdings jahrelang geschult, ihre eigenen Gefühle zu verstecken. Die Zeit in den Einsätzen führte ebenfalls zu einem gewissen Abstumpfen der Emotionen. Für Außenstehende. Doch durch die jahrelange Zusammenarbeit hatte Scott diese winzige, kaum wahrnehmbare Stirnfalte auf Angels Gesicht zu deuten gelernt. Sollte dieser Irre, der sein Tatmuster ständig änderte, im Besitz von diesen Medikamenten sein, dann war es um das Leben von zwei erwachsenen Frauen und einem Kind ziemlich schlecht bestellt! Die Hoffnung blieb, dass es sich um eine falsche Fährte handelte.

„In großen Mengen sind also nur die K.-O.-Tropfen verschwunden. Was ist mit dem anderen Medikament, das Sie erwähnten?"

„Ähm ... Die Vorstellung ist beinah noch gruseliger!" Der Pharmazeut schaute Scott durchdringend an. „Uns fehlt noch Pancuronium, ein Muskelrelaxans. In manchen Staaten wird das Medikament häufig zusammen mit Thiopental und Kaliumchlorid bei der Hinrichtung durch die Giftspritze verabreicht. Seine Aufgabe ist, die Person zu paralysieren, wobei eventuell Herzstillstand und Atemdepression die Ursache des Todes sind. Bei uns wird das Mittel in entsprechender Dosis vor allem bei Narkosen angewandt. Bei einer hohen Dosis ist eine maschinelle Beatmung absolut erforderlich. Werden kleinere Konzentrationen injiziert, wird lediglich die quer gestreifte Muskulatur gelähmt. Mit etwas Glück oder Erfahrung erstickt der Delinquent nicht, weil es nicht zur Atemlähmung kommt. Stattdessen wird er in seiner Bewegung paralysiert - bei vollem Bewusstsein."

Diese Vorstellung war in der Tat furchterregend. Angels Stimme bekam einen leicht matten Unterton. „In welcher Dosis vermissen Sie dieses Präparat?"

„Alles in allem und über die Zeit verteilt ungefähr 15mg Pancuronium." Sean Dunkin bemerkte das Unverständnis in den Augen der FBI-Agenten. „Mit dieser Menge können Sie ungefähr 6 Leute innerhalb kürzester Zeit für eine bis zwei Stunden lähmen oder bei höherer Dosis ersticken."

„Wo befanden sich diese Medikamente?" Scott fand als Erster seine Sprache wieder. Der Pharmazeut zeigte ihnen den Schrank. Die Zeit war nun reif, die Spurensicherung anzufordern. Vielleicht würden sie doch einen brauchbaren Abdruck finden? Scott bezweifelte allerdings eine Nachlässigkeit in diesem Fall, im Angesicht der Tatsache, dass der Mörder post mortem sehr sorgfältig mit seinen Opfern umgegangen war. Falls er der gesuchte

Mann war, würden sie mit der Spurensicherung vermutlich in eine Sackgasse laufen.

„Ich sehe hier keine Einbruchsspuren, Scott!", flüsterte Angel, obwohl der Apotheker nicht in ihrer unmittelbaren Nähe stand. „Was sagst du?"

„So auf den ersten Blick sehe ich auch nichts. Dieser Schrank ist aber nicht besonders schwer aufzubrechen, ohne offensichtliche Spuren zu hinterlassen. Ziemlich einfache Konstruktion. Schau mal!"

In der Tat war das Schloss nicht eines der sichersten. Angel wandte sich wieder an den Pharmazeuten. „Haben Sie etwas Auffälliges bemerkt, vielleicht, dass ein Schloss nicht schließt oder sonst etwas?"

„Nein. Unsere Apotheke ist ziemlich gut gegen Diebstahl gesichert. Es gäbe nur die Möglichkeit, während der Arbeitszeit an diesen Schrank zu kommen. Doch es würde irgendjemandem auffallen, weil wir aus Sicherheitsgründen im Zwei-Mann-System arbeiten. Ich könnte mir beim besten Willen nicht vorstellen, dass jemand sich während der Arbeitszeit unbemerkt Zugang verschafft haben könnte. Und unsere Tür besitzt ein spezielles Sicherheitsschloss. Es ist praktisch unmöglich, einzubrechen, ohne dass ich davon erfahre!"

„Ich brauche die Namen aller Ihrer Mitarbeiter, die bis auf einen Abstand von zwei Metern an den Schrank herankommen könnten. Bitte denken Sie gründlich nach! Die Spurensicherung dürfte demnächst eintreffen. Wir brauchen die Namen allerdings sofort!" Scott wurde plötzlich sachlich, was ein Indiz dafür war, dass er einen geringen Zusammenhang zwischen dem Einbruch und dem ‚Dolly-Lover' vermutete.

Während der leitende Pharmazeut an seinem Schreibtisch im Büro sitzend akribisch genau die Namen seiner Mitarbeiter notierte, schaute sich Angel um. Seans kleiner Raum war vollgestopft mit Akten und Papieren, die scheinbar keiner Ordnung folgten. Zumindest keiner für sie nachvollziehbaren.

Angel Davis war ein äußerst penibler Mensch, ein Pedant geradezu. Unordnung brachte sie aus dem Konzept. Für sie musste alles einen Platz haben. Die Handlungsweise von chaotischen Menschen verstand sie, soweit es einem Profil entsprach. Sich in diese Chaoten hineinversetzen konnte sie dagegen nicht.

Mit genügend Zeit hätten sie nach tröstenden Worten für Sean Dunkin gesucht. Immerhin war es gerade nicht gut um seine Stellung als leitender Pharmazeut bestellt. Erst recht nicht, wenn weitere Menschen durch seine Nachlässigkeit zu Schaden kommen würden. Während sie sich die zahlreichen Bücher genauer anschaute, verspürte sie erneut ein lästiges Jucken in der Nase. Scheinbar meldete sich ihre Stauballergie. Offenbar hatte sich seit Jahren keine einzige Putzfrau in diesen Raum hinein getraut.

„Sagen Sie, werden die Räume der Apotheke auch gereinigt?", fragte sie überrascht, dass ihr die Idee nicht schon früher gekommen war.

„Selbstverständlich haben wir Reinigungspersonal!", antwortete Sean gereizt über diese Art von Fragen, deren Antworten für Apotheken wohl zur Selbstverständlichkeit gehören sollten. „Diesen Raum lasse ich allerdings nur während meiner Anwesenheit reinigen, damit mir keiner meine Unterlagen durcheinanderbringen kann. Für den Ladenbereich haben wir eine Handvoll vertrauter Mitarbeiter, die von mir persönlich sorgfältig geprüft wurden. Jeder von denen muss einen Wohnsitz angeben. Bei den Reinigungskräften wird sogar die Adresse durch den Teamleader zwischendurch überprüft. Es ist eine Vorschrift, seit …"

„Könnten Sie bitte auch diese Namen notieren?" Angels Stimme klang mehr nach einer Feststellung als einer Frage.

Wortlos griff Sean Dunkin zu einem dicken Ordner und suchte die Namen aus, während Angel eine ihr altbekannte Nummer der FBI-Zentrale wählte.

*****

Müde rieb sich Josh McMelma seine Augen. Der fehlende Schlaf und die Überstunden, die er zurzeit am Computer leistete, forderten ihren Tribut. Die Buchstaben tanzten förmlich auf dem Bildschirm. ‚Zeit für ein kleines Päuschen', dachte er, streckte sich aus und ging ans Fenster. Während sein PC mit dem Einspeisen aller bekannten Informationen zu Zoeys Fall beschäftigt war, schaute er hinaus.

Aus der Höhe des 20. Stockwerkes des FBI-Gebäudes erschien die Welt so winzig. Die Menschen ähnelten emsigen Ameisen, obwohl sich die Hektik des frühen Morgens etwas gelegt hatte. Noch ungefähr zwei Stunden, bis die Stadt wieder im geordneten Chaos versinken würde. Hungrige New Yorker auf der Suche nach dem mittäglichen Fast Food.

Und zwischen ihnen die Jäger, auf der Suche nach neuen Opfern. Nach Kindern, nach Frauen, nach Männern. Mit den individuellen und perversen Vorlieben der Täter. Geleitet von unterschiedlichem Verlangen, mal stärker, mal schwächer, endlich gefasst zu werden. Sicher war nur, dass die übelsten Taten über kurz oder lang als Aktenordner im 20. Stockwerk auf McMelmas Schreibtisch landen würden. Zahlreiche leer starrende Gesichter von Opfern, die niemals aus seinen Träumen verschwinden würden.

Das Klingeln des Telefons unterbrach seine Gedanken. Josh nahm bereitwillig seinen Arbeitsplatz ein, nachdem er den Hörer abgenommen hatte. Diese neuartigen Head-Sets, mit denen die Mitarbeiter des FBI ausgestattet wurden, mochte er nicht gern. An genau diesem Punkt war das Computer-Genie sehr altmodisch.

„Hi, Josh! Ich habe was für dich!", hörte er Angel aufgeregt sagen. „Es ist eine Liste, die du überprüfen musst. Scott denkt, dass unser Täter dabei ist. Möglicherweise eine heiße Spur!" In diesem Moment piepte das Telefon auffällig laut – ein Hinweis, dass er die Liste gerade erhalten hatte.

„Angel, ich werde es sofort durchgehen und melde mich dann bei dir, okay?"

„Noch eins! Prüfe bitte die Querverbindungen zu den anderen Fällen: Namen, Orte, Auffälligkeiten ... Alles, was uns im Computer zur Verfügung steht!"

„Ich bin schon längst dabei, meine Göttin! Meine zarten Finger huschen nur so über die Tastatur!" Das freche Grinsen offenbarte ein Grübchen. Die Kollegen beim FBI bauten untereinander fortwährend ein wenig Menschlichkeit ein. Als einen besänftigenden Ausgleich zu ihrem harten Alltag in der widerlichen Welt der Bestien. „Wenn ich fündig geworden bin, rufe ich zurück, okay?"

„Mach das! Wir schauen uns noch etwas in der Apotheke um, bis die Spurensicherung eintrifft. Vermutlich werden sie nichts finden, aber man weiß ja nie. Bis gleich!" Mit diesen Worten legte Angel auf, ohne die Antwort ihres Kollegen abzuwarten. Mit jeder verstrichenen Minute wurde ihnen bewusst, wie sehr sie alle unter Druck standen. Ein Stillstand in den Ermittlungen bedeutete womöglich den Tod dreier Menschen.

Pausenlos strichen die Fingerkuppen von Josh McMelma über die Tastatur, wie bei einem virtuosen Pianisten über die Klaviatur. Der Unterschied war nur, dass sie keine Geräusche, sondern Datensätze über Datensätze abriefen, die sein Gehirn in Sekundenschnelle auf Relevanz zum Fall hin untersuchte.

Die ersten zwanzig Namen ergaben absolut keinen Treffer. Scheinbar hatte sich jemand die Mühe gemacht, die Mitarbeiter nach ihrer fehlenden kriminellen Vergangenheit auszuwählen. *„Reinigungspersonal"*, las Josh die nächste Untergliederung der Namen. Unermüdlich gab er weitere Namen ein, in der Hoffnung, eine Querverbindung zu finden. Irgendetwas, das sie weiterbringen würde.

Was Josh McMelma fand, war jedoch wesentlich besser, als er sich je hätte träumen lassen. Aufgeregt wählte er Angels Nummer.

„Du wirst nicht glauben, was ich für dich habe, meine Süße!", platzte es förmlich aus ihm heraus. „Leute mit ‚böser' Vergangenheit fand ich erstmal nicht. Doch ein besonderer Name taucht dennoch auf deiner Liste auf. Ist es ein Zufall, wenn dort ein äußerst hilfreicher Zeuge vom Fall in Madison aufgetaucht ist?"

Angel schluckte. „Madison war doch ..."

„Ja, das war tatsächlich der Fundort der ersten Leiche", beendete Josh den Satz. „Und unser befragter Zeuge war vor drei Jahren ungewohnt gesprächig! Zumindest laut der Aufzeichnungen. Leider haben wir keine Informationen über seinen weiteren Aufenthaltsort. Aber mehrere Arbeitsstellen. Er braucht offenbar viel Geld. Bei einer davon bin ich mir sogar ziemlich sicher, dass sein Arbeitgeber weiß, wo er wohnt. Ich schicke es euch rüber!"

Kapitel 20

Zum letzten Mal in seinem Leben schob Oliver Bradley den Rollstuhl in den Garten. „Das war's! Nie wieder! Und tschüss!", murmelte er leise. Wie immer stellte er das Fahrgestell unter den Baum, doch diesmal mit Erleichterung. Es gab nichts, was er mehr hasste als diese Aufgabe! Er gab sich diesmal einen Ruck und zupfte sogar die Decke zurecht. Als ob es etwas ausmachen würde! Aber egal, die Cops waren ihm sicher bereits auf den Fersen, wenn sein Freund mal wieder etwas angestellt hatte.

Mit seinem Doppelleben abschließend sah er sich nochmal im Garten um, bevor er eiligen Schrittes ins Wohnungsinnere trat. Im Eingangsbereich lag seine Tasche, in die er seine letzten Habseligkeiten verstaut hatte. Nun war es an der Zeit, einen letzten Besuch abzustatten.

„So soll nun der erste Tag meines restlichen Leben aussehen!", murmelte er selbstzufrieden. Daisy kläffte wie verrückt, als er sie in sein Auto sperrte. Die Hündin mochte das Fahren nicht besonders, doch es war nicht der richtige Zeitpunkt, auf ihre Abneigungen Rücksicht zu nehmen.

Wie gut, dass die Tasche und der Hund die letzte Verbindung zu seiner bisherigen Bleibe darstellten. Alles andere hatte er bereits erledigt! Nun würde es kein Problem sein, mit seiner Vergangenheit abzuschließen. Oliver zog sich seine Sportschuhe an und verließ zum letzten Mal das Haus, ohne sich nochmal umzudrehen.

Die spürbare Anspannung der winzigen Kreatur, an der sein Herz so sehr hing, verbreitete sich im Auto wie Rauch in einem brennenden Schuppen. Mit monotoner Stimme versuchte er, Daisy zu beruhigen. „Fein, alles fein, Mausi. Wir sind gleich da! Fein, ganz fein!"

Erst, als sie in den dem Hund bekannten Wald eingebogen waren, fing das kleine Schwänzchen zu wedeln an. Die Dackeldame fühlte sich wieder sichtlich wohl.

„Du musst dich noch gedulden, Daisy! Bin gleich wieder da! Ich bringe noch die restlichen Sachen rein. Für ein paar Tage wird es unser gemeinsames Zuhause sein. Ich denke, unser Besuch ist bereits eingetroffen!"

Fröhlich durch die Zähne pfeifend, machte er sich auf den Weg zur Hütte. Durch Daisys unzufriedenes Kläffen begleitet, verstaute er seine Tasche in der Hütte und schloss sie selbstzufrieden ab. Das sollten die ersten Schritte in seinem neuen, ehrlichen Leben sein!

„Bei Fuß!", instruierte er den Hund, der ohnehin nicht besonders gut auf ihn hörte. Der Wald war voller Gerüche, die einen Jagdhund fortwährend lockten. Die Natur forderte ihren Tribut.

Fluchend griff Oliver Bradley nach der Leine, die noch an Daisys Halsband befestigt war und hörbar auf dem Weg scheuerte. Der Hund wurde abrupt gebremst. Die sonst so lustige Szene erboste Oliver.

„AUS!", schnauzte er seine Hündin an. „Wir haben keine Zeit für Quatsch!"

Diesmal befestigte er die Leine an seinem Gürtel, sodass sie ihnen beiden genug Bewegungsfreiheit zum Laufen bot. Nach ein paar Dehnübungen zog er die Schnürsenkel seiner Laufschuhe etwas enger zusammen und fing zu joggen an. Daisy fügte sich seinem Schritttempo mit Leichtigkeit an.

Für gewöhnlich würde man Oliver Bradley, dem drahtigen Rentner, so viel Kraft und Ausdauer nicht unbedingt zutrauen. Die brauchte er aber, um seinem Doppelleben nachzugehen. Daher begleitete ihn sein treuer Hund jeden frühen Morgen in den Wald, um gegen Mittag die Luft des Boerum Parks mit den Kindern genießen zu können. Nur heute war es anders. Heute würden sie mit seinem Besucher in der Waldhütte übernachten.

Im gleichmäßigen Rhythmus schnaufend näherte er sich der verabredeten Stelle am Ufer. Der See glänzte so wunderschön in der Mittagssonne, dass er sie förmlich zum Baden einlud. Fast konnte man vergessen, dass der Herbst längst Einzug gehalten hatte und das Wasser aufgrund der Kühle sicherlich nicht mehr zum Schwimmen geeignet war.

Noch einige Minuten trippelte Oliver Bradley auf der Stelle herum, um seinen Körper auf eine halbwegs annehmbare Betriebstemperatur zu bringen, bis er sich auf dem grünbewachsenen Boden hinsetzte. Trotz seiner körperlichen Fitness fiel es ihm mit zunehmendem Alter immer schwerer, in den Ruhezustand zurück zu finden. Sein Kopf war voller Ideen, wie er den Tag verbringen wollte.

„Tach!" Die Stimme wirkte plötzlich so fremd an diesem Ort. Wie sich die Akustik änderte, wenn um die Menschen plötzlich die Stille des Waldes und nicht der Lärm der Stadt herrschte!

„Hi", antwortete Oliver Bradley, während sich Dexter Gardener zu ihm auf den Boden gesellte. Der Rentner fuhr fort: „Die Cops suchen schon eifrig nach dir! Irgendwie ist es rausgekommen, dass du diese Journalistin als letzter gesehen hast. Dein Kiosk wurde bestimmt auch ordentlich durchwühlt ..."

„Shit! Verdammter!" Dexters Gesicht wurde leichenblass, was die vergilbte Färbung seiner Zähne noch ungesünder aussehen ließ. „Verdammte Kacke nochmal! Ich habe im Kiosk ein paar Beweismittel liegen lassen. Wenn die das finden, sind wir geliefert!"

„Du bist geliefert, Dexter! Nur du! Auf mich kommen sie nicht!" Oliver versuchte seine latent vorhandene Angst mit fester Stimme zu unterdrücken. Um nichts in der Welt durfte man ihn mit dieser Sache in Verbindung bringen.

„Du Idiot! Weißt du noch, dass wir letztens ein paar Bilder gemacht haben? Die Bilder in deinem Haus, weißt du nicht mehr?" Dexters Stimme bebte.

„Für wie senil hältst du mich eigentlich? Natürlich weiß ich das! Sind ja alle in der Hütte, hier im Wald, hast du mir erzählt! Bis die Cops auf die Hütte kommen, sind wir über alle Berge! Wo liegt das Problem?" Langsam traf Oliver Bradley die Erkenntnis mit voller Wucht. „Du Idiot! Du debiler Hurensohn! Du hast sie doch nicht dort ..."

„Doch, habe ich. Ich wollte sie gestern holen, und gerade, als ich sie in die Hand nehmen wollte, kam doch die blöde Kuh, diese Journalistin, herein! Mir ist dann alles aus der Hand gefallen. Scheiße, verdammte! Hätte ich nicht gleich danach einen wichtigen Kunden für UNSERE Filme gehabt, dann hätte ich die Bilder danach abgeholt. Doch die Kleine, die bei mir arbeitet, hat mich wegen irgendeiner Kreditkarte von dieser Kuh verpfiffen. Ich weiß noch nicht mal, was das sollte! Seitdem bin ich in der Hütte!"

„Du bist so eine Missgeburt! Du Depp! Wie kann man bloß so dumm sein? Vielleicht stand auch noch meine Adresse auf den Bildern?" Oliver Bradley fasste sich an den Kopf. Dexter Gardener war nicht der hellste, doch Olivers Visitenkarte lag doch sicherlich nicht bei den Bildern! Gewiss würden sie noch einen Abend in der Hütte verbringen können, bevor die Cops ihnen auf die Schliche kamen, doch dann ...

In einer Hinsicht hatte sich Bradley allerdings gründlich geirrt. Zum gleichen Zeitpunkt wurde sein Haus, von dem er sich gerade eben verabschiedet hatte, vollständig auf den Kopf gestellt. Und was man von der Festplatte seines gelöscht geglaubten Computers rekonstruieren konnte, würde die Urheber für lange Zeit ins Gefängnis befördern.

Kapitel 21

Langsam kam Doreen Bertani wieder zu sich. Diese Tatsache schien zu einem Dauerzustand zu werden! Ihr brummender Schädel drohte erneut in kleine Stücke zu zerspringen. Selbst ein winziger Sonnenstrahl löste bei ihr eine Salve von Sinneseindrücken aus, die ihre Synapsen im Kopf an den Rand ihrer Leistungsfähigkeit brachte. Für den Umstand, dass man das Zimmer abgedunkelt hatte, war sie unendlich dankbar.

Eigentlich hatte sie keine Ahnung, wo sie war oder wie lange. Sie kannte nur die paar Wände und die Decke. Für ein Zimmer war es deutlich zu dunkel; für einen Keller zu hell. Sie befand sich eindeutig in einer Art Souterrainwohnung. Nur dann würden die Lichtverhältnisse passen. Sie waren mitten im Nirgendwo! Es war schon seltsam, wie schnell wir Menschen unsere Bedürfnisse auf ein Minimum senken konnten, sobald wir uns im Überlebenskampf befanden. Allein die Vorstellung, ihre geliebte Raffaella nochmal zu umarmen, erschien ihr wie ein unerfüllter Herzenswunsch. Eine Sache, die früher so alltäglich war, dass es schmerzte, sie verloren zu haben.

Instinktiv wollte Doreen mit der Hand über ihr Gesicht fahren, doch ihre Hände waren immer noch gefesselt. Ihr Peiniger hatte sich diesmal die Mühe gemacht, sie auf einem Stuhl, der an einer der Wände angelehnt war, zu fixieren. Sie versuchte die Hände zu lösen, doch der Höllenschmerz ließ sie jeden Gedanken an Flucht vergessen. Erneut hatte ihr Folterer einen Kabelbinder verwendet, der sich bei Bewegungen teils in die alten Wunden hineinfraß. Resigniert ließ sie die Hände in einer erträglichen Haltung hängen. Die Fesseln an den Füßen brannten nicht weniger schlimm.

Lediglich ihr Rumpf war fähig, leichte Bewegungen auszuführen, die sie nicht an den Rand des Wahnsinns katapultierten. Zumindest im motorischen Sinne, denn der Blick zur Seite ließ sie, wie bereits zuvor, vor Schreck erstarren.

Zu ihrer Linken war Raffaella in ähnlicher Weise befestigt auf einem weiteren Stuhl drapiert, als sollten sie beide gleich Zeugen einer erwartungsgemäß grausamen Vorstellung werden. In Todesangst vergaß sie die Schmerzen in ihren Armgelenken und startete einen weiteren sinnlosen Befreiungsversuch. Vergeblich. Es war nichts zu machen!

„Raffaella, Schatz! Hörst du mich, Liebes?", wisperte sie. „Wach auf!" Keine Antwort kam zurück. Sie versuchte es nochmal, mit gleichem Ergebnis.

„Keine Sorge, sie hört dich schon sprechen! Nur antworten kann sie nicht!", sagte ihr Peiniger, als er die Schwelle zu ihrem Gefängnis betrat. „Habe ihr etwas Pancuronium nachgespritzt. Schließlich sollen mir meine einzigen Zeugen meine Hochzeit nicht vermiesen! Sei doch froh, Mutter, dass ich euch auserwählt habe, diese wahre Seltenheit mitzuerleben. Wie aus einer kleinen Raupe ein wunderschöner Schmetterling wird. Was für ein von Freude erfüllter Tod!"

„Was willst du von uns?" Doreens sonst so selbstsichere Stimme wich einem resignierten Unterton.

„Ihr werdet sehen, wie viel Spaß wir miteinander haben, bevor eure Lungen durch eine letzte Dosis des Mittels ihre Arbeit einstellen werden! Du hast gelogen, Mutter! Zoey ist kein Kind mehr, und das werde ich dir heute beweisen!", klang er mehr als überzeugt. Es war Wahnsinn!

„Wenn Sie uns gehen lassen, werden wir nichts verraten! Ich verspreche es Ihnen!" Doreen versuchte sich an jeden Strohhalm, auch den aussichtslosesten, zu klammern. Vielleicht half es, wenn sie durch das Siezen dieses Irren Distanz schaffte?

„Aber Doreen!", seine Stimme klang plötzlich fast zärtlich. „Meine schöne, jung gebliebene Mutter. Was meinst du, warum ich euch zu der Hochzeit eingeladen habe? Weil ich sie liebe, natürlich! Weil ich dich liebe, obwohl du mich verlassen hast."

„Ich bin nicht Ihre Mutter. Sie irren sich!" Doreen versuchte verzweifelt, einem Wahnsinnigen mit rationalem Denken zu begegnen. Vergebliche Mühe. Er ignorierte sie.

„Hören Sie!" Doreen änderte nochmals die Taktik. Das Mädchen war jetzt ihre letzte Rettung. „Zoey ist noch ein Kind! Lassen Sie sie gehen! Sie waren doch auch mal ein Kind! Erinnern Sie sich doch mal daran! Die Kleine hat Angst vor Ihnen!"

„Nein!", schrie er plötzlich ganz schrill. „Sie hat keine Angst! Sie liebt mich! Das hat sie mir gesagt! Und du wirst es nicht ändern, Mutter! Aber du kannst deiner Raffaella einen schönen oder einen ganz schlimmen Tod bescheren, wenn du nicht die Klappe hältst!" Ganz offensichtlich hatte Doreen etwas angesprochen, was dieser Mann nicht hören wollte. Reizen wollte sie ihn jedoch nicht. Sie wusste nicht, wohin dieser Weg führte, und ihre Existenzangst war mittlerweile immens! Daher beschloss sie zu schweigen, während in ihrem Kopf ein neuer Fluchtgedanke aufkeimte.

Mit stoischer Ruhe widmete er sich wieder der Vorbereitung seiner imaginären Hochzeit, was auch immer dieser Unmensch darunter verstand. Er wechselte die Laken von der Pritsche, auf der Doreen die Zeit dieser Hölle auf Erden verbracht hatte.

Mit einer bordeauxfarbenen Decke, die er anschließend darauf legte, wirkte das Gestell schon fast wie ein annehmbares Bett. Im Freudenhaus, verstand sich. Die weißen Rosenblätter, die er darauf streute, wirkten bereits jetzt wie stumme Zeugen des Unrechts. So wie die Kerzen, die er auf dem Boden ausbreitete. Die Szenerie wirkte so grotesk, dass sich Doreen langsam fragte, ob sie nicht einfach nur einen furchtbaren Albtraum hatte, aus dem sie gleich aufwachen würde. Doch nichts dergleichen passierte!

Akribisch folgte sie diesem Mann mit ihrem Blick, um die Chancen für einen letzten Ausbruch einzuschätzen. Was würde sie tun, wenn er sie endlich losgebunden hatte? Vielleicht könnte sie ihn irgendwie überwältigen? Dazu musste sie ihre ganze Kraft sammeln! Soweit ihr Rumpf sich bewegen ließ und die Fesseln keine unerträglichen Schmerzen bereiteten, suchte sie nach einem Gegenstand im Zimmer, welchen sie ihm mit voller Wucht gegen den Kopf schmeißen konnte. Zur Not ging auch der Stuhl, auf dem sie saß, so hoffte sie zumindest. ‚Mit allerletzter Kraft werde ich es schaffen!', beruhigte sie sich.

„So! Das wäre fertig!", beendete der Mann selbstzufrieden seine grausame Zeremonie. „Nun widme ich mich meiner wunderschönen Braut! Doch damit du in der Zwischenzeit keinen Unsinn anstellst, werde ich auch dir etwas Entspannung schenken! Angenehme Hochzeit, meine Liebe!"

Mit diesen Worten hob er eine Spritze vom Bett, die so zierlich wirkte, dass sie Doreens Aufmerksamkeit vorhin entgangen war. Panik ergriff ihre Gedanken. Sie schrie herzzerreißend.

„Bitte nicht! Bitte!", flehte sie von Angst erfüllt, während er sich ihr näherte. „Ich werde keinen Unsinn machen! Ich will ja dabei sein! Ich will die Verwandlung sehen! Bitte! Bitte nicht!"

„Oh, das wirst du ja auch! Du wirst alles mitkriegen, bevor dein Herz zu schlagen aufhört! Ich verspreche es!", entgegnete er und enthüllte seine makellosen Zähne. Selbst jetzt wirkte er gepflegt, wie an jenem Tag, als sie zum allerersten Mal in seine Fratze des Grauens geblickt hatte. So einfach wollte sie es ihm allerdings nicht machen und begann, ihre Arme ganz kräftig zu bewegen. Höllenschmerzen waren besser, als sich diesem Monster hilflos auszusetzen.

Seine Kraft hatte Doreen jedoch maßlos unterschätzt. Fast spielerisch packte er ihren Arm, um ihr im nächsten Moment gekonnt einen Schuss dessen zu setzen, was sich auch immer in dieser Spritze befand.

„Wehre dich lieber nicht, Mutter. Dann tut es weniger weh!", beteuerte er mit makabrer Logik. Die Aussichtslosigkeit der Situation traf sie mit voller Wucht. Sie ließ ihn gewähren. Die pure, existenzielle Angst paralysierte ihren Wunsch nach Freiheit.

Während sich das Gift rasant in ihrem Körper ausbreitete, legte er die Spritze zur Seite und schaute zufrieden auf sie. In weniger als fünf Minuten würde es keinen Zeugen mehr geben, der seinem Liebesschwur widersprechen konnte. Zustimmend würden beide Frauen aufblicken, wie er sein Werk vollbrachte.

Endlich hatte er seine Liebe gefunden! Nun musste er sie nur noch vorbereiten. Hübsch sollte seine Braut für ihn werden!

„Zoey, Schatz! Ich habe dein Kleid hier!", rief er laut, während der Schlüssel im Schloss zu dem anderen Zimmer, wo er das Mädchen gefangen hielt, knarrte.

Doreen überfiel nach und nach ein Zustand der Unfähigkeit. Als würde sie in ein tiefes Loch fallen, aus dem es kein Entkommen gab. Das Gift verbreitete sich in jeder Pore ihres Körpers. Rasend schnell. Befand sie sich noch in der Wirklichkeit oder bereits in einem Traum? Sie konnte und wollte diese Frage nicht mehr beantworten.

Ihre bisher geordneten Gedanken zerstreuten sich im Kopf wie die Samenträger einer Pusteblume auf der Wiese, bewegt durch den sanften Hauch des Sommerwindes. Selbst die kleinste Bewegung der Finger musste sie sich vorstellen, weil ihr das Medikament das Bewegungszentrum, nicht aber ihre Gedanken ausgeschaltet hatte. Im Prinzip wusste sie, welche Befehle sie aussenden musste, um ihre Glieder zu bewegen, doch es fiel ihr so unendlich schwer, einen Auftrag zu formulieren. Eine bodenlose Traurigkeit überkam sie.

Bilder von Cassy, wie sie im Garten schaukelte, erschienen vor ihren Augen. Erinnerungen daran, wie sie lachte und weinte... Mit restlicher Kraft wollte sie diese Gedanken festhalten, wenn sie den letzten Atemzug tat, doch selbst diese Macht hatte sie nicht.

Bilder aus ihrer Kindheit, wie ihre Mutter sie wiegte, waren so mit denen ihrer Tochter verflochten, als wären sie eine große Einheit. Es war, als würden diese Ereignisse nebeneinander existieren und nicht einer zeitlichen Abfolge unterworfen sein. Ihr erster Kuss, ihre Tränen, als sie begriff, dass sie mit Cassys Vater, Tom, nicht mehr gemeinsam leben wollte. Ihre erste Puppe, die kleine Begräbnisfeier, als sie ihren Hamster als Kind begraben musste. Ihre Mutter, Abigail Parker, als sie den letzten Kampf gegen den Krebs verlor. Ihr erster Schulranzen, auf den sie so stolz war.

Wie auf einer Patchwork-Decke ordneten sich die Eindrücke ihrer Vergangenheit zu einem großen Puzzle - ohne Raum und Zeit. Dass nun das Puzzle abgeschlossen wurde, also einen äußeren Rahmen bekam, frustrierte sie unendlich.

Mit dem Rest der ihr verbliebenen Kraft versuchte sie, ihre Gedanken abzuschütteln, um sich auf die Gegenwart zu konzentrieren. Es gelang ihr, die Augen zu öffnen. Alles sah verschwommen aus. Doreen versuchte, ihre Augen auf die Flamme einer Kerze, die auf dem Boden lag, zu fokussieren. Vielleicht konnte sie dadurch ihre Gedanken ordnen? Mittlerweile war es ihr gleichgültig, ob sie diesem Martyrium entkommen würde. Alles das war ihr nicht mehr wichtig! Sie verlangte nur eine Antwort auf das ‚Warum?'. Damit sie es begreifen konnte, bevor es vorbei war!

Wie war sie bloß in dieses Gefängnis zu ihrem Peiniger gekommen?

Wie auf eine freundliche Anfrage hin schoss ihr Gehirn weitere Bilder in ihren Kopf. Nun musste es keine weiteren Aufgaben mehr bewältigen, also verstärkte es seine Bemühungen in diese Richtung. Selbst die vitalen Aktivitäten wie Herzschlag und Atmung wurden weitgehend zurückgefahren. So weit, wie es für das Überleben noch unbedingt notwendig war.

Doreen sah, wie Amy ihr das Bild ihres verschwundenen Kindes reichte, das in diesem Moment auch ihren und Raffaellas Untergang besiegelt hatte. Wie sie an ihren Flyern bastelte und den Mörder auf einen der Zettel schrieb. Nur ihr Unterbewusstes registrierte damals, wie einer der Zettel herunterfiel. Jetzt gab es ihr diese unnötige Information wieder. Für einen kurzen Moment überlegte Doreen, ob wenigstens der richtige Zettel noch klebte. Doch wen kümmerte das schon?

Dann sah sie seine Fratze, deren ursprüngliche Attraktivität durch seine Grausamkeit zur Hässlichkeit mutiert war. Sie blickte in das Gesicht von Travis Carter, dem freundlichen Aushilfs-Hausmeister an der Shelby School. Warum bloß konnte sie ihr Bauchgefühl derart täuschen, dass ihr nicht auffiel, warum dieser Mann so hilfsbereit war, ihre Flyer zu verteilen? Wahrscheinlich war das der Grund, weshalb dieser Psychopath noch nicht gefasst wurde!

Zwischen den Liedern, die ihr ihre Mutter zum Einschlafen sang, flüsterte ihr Gedächtnis Bruchstücke der Unterhaltungen mit ihrem Peiniger, die sich jetzt zu einem großen Ganzen zusammenfügten.

Er hatte damals von einer Verlobten gesprochen, erinnerte sie sich. Mit der er angeblich Kinder haben wollte.

Doch er hatte damals von Zoey gesprochen. Sie war nur zu blind gewesen, das zu erkennen. Vermutlich würde man die Zettel, die sie entworfen hatte, um das Kind zu finden, in einem Schulmülleimer finden. Wenn sie Glück hatten, dann würden die Cops das irgendwann herausfinden! Vielleicht daraufhin schlussfolgern ... Vielleicht auch nicht...

Doch wen kümmerte es schon, außer Cassy, die von nun an ohne Mütter aufwachen würde. Wer würde sie vor all den Monstern, die auf der Welt herumliefen, beschützen? Doreen war mittlerweile jeglichen Lebenswillens beraubt. Das Mittel entfaltete seine Wirkung nun vollständig. Sie war so unendlich müde, und doch hielt sie eine unsichtbare, starke Hand davon ab, einfach in die Tiefen des Nichts einzutauchen.

Durch einen Nebel hörte sie plötzlich Zoeys wundervolle Engelsstimme. Sie versuchte, die Augen zu öffnen.

„Warum sind Sie so komisch?", fragte das Kind. „Was haben Sie?"

„Zoey, mein Schatz! Sie sind müde! Mach dir nichts draus! Sie freuen sich mit uns, Honey! Komm schon! Zeig dich ihnen, wie hübsch du aussiehst!"

„Was soll ich tun?" Zoeys Stimme klang resigniert. Ein Beweis dafür, dass der Willen des Kindes endgültig durch die Macht eines Erwachsenen gebrochen worden war.

„Du sollst dich deinem Publikum stellen, Püppchen!" Travis Carter lächelte verständnisvoll. Dass seine Zoey ihn nicht verstand, war klar! Sie war so schüchtern, sein Engel. Doch langsam war es an der Zeit, dass sie lernte, wie sich eine ‚richtige Dame' verhielt. „Mach mich lieber nicht böse!", bat er beinah freundlich. „Du weißt doch, dass ich mich dann nicht kontrollieren kann!"

Zoey konnte sich an diese Kontrollverluste so gut erinnern, dass sie beschloss, dem Befehl blind Folge zu leisten. Sie stellte sich vor die beiden Frauen, die regungslos an ihre Stühle gefesselt waren.

„Tut mir so leid!" Voller Schmerz schaute sie die Hüllen der Menschen an, die bis zum Schluss an ihre Rettung geglaubt hatten. „Das tut mir so leid!" Tränen liefen ihr über das wunderschöne Gesicht und verwischten den Kajalstift, der sich mit dem tiefen Rot der übertrieben geschminkten Lippen zu einem Brei vermischte.

„Hey, was soll denn das?", schrie Travis auf. „Die ganze Arbeit umsonst! Wenn du mit dem Flennen nicht aufhörst, werde ich sie beide töten! Also hör endlich auf!", fauchte er das Kind an. „Ich muss dich neu schminken! Verdammt!"

Doreens Gehirn versuchte, das Bild, das sie gerade zu sehen bekam, zu verarbeiten. Sie hätte schwören können, dass sie gerade Zoey in einem weißen Kleid und anzüglich wirkenden Strumpfhaltern gesehen hatte. Auf ihren Augenlidern und Lippen war die Schminke derartig dick aufgetragen, dass es sie an eine Porzellanpuppe erinnerte, die ein vierjähriges Kind mit der Schminke ihrer Mutter bearbeitet hatte. Diese absurde Vorstellung konnte doch nur von ihrem vergifteten Gehirn kommen, versuchte sie es sich zu erklären. Das Produkt einer kranken Fantasie oder ein furchtbarer Albtraum, aus dem sie gleich aufwachen würde.

Während Doreens Herz in seinem Schlag durch die Mittel gedämpft wurde, konnte sie plötzlich ungewohnte Geräusche wahrnehmen. Oder wollte ihr der Verstand einfach nur einen Streich spielen? Wie aus dem Nichts konnte sie einen leichten Windstoß wahrnehmen. Jemand flüsterte „Pssst!", bevor nach einer Weile die ersten lauten Worte fielen:

„HIER IST DAS FBI! LASSEN SIE DIE WAFFE FALLEN! FALLENLASSEN, HABE ICH GESAGT!" Ein Schuss löste sich. Doreen war mittlerweile wirklich alles egal. Sie streckte ihre Arme einem warmen Licht entgegen.

„Angel, wir brauchen Verstärkung! Ich kann ihren Puls nur ganz schwach wahrnehmen! Ich beginne mit einer Herzmassage!", lauteten die Anweisungen des Teamchefs, die nur das operierende Team wahrnehmen konnte.

„Scott, ich kümmere mich um die Journalistin! Die Verstärkung ist unterwegs!" Angels Stimme klang ganz klar. „Ich kann auch nur einen schwachen Puls spüren!", brüllte sie plötzlich.

„Bryan! Beginne mit einer Herzmassage!", wies Angel ihren älteren FBI-Kollegen an, der ihrem Befehl sofort folgte. Sollten sie die Frauen durch diese Hölle jemals durchbringen können, mussten sie sofort schnell und richtig handeln!

„Doreen, Sie sind in Sicherheit! Bleiben Sie bei mir! Doreen, drücken Sie meine Hand!" Nun war Angel sichtlich angespannter. „Doreen, verdammte Kacke, halten Sie durch!" Man hörte laute Stimmen, die sich zu einer undefinierbaren Masse vereinten. Doreens Gedanken flogen weiter und weiter ins Licht. Nun gab es für sie keinen Grund, den wahrgenommen Stimmen zu folgen. Doreen war unendlich glücklich!

„Das ist die Wirkung von Pancuronium, nicht wahr?", klang es diesmal nach aufsteigender Panik bei der sonst so ruhigen Agentin. „Welche Dosis hat dieses miese Schwein Ihnen gespritzt?"

Der Keller, der diesmal als Tatort gelten würde, füllte sich mit Menschen, die hektisch versuchten, das noch vorhandene Leben zu erhalten. Von oben betrachtet, offenbarte sich eine Szenerie, die man eigentlich nur aus einem grausamen Horrorfilm kannte.

Rettungskräfte, die soeben am Tatort angetroffen waren, tummelten sich um zwei Frauen, die man wie Leichen auf dem Boden ausgebreitet hatte. Im Nebenzimmer lag eine weitere, doch männliche Leiche - mit einer Spritze neben der Hand, die Scott in Bruchteilen von Sekunden als Waffe identifiziert hatte.

Sein präziser Schuss traf das Monster, das das kleine verängstigte Kind wie einen Panzer an sich drückte, mitten in den Kopf. Die Wucht des Treffers schleuderte Travis Carter nach hinten, womit er auf das Bett im Nebenzimmer fiel. Die Spritze fiel zu Boden und zerbrach.

Zoeys unaufhörlicher Panikschrei vermischte sich mit den lauten Anweisungen der Cops und Sanitäter, die mittlerweile in Scharen in den Keller stürmten.

In dieser Szenerie konnte man eine Stimme hören: „Wir verlieren sie! Ich brauche einen Defibrillator! Alle weg! Auf drei! Verdammt!"

Doch Doreen wusste, dass ab sofort alles gut sein würde. Das Licht würde sie an einen besseren Ort bringen. Ihr Herz öffnete sich. Ihre Mission war erfüllt! Endlich konnte sie gehen. Durch ihre Hilfe musste dieser Sadist seine Vorgehensweise ändern und hatte endlich den entscheidenden Fehler gemacht. Doreen konnte verhindern, dass weitere Kinder von seiner Hand starben! Das war mehr, als andere von sich behaupten konnten! Nun war sie bereit, zu gehen...

Doreen hörte die Stimme eines Arztes: „Ich brauche Hilfe! Die Patientin kollabiert ebenfalls! Defibrillator! Alle weg! Auf drei!"

Plötzlich nahm sie einen furchtbaren Schlag wahr. Als wäre sie direkt aus dem freien Fall gegen eine Mauer geprallt. Sie wollte wieder zurück, als sie eine panische Stimme hörte:

„Ich habe wieder einen ganz schwachen Herzschlag! Ich werde versuchen, sie zu stabilisieren!" Zu ihr gewandt, sagte der Arzt flehend: „Jetzt müssen Sie durchhalten, hören Sie? Sie schaffen es! Bitte, bitte, halten Sie durch!"

EPILOG

Samstag, 6. Monate nach der Entführung.

Schweißgebadet wachte Doreen Bertani aus ihrem Albtraum auf. Mit einer Hand nach dem Inhalator tastend, setzte sie sich kerzengrade in ihrem Bett auf. Langsam spürte sie, wie sich die lebensrettende Flüssigkeit in ihrer Lunge ausbreitete, um etwas Platz in den Bronchien zu schaffen. Nach einer Weile atmete sie tief ein. ‚Wieder dieser Albtraum. Wann hört er endlich auf?', dachte sie mit steigender Erleichterung über das Fehlen des Realitätsbezuges. Sie strich sich mit dem Ärmel ihres Pyjamas den kalten Schweiß von der Stirn weg.

Der Blick auf den gegenüberliegenden Wecker verriet ihr, dass sie noch etwas Zeit zum Herumliegen hatte. Um sieben Uhr am Samstag konnte sie eh nicht besonders viel tun, außer bei einem Kaffee die Zeitung zu lesen. Alleine. Sie entschied sich, den Tag etwas anders zu beginnen. Die Bettwäsche auf der anderen Seite ihres Ehebettes war ordentlich zusammengelegt. Wie immer. Und so kalt. Viel zu kalt!

Leise, fast auf Zehenspitzen, verließ sie das Schlafzimmer. Die leeren Gänge des totenstillen Hauses hauchten ihr immer noch etwas Ehrfurcht ein. Geräuschlos öffnete sie die Tür zum Kinderzimmer ihrer Tochter. Während sie sich ganz vorsichtig neben Cassy legte, hörte sie das Kind ganz ruhig atmen. Diese Melodie brauchte sie jetzt ganz dringend. Existenziell.

Doreen umarmte ihr irgendwann groß gewordenes Baby so eng, dass sie den Geruch ihres Haares wahrnehmen konnte. Sie spürte die Wärme dieses kindlichen Körpers. Mit diesem wohligen Gefühl schloss sie die Augen und versank beinahe sofort in einen tiefen, ruhigen Schlaf.

*****

Ein leichtes Kraulen brachte sie augenblicklich in einen wachen Zustand. Dass sie nicht mehr schlief, ließ sie sich natürlich nicht anmerken, und genoss die sanfte Zärtlichkeit, solange Cassy Geduld bewies. Vorsichtig, um ihr Kind nicht zu erschrecken, drehte sie sich nach einer Weile um.

Ihre Tochter kicherte bereits. Lächelnd küsste Doreen sie auf die Stirn. Genau dieser kleine Engel war der Grund dafür, dass sie die therapeutischen Sitzungen, die sie seit dem Vorfall mit Zoey begonnen hatte, langsam abschließen konnte.

„Cassy, mein Schatz, wollen wir jetzt aufstehen? Fast peinlich, aber es ist schon neun Uhr! Ich könnte uns ein typisches Sonntagsfrühstück am Samstag machen. Was hältst du davon?"

„Oh, ja!" Cassy war für eine gemeinsame Mahlzeit immer zu haben. „Mit Spiegelei?"

„Na klar, aber nur, wenn wir sofort aufstehen!", lachte Doreen. „Und ich bin Erster im Bad!" Mit diesen Worten erhob sie sich eilig aus dem Bett, doch noch langsam genug, dass ihr Kind sie überholen konnte.

Etwas Gutes hatte die Entführung doch mit sich gebracht. Seit sechs Monaten verbrachten sie jedes Wochenende zusammen und schufen somit für Cassys beliebte Babysitterin, Ivy, jede Menge Freiraum für ein eigenes Privatleben. Mit der Zeit lernten sowohl Ivy als auch Cassy die Vorzüge dieser Veränderung zu schätzen. Das Klingeln des Telefons unterbrach das fröhliche Kichern in der Küche. Doreen sah die bekannte Nummer auf dem Display, deshalb verzichtete sie darauf, das herumtollende Kind zur Raison zu bringen. Sie hob ab.

„Na, du meine arbeitende Schönheit!", sagte sie mit verführerischem Unterton.

„Ach, meine beiden Prinzessinnen sind also auch schon wach? Na sowas!", sagte Raffaella Bertani mit einem gespielt vorwurfsvollen Unterton in der Stimme.

„Gerade aufgestanden, Eure Majestät!", entgegnete Doreen lächelnd.

„Ich habe eine tolle Überraschung für euch! Könnten wir uns in etwa zwei Stunden im Zoo treffen? Vielleicht in diesem Pavillon, wo die vielen Affen untergebracht sind? Draußen ist es, trotz des warmen Frühlings, bestimmt noch recht frisch. Was sagst du dazu?"

„Musst du nicht heute noch arbeiten, Schatz? Ich meine, an dem neuen Fall?", fragte Doreen leicht besorgt.

„Doreen, für heute mache ich Schluss mit der Arbeit! Ich freue mich auf einen fantastischen Samstag mit euch! Beeilung, meine Ladies!"

„Bevor ich deinen Plan Cassy mitteile, lege ich lieber auf, weil mir dein Trommelfell wichtig ist. Bis gleich. Und ... Ich liebe dich!"

„Und ich dich erst!" Bevor Raffaella Bertani auflegte, nahm sie die Wärme dieses früher unüberlegt gesagten Satzes wahr, die sich in ihrem ganzen Körper ausbreitete. Offensichtlich fühlte sich so bedingungslose Liebe an.

Eine Stunde später passierte Doreen mit Cassy Händchen haltend den Eingang vom beliebten Bronx Zoo. Es war unnötig, dem Kind vorzuschlagen, eine weitere Stunde zu warten, bis sie Raffaella trafen. Wenn es um Tiere ging, konnte es ihrer Tochter nicht schnell genug gehen.

Sie nahmen die Richtung zum Monkey House. Es war genau wie früher, erinnerte sich Doreen mit Freude. Besonders an jene Situation, als Cassy etwa dreieinhalb Jahre gewesen war. Sie standen vor dem Giraffengehege. Nachdem die Tiere die gesamte Aufmerksamkeit ihres Dreikäsehochs absorbiert hatten, entfuhr Cassy ein Satz, der aufgrund der ausgesprochenen Ernsthaftigkeit zunächst für eine Nachdenkpause sorgte.

„Mama!" Pause. Dann mit Bedacht weiter: „Was Flügel hat ... ist keine Giraffe!"

Diese Erkenntnis sorgte im nächsten Moment für Gelächter unter den dem Gespräch zufällig lauschenden Erwachsenen. Heute war aus dem kleinen Knirps ein hübsches Mädchen geworden, das zunehmend mehr einer Frau glich denn einem Kind.

‚Wie schnell uns die Zeit davonrennt! Und wir können nichts dagegen tun!', dachte Doreen wehmütig und lehnte sich gegen die schwere, gläserne Tür vom Monkey Haus, dicht gefolgt von ihrer Tochter.

Was sie jedoch in dem Raum sah, verschlug ihr den Atem. Raffaella Bertani stand angelehnt an einer Mauer. Sie gestikulierte auf ihre so liebenswürdige, vertraute Art, während sie mit einer Frau sprach, die bei Doreen eine Salve von Erinnerungen auslöste. Sie holte tief Luft, bevor sie sich den beiden anschloss.

Fast flüchtig begrüßte sie Raffaella mit einem Kuss auf die Wange, weil ihre gesamte Aufmerksamkeit der anderen Frau galt.

„Seid ihr doch schon da?", stammelte Raffaella, die sichtlich überrascht war. Ihre Liebsten mehr als eine halbe Stunde vor der verabredeten Zeit anzutreffen, hatte sie offensichtlich nicht erwartet.

„Ja, Schatz. Du kennst doch Cassy. Ungeduldige Maus!", sprach sie mit Bedacht, ohne ihr einen Blick zu schenken. Raffaella wusste diesen Umstand sofort richtig zu deuten. „Hallo, Amy, schön, dich zu sehen!", flüsterte Doreen.

Zoeys Mutter murmelte ebenfalls eine Begrüßungsformel. Sie schien weniger überrascht zu sein. Plötzlich lachte sie schwach. Die Anspannung schien sich bei allen Beteiligten zu legen. Amy Andrews sah sehr abgemagert aus. Der Aufenthalt in der Klinik und die Sorgen um ihr Kind hatten, wie ein bösartiger Zauberpinsel, Tränensäcke unter ihre Augen gemalt. Zweifelsohne war Zoeys Mutter noch die attraktive Frau, die Doreen vor einem halben Jahr kennengelernt hatte. Doch die grausamen Erlebnisse der jüngsten Geschichte hatten Spuren hinterlassen.

„Ist das ... ist das meine Überraschung, Raffaella?" Sie wandte sich ihrer Ehefrau zu. „Ich bin tief gerührt!"

„Nein! Nicht nur... Zoey kommt auch gleich!" Den letzten Satz wisperte die Psychologin leise. Schließlich war dies das erste Treffen zwischen den beiden, nach dem sich Doreen so sehr sehnte. Cassy sprang ihre Raffaella an, als hätte sie nichts von all dem mitbekommen, und küsste sie ausgiebig.

„Kannst du mir ein Eis kaufen? Bitte, bitte, Mommy!", bettelte sie.

Ihr Gesicht strahlte, als sie auch eine nickende Zustimmung von Doreen erhielt. Immerhin war es noch recht kalt draußen.

„Wisst ihr was? Wir suchen Zoey und ihren Daddy und versuchen, beide zu einem Eis zu überreden. Ich würde die Kleine gern noch kurz auf das Treffen vorbereiten, während ihr euch etwas austauschen könnt. Wie wär's damit?" Da beide Frauen keine Widerworte äußerten, entfernte sich Raffaella mit Cassy in Richtung der Cafeteria.

„Wie geht es euch?" Doreen durchbrach die unangenehme Stille.

„Langsam wird das wieder!" Amys Stimme klang ausgeglichen, als würde sie jedes einzelne Wort abwägen.

‚Warum konnte ein einziges, krankes Schwein diese wunderbare Menschen so zerstören?', dachte Doreen.

„Vor einem Monat zog sogar Larry wieder bei uns ein! Ich glaube, wir brauchen ihn beide jetzt ganz dringend. Zoey ist sehr glücklich darüber und verbringt viel Zeit mit ihrem Vater. Es wird noch lange dauern, bis die Geister der Vergangenheit verstummen. Selbst, wenn die große Bestie schon längst tot ist."

Doreen schluckte. „Auch ich hätte ihn am liebsten zu Tode gequält! Eine Zeit lang fand ich es ungerecht, dass das FBI mir die Möglichkeit dazu genommen hat. Doch dann schrieb ich meine ganze Wut nieder und vergrub diesen Brief. Wir können Vergangenes nicht ungeschehen machen, wir können nur dafür sorgen, den richtigen Weg in die Zukunft zu finden."

„Zoey hat lange therapeutische Begleitung hinter sich gebracht. Ich denke, dass sie nach deinem Vorbild heute ‚ihren Brief' tief vergraben möchte. Sie wollte dich sehen, auch wenn die schrecklichen Erinnerungen erneut hochkommen werden. Ich denke, es ist wichtig für sie. Und ebenso für dich, Doreen. Was du und Raffaella für uns getan habt .... Das werden wir nie zurückgeben können. Du und deine Frau, ihr habt uns unser Leben zurückgegeben! Wie kann ich euch je ‚Danke' sagen?" Amys Augen wurden glasig vor Rührung.

„Auch wenn ich den Verlauf dieser Geschichte von Anfang an gekannt und auch wenn es für mich schlimmer geendet hätte, wäre mein Verhalten nicht anders gewesen, Amy. Du hast einen tapferen Engel! Und ein gutes Ende gab es auch, wenn man das so sagen kann. Zoey lebt! Nur unter uns: Dem NYPD gelang es zur gleichen Zeit, die Urheber der organisierten Kinderpornografie im Boerum Park auszuheben. Bei diesem angeblich kinderfreundlichen Kioskbesitzer, Dexter Gardener, und seiner ‚freundlichen' Nachmittagsbegleitung, Oliver Bradley, wurde die Berufung erneut abgelehnt. Sie werden den Gefängniskameraden noch lange erhalten bleiben, wie es aussieht. Darüber hinaus wird morgen mein Artikel erscheinen. Sie dachten, es würde nicht auffallen, wenn sie verwahrloste Kinder von der Straße in die Hütte im Wald einluden, um zweideutige Filme für ein wenig Essen zu drehen. Dank einer jungen Angestellten von Gardener wurden sie gefasst, noch ehe sie untertauchen konnten."

Die beabsichtigte Ablenkung brachte keinen großen Erfolg. Es würde noch viel Zeit vergehen, bis sich Amys Gedanken nicht ununterbrochen um die Ungerechtigkeit drehen würden, die ihrer Tochter widerfahren war. Die Wunden, die man ihr mit einer einzigen Untat zugefügt hatte, waren einfach noch zu frisch.

„Ich mache mir solche Vorwürfe!" Diesmal konnte Amy die Tränen nicht mehr unterdrücken. Sie liefen über die Wangen ihres Gesichts, das noch vor einem halben Jahr in Panik um ihren Schatz unfähig zu weinen war. Doreen umarmte die Mutter, deren Tochter man ihrer unbeschwerten Kindheit brutal beraubt hatte. Es gab keine tröstenden Worte, die diese Realität hätten abmildern können.

„Nicht du bist schuld, sondern er! Er hatte die Wahl! Du hattest sie nicht! Selbstvorwürfe bringen uns nicht weiter, sondern trüben unseren Blick für die Zukunft, die für deine Tochter noch voller Hoffnung steckt! Du hast ein wunderbares Kind hervorgebracht, doch nicht nur einfach so! In Zoey steckt ein Teil ihrer starken Mutter! Sie wird es schaffen und daraus wachsen, Amy!"

„Meinst du, dass ich jemals wieder ihre Stimme hören werde? Bisher hat man vergeblich versucht, sie zum Reden zu bringen. Sie schweigt. Nicht einmal mit mir möchte sie sprechen."

„Lass ihr noch Zeit. Sie wird es schaffen! Die Zeit heilt die Wunden!" Mir ihren Handflächen wischte sich Amy die Tränen weg, als sie die anderen kommen sah. Zoey hatte es schon so schwer genug, das Erlebte zu verarbeiten. Sie musste nicht noch ihre erwachsene Mutter trösten.

Während sich Larry mit Raffaella über Belangloses unterhielt und Cassy ihnen mit einem Eis vorauslief, stellte sich Zoey in einer sicheren Distanz an einen Käfig mit Totenkopfäffchen, die gerade gefüttert wurden. Als wollte sie die Entscheidung, Doreen zu sehen, doch noch rückgängig machen. Das Mädchen drehte sich mit dem Rücken zu ihnen. Sie sah von Weitem so mager aus in ihrer übergroßen Latzhose und dem weitem T-Shirt. Traurig war das Kind, so anders als auf dem Bild aus dem Boerum Park, bevor die Geschichte begann.

Doreen flüsterte Amy ins Ohr: „Bin gleich wieder da!" Dann löste sie sich aus der tröstenden Umarmung.

Nach einer kurzen Weile stellte sie sich neben Zoey an den Käfig und schwieg. Wieder vereint und doch so fremd standen sie abseits der anderen und beobachteten akribisch, wie die Äffchen ihre Bananen verschlangen.

Das Bild des kleinen Mädchens von Amys Foto, der Grund, weshalb sie der Fall nicht losgelassen hatte, kam ihr als Déjà-vu wieder in ihre Gedanken. Nur dass mittlerweile eine fast erwachsene Frau Primaten und nicht Fische betrachtete. Die einstige Begeisterung hatte sich im Laufe der Jahre nicht verändert.

Während die Augen der beiden mit der Auswertung der gesehenen Bilder in der Gegenwart beschäftigt waren, schienen ihre Gedanken in der Vergangenheit gefangen zu sein, die sie für immer aneinander geschweißt hatte. So ursprünglich wie eine echte Liebe der Mutter zu ihrem Schützling.

Eine Weile standen sie, als hätte die Welt aufgehört, sich für sie zu drehen. Plötzlich nahm Doreen aus einem Instinkt heraus die blasse Hand dieses Kindes, für das sie jederzeit wieder zu kämpfen bereit war, in ihre eigene. Dabei rutschte der Ärmel ihres Mantels etwas zurück und offenbarte die ungeliebten Narben. Es war der einzige sichtbare Beweis der tiefen Verbindung zwischen einer wildfremden Frau und einem Kind.

„Zoey, mein Schatz! Ein letztes Mal musst du mir vertrauen", wisperte Doreen. „Ich habe dich damals nicht enttäuscht und werde es auch diesmal nicht! Vertraue, bitte, auf meine Worte! Eines Tages ...", die Stimme versagte ihr für einen Augenblick, „... eines Tages wird er aus unseren Gedanken und Träumen verschwinden. Eines Tages wirst du wieder lachen können! Denn er kann dir nie wieder wehtun! Niemals wieder!" Sie wischte sich ihre Tränen weg.

Fast als hätte sie sich die Worte nur eingebildet, erreichte sie eine kaum wahrnehmbare Frage des verängstigten Kindes:

„Verspricht du es mir?"

Doreen wusste nicht, ob Zoey tatsächlich gesprochen hatte, oder ob sie es sich lediglich gewünscht hatte. Trotzdem entgegnete sie:

„Ich verspreche es dir! Beim Einsatz meines Lebens!"

‚Wirken die Gesichtszüge des Mädchens jetzt tatsächlich entspannter?', ging es Doreen durch den Kopf, während sie spürte, wie Zoey ihren Handdruck so fest entgegnete, als würde sie sie nie wieder loslassen wollen.

Liebe/-r Leser/-in,

Die hier dargestellten Personen entspringen voll und ganz meiner eigenen Fantasie. Ebenfalls deren Beziehungen und sämtliche dargestellten Sachverhalte. Die Grundideen basieren jedoch auf wahren, wenn auch verfremdeten Gegebenheiten.

Ihre Rezension dieses Buches würde mir sehr helfen, weitere Leser zu erreichen. Auch, wenn ich mich nicht explizit bedanke, so kommt jede einzelne davon bei mir an.

Vielen Dank dafür,
Ihre May Brooke Aweley

Drei Fragen an May B. Aweley

Warum schreiben Sie Geschichten über Psychopathen?

Weil sie mich faszinieren, wäre die einfachste Antwort auf diese Frage. Ich tauche gern in die Köpfe der Menschen ein, die nicht nach den Gesetzen der allgemein verstandenen Logik vorgehen, sondern eine eigene, für sich scheinbar logische Welt besitzen. Nach längeren Recherchen und Rücksprachen mit meinen Experten gelingt mir das meist.

Was war die ‚schlimmste' Passage in Ihrem Buch?

Die Idee zum Buch, das wird man mir kaum glauben, entstand aus einer Apotheker-Zeitschrift, die ich mal per Zufall in die Hände bekommen habe. Darin wurde eine Gruppe von pädophilen Vätern vorgestellt, die diesem Leiden über Gruppensitzungen und Einnahme von Medikamenten zu entkommen versucht.

Beim Lesen des Artikels entstand im meinem Kopf diese Geschichte, die noch eine kleine Intention trägt, die Eltern auf einen aufmerksamen Umgang mit der virtuellen Welt zu schärfen.

Die Passagen, wo ich mich in die krankhafte Fantasie eines Pädophilen hineindenken musste, fielen mir am Schwersten. Teilweise konnte ich in dieser Zeit kaum essen, so grauenvoll waren meine Vorstellungen. Ich bin eine liebende Mutter!

Gibt es schon ein neues Projekt?

Während ich diese Geschichte schrieb, schlummerte in meinem Kopf bereits eine neue Geschichte. Doch mehr als eine vage Vorstellung gibt es noch nicht. Wer weiß, vielleicht gibt es ein Wiedersehen mit einer der Figuren aus ‚Puppenbraut'. Das FBI-Team ist mir sehr ans Herz gewachsen. Ich lasse mich selbst überraschen.

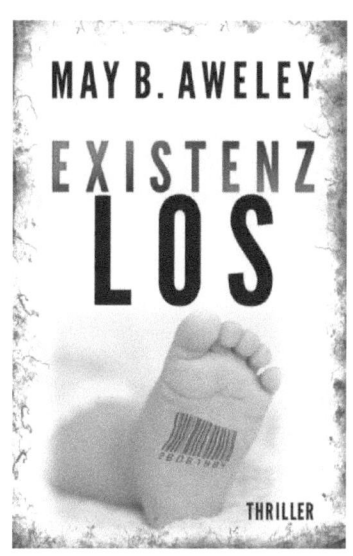

Du öffnest die Augen.
Du weißt nicht, wer du bist. Eine Frau ohne Namen, ohne Vergangenheit.
Kann das, was sie dir erzählen, deine Geschichte sein?
Vielleicht ist die simple Wahrheit,
dass sie dich deiner wahren EXISTENZ beraubt haben!

Die Polizistin Alicia Juárez wird im Central Park bewusstlos aufgefunden. Wie im nahegelegenen Krankenhaus später festgestellt wird, leidet sie an retrograder Amnesie.

Während sie versucht, ihrer Vergangenheit auf die Spur zu kommen, findet sie dunkle Geheimnisse. Sie öffnet dabei Türen, die besser verschlossen geblieben wären ...

Er beobachtet seine Opfer genau.
Er erschleicht sich ihr Vertrauen.
Wenn sie sich am sichersten fühlen, werden ihre schlimmsten Albträume wahr ...

Das Leben der Profilerin Angel Davis gerät gänzlich aus den Fugen, als sie einen wichtigen Einsatz vermasselt. Sie wird suspendiert. Während sie versucht, ihr Leben wieder in den Griff zu bekommen, ahnt sie nicht, dass sie sich bereits im Visier eines Psychopathen befindet.

Wird sie ihre größte Angst besiegen und eine neue Liebe finden?

Ein nervenaufreibendes Katz-und-Maus-Spiel beginnt, doch die Zeit wird knapp ...

Ein Psychopath.
Ein Spiel.
Fünf tote Mädchen.

Als Sophie Pritchard ihre Wohnung verlässt, um einen Unbekannten zu treffen, ahnt sie es nicht.

Sie wurde bereits zum Opfer eines grausamen Spiels auserwählt, das das FBI-Team an den Rand des Erträglichen bringt.

Denn irgendwo, tief im Wald, beginnt mit ihr die Jagd auf blutjunge Frauen.